天地外國經典文庫

The Painted Veil

面紗

[英] 威廉・薩默塞特・毛姆 著
William Somerset Maugham

張和龍 譯

總序

多元化是香港文化的特徵之一，作為中西文化的薈萃之地，香港文化人手中的讀物，既有四書五經、唐詩宋詞、胡適陳寅恪，也有聖經和莎士比亞、培根和狄更斯。香港文化發展史，其中必不可少的一部份內容就是文化交流史。所謂文化交流，於香港人而言，就是研究和介紹由外國先進思想衍生的普世價值，以及各國的優秀文學作品，作為發展香港文化的借鑒。用著名學者錢鍾書先生的話來說，就是「東海西海，心理攸同；南學北學，道術未裂。」[1] 翻譯家傅雷先生在〈翻譯經驗點滴〉一文中說：「中國人的思想方式和西方人的距離多麼遠。他們喜歡抽象，長於分析；我們喜歡具體，長於綜合。」[2] 可見，同為人類，中國人和西人「心理攸同」；作為不同人種，他們的思維方式各有短長。香港各大學設英國語言文學系、翻譯系、比較文學系，文學院有歐洲和日本研究專業，目的就在於此。在這方面，香港有着足以驕人的成就。茲舉一例。有學者考證，俄國大作家列夫·托爾斯泰最早的中譯本《托氏宗教小說》就是香港禮賢會出版的（時在清光緒三十三年即一九零七年），以此為嚆矢，托爾斯泰的各種著作以後呈扇形輻射到全國各地，被大量迻譯成中文出版，對我國文學界和思想界產生了深遠的影響。[3] 再舉一例，上世紀六、七十年代，香港今日世界出版社聘請了多位著名翻譯家、作家和詩人如張愛玲、余光中、劉以鬯、林以亮、湯新楣、董橋，迻譯了一批美國文學名著，其中包括《美國詩選》《老人與海》《湖濱散記》《人間樂園》等書，到九十年代，這一批書籍已成為名譯，由內地出版社重新印行，對後生學子可謂深致裨益。

本經典文庫的第一和第二輯書目共二十冊。所謂經典，即傳統的權威性著作。它們有別於坊間流行的通俗讀物，以深刻、恢宏、精警見稱，在文學史、哲學史、思想史上具有崇高的地位，古今俱備，題材多樣。作為西方現代派文學的鼻祖，奧國作家卡夫卡的短篇小說《變形記》荒誕離奇，寓意深刻，揭示了社會中的各種異化現象。英國女作家伍爾夫的長篇小說《到燈塔去》以描寫人物的內心世界見長，她是最早運用「意識流」手法進行小說創作的作家之一，語言富有詩意。法國作家加繆的小說《鼠疫》《局外人》，是冶文學和哲理於一爐的存在主義名著，與同為存在主義作家的薩特齊名，在上世紀五十年代中亦因此而獲得諾貝爾文學獎。文庫還收有短篇小說集《都柏林人》（愛爾蘭小說家喬伊斯）及《最後一片葉子》（美國小說家歐・亨利），前者由傳統走向革新，更以代表作、意識流長篇小說《尤利西斯》奠下現代派文學的基礎。歐・亨利以堅持傳統的寫作手法而被稱為美國短篇小說的創始人。希臘哲學家柏拉圖的《對話集》，既是哲學名著，也在美學史佔有重要地位，在散文史上開了論辯文學之先河。英國作家奧威爾的小說《動物農場》，與他的《一九八四》同為寓言體諷刺小說的名著，在當今文學史上享有盛名。意大利作家亞米契斯的兒童文學作品《愛的教育》，早在上世紀初就由民初作家夏丏尊從日譯轉譯為中文，是當時傳誦一時的日記體文學作品，夏氏是我國新文學史上優秀的散文作家，譯文暢達，是以初版迄今，在兩岸三地屢屢重版。英國小說家毛姆的長篇小說《月亮和六便士》，以法國印象派畫家高庚為原型，它刻畫的人物人情練達，冰雪聰明，筆致輕鬆流麗，幽默感人。而這位作家的另一部小說《面紗》，雖非他最著名的作品，但有一點值得注意，這是以香港為背景的經典名著，而且在二零零七年經荷里活改編為電影（譯名《愛在遙遠的附近》）。英國小說家赫胥黎的長篇小說《美麗新世界》，與奧威爾的《一九八四》、俄國作家扎米亞金的《我們》，被譽為文學史上三部最有名的反烏托邦小說。美國小說家海明威的中篇小說《老人與海》，因「精通敘事藝術以及對當代風格的有力影響」而獲得一九五四年諾貝爾文學獎。本輯還收有同一作家上世紀長居巴黎時構思的特寫集《流動的盛宴》，兩書體裁雖略有不同，但都表現了海明威含蓄凝練、搖曳生姿的散文風格。兩輯收入風格迥然不同的兩位日本作家的作品，太宰治被譽為「日本毀滅型私小說家」的代表人物；永井荷風則與川端康成、谷崎潤一郎等唯美派大作家齊名。第二輯新增兩部詩集，其一為《莎士比亞十四行詩集》，其二為《泰戈爾散文詩選集》。前者是西洋詩歌史上最深宏博大的十四行詩集；後者雖然詩制精悍短小，但給予中國早期新詩的影響卻不容小覷，我們可以從胡適、徐志摩、冰心等人的小詩中窺見他的影響。

由於歷史和語言的原因，香港的文化交流存在一定局限性，未能臻於全面。它較集中於英美和日本，其他地域文化如古希臘羅馬、印度、德、法、意、西班牙、俄羅斯乃至拉丁美洲則較少為有關人士顧及。顯然，這不利於開拓香港學子的視野，對他們的思想深度也有所影響。有見及此，我們與相關專家會商，擬定出一套外國經典文庫書目，經資深翻譯家新譯或重訂舊譯，向讀者推出一系列包括文學、哲學、思想、人文科學的經典譯著，分為若干輯次第出版。藉以供香港讀者重溫他們所諳熟的英美日作家、學者的著述，也得以新讀希臘、意大利、法國等國先哲的力作。

以後各輯，我們希望能將書目加以擴大，向有一定文化程度的讀者尤其是青年學子，提供更多的經典名著。

對迻譯各書的專家和撰寫導讀的學者，我們謹此表示深切的謝忱。

天地外國經典文庫編輯委員會

二零一九年二月二十日修訂

註釋：

[1]《談藝錄．序》，中華書局（香港）有限公司，一九八六年版。

[2]《傅雷談翻譯》第八頁，當代世界出版社，二零零六年九月。

[3] 戈寶權〈托爾斯泰和中國〉，載《托爾斯泰研究論文集》，上海譯文出版社，一九八三年版。

目錄

導讀

揭開一頁，被面紗掩蔽着的真實世界

「他竟然會做出這種事！」我們吐出這句話時，已經暗示了一件不容置疑的事實，你原來從未真正了解過這個「人」。生命中許多自以為是的認識，都潛伏了一條連接炸藥的導火線，隨時把我們炸得粉身碎骨。

你不信嗎？點開你的手機，看看那些社會新聞的永劫輪迴：殺父、殺母、殺妻、殺夫、殺子……在一切傷害背叛還沒發生之前，我們都曾經深信：「他不是這一種人。」我們，包括周遭的所有人，都有可能成為別人茶餘飯後的主角。

有誰敢說，我們看見了生命的本質，而非那一面飄逸的紗布？那一面飄逸的紗布，隨風擺蕩，幻化千般形態，或許是愛情的癡迷執着，或許是身份的虛妄成見，或許是兩性的刻板印象，掩蓋了我們的雙眼，模糊了彼此的視野。

毛姆《面紗》一書之名，來自雪萊詩作〈別揭開這五彩面紗〉(*Lift Not the Painted Veil Which Those Who Live*)。詩中說「別揭開這五彩面紗，芸芸眾生都管它叫生活」，然而，相對雪萊的悲觀，毛姆卻勇敢地撕破種種虛幻的假相，直面人性幽微深暗之處，殘酷得使人讀後難以接受：「為甚麼會這樣？」

優秀的小說，該是能夠撼動讀者的世界觀。如果你不滿足於生命中那些看似華麗的空言，看不慣市面上所充斥各種溫暖得有如毒藥的心靈雞湯，那你是否已經有最佳的心理準備，一窺面紗背後所掩藏着的，那不可愛卻確實最為動人的存在。

最親愛的，卻顯得最陌生

毛姆在小說起始，即展露了他高超的說故事技巧，拋出了一個情境：女主角凱蒂在家中和有婦之夫查理偷情，兩人赤裸在昏暗的房間，忽然有人緩緩轉動窗戶的把手，卻沒有轉到最底，打開窗戶，留下了寂靜的懸念。

《面紗》以愛情主題為敍事主線，以凱蒂和查理偷情啟始，其夫瓦爾特要凱蒂驗證查理對她的真情，否則就伴他離開香港，到中國湄譚府去。查理不願為凱蒂離婚，她知道自己不過是一個情慾玩物，心灰意冷，隨瓦爾特離開傷心之地。瓦爾特救援湄譚府患上霍亂的病人，最終自己也因此喪命。凱蒂懷着不知誰是父親的小孩，返回英國家鄉，為小説劃下了句點。

由通姦而起，因喪夫而告終，凱蒂面對錯綜複雜的情慾衝突，揭開了愛情癡迷執着的面紗，呈現了我們自私、背德和偽裝的人性陰暗。人與人之間，最親密的接觸莫過於肉體相互交纏進入彼此，無可顛覆的幻覺，讓情愛者以為真的打開了對方的心扉，以為看見了對方的一切。「我是最了解對方的人了。」凱蒂一如芸芸眾生，她自以為懂得情愛，卻被面紗玩弄於股掌之中。

凱蒂深愛查理，相信對方的真心誠意，以為查理願意放下一切的名利前途，只與她天長地久。查理卻露出了自私的真面目，凱蒂僅是他餐桌上的飯後甜品，誰會為甜品而放棄豐富的主菜？他甚至在凱蒂確信自己去湄譚府必因霍亂而死，仍然為了一己利益，勸説她隨夫離去。

哀莫大於心死。她和瓦爾特願意去湄譚府救援霍亂病者，絕非悲天憫人，而是為愛殉情。凱蒂為查理殉情，瓦爾特為她殉情，安全與否，不再是他們的主要考量。凱蒂一再猜疑他帶她到此地的意圖，在她對瓦爾特表達後悔之情，他終於承認，最初確是為了讓霍亂殺死她。

凱蒂揭開查理的真面目時，也同時體驗了瓦爾特對她的一往情深，正如她對查理，戀上一個不曾真正愛上自己的人，因此遭受巨大的心靈創傷。凱蒂同情瓦爾特，卻知道自己從未也不會愛上他。有夫妻之名實，反顯出彼此有如陌生人的距離。

瓦爾特遺言：「最後死掉的卻是狗。」這句出自戈德史密斯〈輓歌〉，此詩大意是說，善心人收養了一隻狗，狗發瘋咬主人，正當大家以為主人因此而死時，狗卻死了。瓦爾特自喻為狗，凱蒂，這位在他眼中如天仙的女神，則是善心人。小說甚至提供了一個可能，這是自殺。自殺與否並不重要，凱蒂終於了悟真相：「瓦爾特是因為傷心而死的。」

查理可恥，瓦爾特可悲，於凱蒂來說，他們曾是最親愛，卻終歸形同陌路的人。於此，或許就能理解三部改編《面紗》的電影，何以不約而同地把凱蒂和瓦爾特的愛情故事多加修飾，添上溫情。一切太過殘酷了。毛姆以文字裸露了查理自私的偽善，點破了瓦爾特扭曲的情慾，揭穿了凱蒂背德的掙扎，讓讀者看見，幻覺破散現身的凡夫俗子，華麗之後飄浮着魑魅魍魎。

空間流動，旅人凝視

不要以為面紗只會掛在別人的臉上，你可曾注意到那久經習慣以致無法自覺，自己眼前也垂着一道面紗？如果我們由東方主義——西方對東方世界成見的批判——來看《面紗》，會發現毛姆對掛在自己臉上的西方視域有許多反省。

毛姆的人生經歷和《面紗》有頗多相近之處，有人說這是他最具自傳色彩的小說，因為毛姆曾和有夫之婦通姦，告上法庭，後又與同性愛人共遊香港，深入中國。他曾自言《面紗》通姦的情節，改寫自在香港聽來的醜聞。如此看來，毛姆對人性的洞察，對東方的了解，確是源自生活實際的具體經驗。

毛姆作為英國小說家，描寫英國殖民地香港的西方上流社會，沒有半點歌功頌德，反而寫出殖民者階級的貪慕虛榮，敗德言行。凱蒂作為旅人北上湄譚府——虛構的中國地方——描繪了田埂竹林、城牆廟宇等東方景觀。她由最初對中國的不屑，從「遙遠」和「神秘」，轉而嘗試真正重新認識中國，「彷彿遮蔽中國的一道帷幕被迅速掀開了一角」。

誰又能真正完全擺脫對他者的想像呢？毛姆刻意描繪的滿州女孩，多少有些異域情調的浪漫想像，把她塑造成不食人間煙火的純潔仙子，來自「一個神秘莫測的精神國度」。不過《面紗》最精彩之處，在於反覆省思而形成戲劇的張力，像凱蒂返回香港時，即發現沿途異域風情的景物都是幻象，她遇見的人事，「都是假面舞劇中的奇幻人物」。也許由始至終，她只是，只能是當一位中國的旅人罷了。

然而，這僅為原因之一。凱蒂在英國、香港以至中國的旅程，其中最重要的空間，該是中國湄譚府了。她離開了家鄉，也非英國殖民地，來到一個與他者他界全無關係的地方，才能發生許多不同於過往的事，借此擺脫了兩重的人際枷鎖——查理的情婦、瓦爾特的妻子——重返自由。而在湄譚府的修道院，她在協助修女，和她們對話時，迫視了自己精神的貧乏，由着重外在貪慾轉而關注內在心靈的安寧。

中國實為《面紗》重要的空間，既揭開了西方對東方世界想像的紗布，也是因為有此空間的流動，方能擺渡凱蒂至彼岸，自覺意識萌生，啟發女性自主的可能。

撕破傳統，走向自主

重重紗布，最為切身莫過於傳統為我們編織的面紗，改造了我們的外觀，也局限對自身想像的可能。凱蒂被傳統女性的身份主導了大半生，像她的婚姻，是因母親眼見凱蒂貌美如花，灌輸她「女性和高富帥結婚即為成功」的價值觀，又眼見妹妹比她早結婚，年紀漸長，只好選擇一個自己不愛的人，瓦爾特。

來到香港，她過得並不愉快，因為瓦爾特只是一個細菌學家，沒甚麼地位。其時女性地位，卻全建基於她丈夫的職位。凱蒂畢生的抱負，全在於依靠丈夫的階級，從而向上流動，即使瓦爾特對她有多好，也無法改變她的不滿。這或是凱蒂會選擇和官運亨通的查理通姦之誘因吧？地位、權力，乃由其母親手刻印於她心靈的思想。

直至凱蒂揭開愛情的面紗，在中國過渡擺脱了查理、瓦爾特的關係，經驗了修道院的歷練，和修女相比，她自慚形穢，自覺是「卑微無用之人」。中國高舉的貞節牌坊，在她眼中有如諷刺，因為凱蒂已經不信甚麼貞潔，失笑於女性所謂的本分，「男人們真是愚不可及！」誠然凱蒂犯錯，但瓦爾特真正的死因，不就是源於貞潔的執着嗎？

毛姆此處又來一個反高潮，正當我們以為凱蒂已經昇華，她回到香港，卻半推半就和查理做愛！精神的軟弱，情慾之強韌，讓我們多麼輕易動搖出錯。查理知道她可能懷上自己的小孩，勸説她留在香港，當他的情婦。凱蒂斷然拒絕，她不需要這樣的男性照顧，她要真正的自由、獨立。

返回英國，凱蒂也看見家庭為其父塑造了一道面紗。他因妻子逝世而鬆一口氣，因為他終於有機會離開此地，除下面紗。傳統限制給兩性所帶來的痛苦，凱蒂已經看得很精楚，由此她始能真正和父親對話，哭着求他，請讓我們重新開始吧。

那麼，凱蒂的孩子到底是誰的？並不重要，因為她的思維已然扭轉，凱蒂要告訴孩子她的故事，正如她告訴我們面紗背後的世界一樣，那是不可愛卻最為確實動人的存在。

袁仁健

袁仁健，淡江大學中文系畢業，現為政治大學中文系碩士生。火苗文學工作室成員。曾獲五虎崗文學獎首獎等獎項，文章散見報刊雜誌。

別揭開這五彩面紗，芸芸眾生都管它
叫生活……

——雪萊《別揭開這五彩面紗》

序

這部小說的創作源自但丁如下詩句：

Deh, quando tu sarai tornato al mondo,
E riposato della lunga via,
Seguito il terzo spirito al secondo,
Ricorditi di me, che son la Pia:
Siena mi fê; disfecemi Maremma:
Salsi colui, che, innanellata pria
Disposando m'avea con la sua gemma.[1]

第二個剛說完，第三個靈魂說：「啊！當你回到人間，作長途旅行以後的休息時，請你記起我：我是畢婭！錫耶納造了我，瑪雷瑪毀了我：以前和我結婚，把一個寶石指環套在我手指上的人，他明白這件事情呢！」[2]

當時，我在聖托馬斯醫院求學，復活節期間，醫院放了六週的假。我往旅行包裏塞進一些換洗衣物，兜裏揣着二十英鎊，就啓程遠行了。那年我二十歲。我遊覽了熱那亞與比薩，隨後來到佛羅倫薩。我在勞拉街租了間房，憑窗眺望，可以看見美麗的大教堂穹頂。房東是位喪偶的夫人，家中有個女兒，好幾個回合砍價後，説定食宿費每天四個里拉。我心想，她可是做了賠本的買賣，因為我的胃口很大，吃掉海量通心粉不過是小菜一碟。她在托斯卡納的山林間有座葡萄園。她親手釀造的基安蒂紅葡萄酒，在我品嚐過的意大利佳釀中，屬最上品，現如今仍念念不忘。她的女兒埃西莉亞每日教我意大利語，雖説她已過了青澀年華，但我猜度，她的年齡還不到二十六。這女孩時運不濟，未婚夫是個軍官，已在阿比西尼亞[3]陣亡，她誓言終身不嫁。毋庸諱言，母親一朝離世，埃西莉亞便會入教修行。（她的母親體態豐滿，滿頭灰髮，生性快樂，在上帝判定她壽數已盡前，是斷不肯撒手人寰的。）而對於皈依宗教的未來，埃西莉亞欣然嚮往。她素愛嬉笑，我們共進午餐與晚餐時，她總是笑逐顏開。但她教書卻一絲不苟，遇上我冥頑不靈，或心不在焉，就用一把黑色戒尺敲打我的指關節。她對我訓誡，竟如幼童，我本應心中憤懣，但一想到書本裏那些迂腐的老學究，不禁莞爾。

我素日勤勉，每天早起，便會翻譯幾頁易卜生的劇本，想着能熟諳技藝，日後寫起對話來，也會輕鬆自如；之後，攜本拉斯金[4]的書，漫遊佛羅倫薩，踏訪名勝風物。依書中記述，我瞻仰了喬托鐘樓[5]和吉貝爾蒂[6]的青銅門[7]。我踱入烏菲齊美術館[8]，觀賞波提切利[9]的畫作，心緒不慍不火。畫中那入骨的青春，大師不以為然，我也隨他嗤之以鼻。午飯吃罷，上過意大利語課，我再次出門遊覽。我參觀城中教堂，沿亞諾河一路徜徉，腦海裏自由暢想。晚飯用畢，我又忙不迭步入城中歷險。只怪我品性單純，或是太過羞怯，每每回返時，貞潔毫髮無傷。房東太太雖已給我鑰匙，可我晚歸後的插門聲，總會惹她寬慰一嘆，她這是一貫擔心我忘了插門。回來後，我重又細細研讀歸爾甫派和吉伯林派的歷史。我深知浪漫主義時代的那些作家斷不會如此度日，但我猜想，僅憑二十英鎊，能在意大利待上六個禮拜，他們當中怕是無人能做到。這種勤勉儉素的生活，我卻甘之如飴。

《地獄篇》我已讀過（對照譯本，也自覺用字典查查生詞），便跟隨埃西莉亞讀起《煉獄篇》。讀到開篇引用過的那段時，埃西莉亞對我講解：畢婭乃錫耶納的貴婦，她的丈夫疑心她紅杏出牆，又懾於她的家族勢力，不敢輕易傷她性命，便把她帶到他在瑪雷瑪的城堡，想借那兒的有毒蒸汽，神不知鬼不覺地殺了她，可是她卻遲遲不死，待他耐心耗盡後，便將她扔出窗外。埃西莉亞從何處得知這個故事，我無從知曉。我手中的但丁註解本並無這般細節可考，但這個故事卻激發了我的無限遐想。多少年來，它始終縈繞在我的腦海中，我不時費心思量，往往兩三日不止。我還時常唸叨：錫耶納造了我，瑪雷瑪毀了我。但這個故事只是我眾多創作素材中的一個，良久以來，它被我拋之腦後。我始終將它看作是現代故事，可是在當今世上，我苦於找不到合適的故事背景，當作此類奇聞異事的發生地。直到我經過漫漫長路，跋涉到了中國後，才最終信手拈來。

我想這是我唯一一部起於故事，而非發於人物的小說。人物與情節的關係難以言表。你不能在真空中使人物立於紙面；你一想到人物，定會將其置於特定情境中，令其發出動作；因此，人物及其主要行為動作，便看似是想像力同時造就的產物。但這一次，我筆下的人物卻是為我臻於豐滿的故事量身定做；這些人物源自我在不同場合中相識已久的人們。

這本書命途坎坷，大凡作家，通常都有類似遭遇。最初，我的男女主人公叫萊恩，這不過是個司空見慣的名字，但香港確有人叫萊恩。萊恩們便提起訴訟，連載這部小說的雜誌花了兩百五十英鎊，息事寧人，我只好把名字換成了費恩。接着，殖民地助理秘書自認受到誹謗，威脅着要訴諸法律。我驚詫不已，因為在英國，我們可以讓首相出現在戲劇舞台上，也可以在小說中描寫首相。即令是坎特伯雷大主教、上議院大法官，或任何地位顯赫之人，對此都不會在意的。我感到奇怪的是，他不過是暫時當個小官，無足輕重，居然也要對號入座，認定自己中槍，但我不想招惹麻煩，就把香港換作了青岩[10]，一個虛構的殖民地。這個小插曲發生時，小說已然出版，只得緊急召回。不少書評家別具慧眼，便假以託詞，並未退回此版樣書。如今，這些樣書因其稀有，價格不菲。我想，這個版本尚有六十冊存於世，藏書家們正以高價回購收藏。

註釋：

[1] 出自但丁《神曲．煉獄篇》第五首。

[2] 譯文選自但丁《神曲》王維克譯本。毛姆原作是用散文體譯出。

[3] 即埃塞俄比亞，非洲東部國家，首都亞的斯亞貝巴。

[4] 約翰．拉斯金（一八一九—一九零零），英國著名作家、藝術家、藝術評論家。毛姆手中之書應是他的《佛羅倫薩的早晨》。

[5] 佛羅倫薩主教堂的鐘樓，哥特式建築，建於十四世紀，設計者是意大利文藝復興初期大壁畫家喬托，故名「喬托鐘樓」。

[6] 洛倫佐．吉貝爾蒂（一三七八—一四五五），意大利文藝復興早期青銅雕刻家。

[7] 即著名的青銅浮雕「大堂之門」，意大利佛羅倫薩聖若望洗禮堂東面的正門，由洛倫佐．吉貝爾蒂雕刻於一四五二年，文藝復興時期最著名的傑作之一。

[8] 位於意大利佛羅倫薩市烏菲齊宮，世界著名繪畫藝術博物館，素有「文藝復興藝術寶庫」之稱。

[9] 波提切利（一四四五—一五一零），十五世紀末意大利著名畫家，歐洲文藝復興早期佛羅倫薩畫派的最後一位畫家。

[10] 原註：這個版本已改回「香港」。

1

「啊！」她失聲驚叫。

「怎麼啦？」他問。

百葉窗緊閉，臥室內昏暗不明。他能看得見她滿臉恐慌。

「門外有人！」

「哦，也許是女傭吧，要不就是男僕。」

「這個時候，他們從不找我。他們都知道，午飯後我要小睡。」

「那麼會是誰呢？」

「是瓦爾特！」她低語道，嘴唇一個勁地哆嗦。

她用手指了指他的鞋子，他趕緊下床穿鞋。受到恐慌情緒的影響，他也神情緊張起來，變得笨手笨腳的。他們倆都被嚇得慌了神。她在慌亂中微微吐了口氣，隨手把鞋拔子遞給他。她穿上睡衣，光着腳，走到梳妝枱前，用梳子把凌亂的短髮迅速梳好。這會兒，他繫好了第二隻腳的鞋帶，她把他的外套遞了過去。

「我怎麼出去？」

「你最好稍等片刻，我去看看動靜。」
「不可能是瓦爾特。不到五點，他是不會離開實驗室的。」
「那麼會是誰呢？」
他們倆壓低聲音嘀咕着，她緊張得依然渾身發抖。他的腦子裏突然閃過一個念頭：危急情況下，她竟然如此驚慌失措！他不由得心生惱怒，幽會這麼不安全，那她憑甚麼説是安全的呢？她忽然屏住呼吸，用手緊抓他的胳膊，他便順着她的目光看過去。他們倆直愣愣地站在那兒，眼睛都死盯着走廊上的窗戶。百葉窗拉上了窗簾，還上了插銷，但窗戶上的白色搪瓷把手緩慢地轉動了一下。他們沒聽見走廊上有人走動的聲音，可搪瓷把手竟然悄無聲息地轉動了，他們頓感毛骨悚然。過了好一陣子，他們還是聽不到任何動靜。這時，另一扇窗戶上的白色搪瓷把手也轉動了一下，無聲無息，令人心驚肉跳，猶如可怕的靈異事件。凱蒂心中駭然，被嚇得魂飛魄散，張口就要大叫。他眼明手快，立刻捂住了她的嘴巴，她的叫聲被遏止在他的手指縫裏。
房間裏鴉雀無聲。她緊貼在他的身上，雙腿直打哆嗦。他覺得，一眨眼間她就要暈過去了。他皺起眉頭，繃緊了下巴，攙扶她來到床邊，讓她坐在床沿上。她的臉色一片煞白，宛如一張白紙。他的臉龐雖已曬成了黝黑色，但雙頰處也泛出了慘白的面容。他僵硬地站在她的身旁，直勾勾的眼睛死盯着搪瓷把手。他們倆誰都沒有說話。這時，凱蒂抽抽噎噎地哭了起來。

「看在上帝的份上，千萬別這樣，」他不無惱怒地咕噥道，「要是我們倒了霉運，那也活該如此，我們只能厚着臉皮硬扛了。」

凱蒂翻找手帕。見狀後，他把她的手提包遞了過去。

「你的遮陽帽呢？」

「放在樓下了。」

「哎呀，我的上帝！」

「要我說，你得保持鎮定。剛才那動靜，十有八九不是瓦爾特。這個時候，他回家幹甚麼？他中午從不回家，是不是？」

「嗯，從不回家。」

「我敢肯定，剛才門外是女傭。」

她的臉上隱約浮出一絲笑容。聽着他渾厚而親切的聲音，她疑慮頓消。她拉住他的手，深情地撫摸着。他止住話頭，慢慢地穩住了她的情緒。

「你瞧，我們總不能老窩在這兒，」過了片刻後，他說，「要不你到外面去瞅瞅？」

「我不敢去。」

「你這兒有白蘭地嗎？」

她搖了搖頭。他眉頭緊蹙，臉色陰沉，變得焦躁不安起來，一副束手無策的模樣。突然，她把他的手抓得更緊了。

「說不定他就在門外等着呢？」

他勉強擠出一絲微笑，說話的語調盡量溫和，耐心勸導她。他很清楚這樣做還是很有效果的。

「這絕對不可能。別再提心吊膽了，凱蒂。怎麼可能是你丈夫呢？要是他回來了，在大廳裏看見一頂奇怪的遮陽帽，上樓後，又發現你的房門反鎖了，肯定會大吵大鬧的。剛才準是你們家女傭，只有中國人，才那樣轉動把手。」

這時，凱蒂的情緒平穩了下來。

「如果剛才只是女傭，那也讓人很不愉快。」

「女傭是可以擺平的，如果有必要，我可以嚇唬嚇唬她。在政府部門當差，雖說沒多大好處，但這個身份倒是能好好用一下，我會警告她不要到處亂說。」

他這麼說總是有道理的。凱蒂站了起來，朝他伸出雙臂，他也伸出雙臂摟住她，在她的嘴唇上吻起來。這一吻讓她銷魂攝魄，也讓她忐忑不安，她對他愛得很深。他鬆開了雙手。她走到窗戶邊，拔出插銷，把百葉窗打開一條縫，朝窗外看去，外面不見一個人影。她躡手躡腳地來到走廊上，朝丈夫的更衣室瞅了瞅，又朝起居室瞅了瞅，這兩個地方都空無一人。她返回臥室，朝他招了招手。

「沒人。」

「照我說，剛才疑神疑鬼的，實在沒必要。」

「你就別笑話我了，我都給嚇死了。你到起居室裏坐一下，我把襪子和鞋穿上。」

2

他照她的話做了。五分鐘後，她也來到起居室，只見他在抽煙。

「能給我來杯白蘭地加蘇打水嗎？」
「好的，我馬上叫僕人過來。」
「我想，這件事不會對你造成傷害的。」
他們在沉默中等待着。僕人來了，她吩咐了一番。
「你給實驗室打個電話，問一下瓦爾特在不在，」她說，「你的聲音他們聽不出來。」
他拿起話筒，讓總機接到實驗室，詢問瓦爾特在不在，隨後放下電話。
「午餐後，他就不在實驗室了，」他對她說，「你問問僕人是否看見他回來過。」
「我可不敢。倘若他真的回來過，而我卻沒見到他，那真是太滑稽了。」
僕人端來酒水，唐森動手喝了起來。他把酒水遞給她，她搖了搖頭。
「如果剛才真的是瓦爾特，那我該怎麼辦呀？」她焦慮地問道。
「也許，他壓根兒就不在乎呢。」
「瓦爾特會不在乎？」
她的聲音中透出難以置信的語氣。
「在我印象中，他是個相當靦覥的人。要知道，有的人是經不起甚麼事情的。

他心裏十分清楚，給自己製造點醜聞，可沒有甚麼好果子吃。我覺得，剛才不可能是瓦爾特。退一步說，即便真的是瓦爾特，我想他是不會怎麼樣的，依我看，他只能當作甚麼事也沒發生過。」

她想了好一陣子，然後說：

「他很愛我！」

「嗯，那樣就更好了，你可以哄哄他嘛。」

他朝她投去迷人的微笑。她覺得，他的微笑具有難以抵禦的魅力。那微笑先從清澈的藍眼睛中泛起，緩慢而清晰地蔓延到線條勻稱的嘴角上，隨後露出一口玲瓏雅致的白牙。他笑起來性感十足，凱蒂頓時春心蕩漾，神魂顛倒。

「我根本不在乎，」她滿心歡喜地說道，「這樣做很值。」

「說起來都是我的錯。」

「你今天怎麼會來？方才見到你，我吃了一驚。」

「我實在忍不住了。」

「啊，親愛的。」

她朝他輕輕地偎依過去，黑色的眼睛熠熠發光。她用含情脈脈的眼神望着他，嘴唇微微張開，有點急不可耐。他伸出雙臂把她摟住，她興奮地叫了一聲，一頭扎進他的懷中。

「相信我，倘若真有甚麼事，儘管過來找我。」他說。

「和你在一起，我很幸福。我希望能給你帶來快樂，就像你給我帶來快樂一樣。」

「你現在還感到害怕嗎？」

「瓦爾特只會讓我討厭。」她回答道。

聽了這句話，他不知道說甚麼好，只能就勢吻了吻她。貼在她的臉上，他感覺非常柔軟。

他抬起她的左手，瞅了瞅她手腕上的一塊小金錶。

「你知道我現在最想幹甚麼嗎？」

「溜之大吉？」她莞爾一笑。

他點了點頭。有一會兒，她把他抱得更緊了，但是能感覺到他很想走了，於是便把手鬆開。

「丟下手頭工作不做，偏要跑到我這兒來，真不害臊。趕緊着滾蛋吧。」

與她挑逗調情充滿誘惑，他覺得很難抵抗。

「你這個小乖乖，就想急急忙忙攆我走了？」他輕鬆笑道。

「你心裏清楚，我可捨不得你馬上走的。」

她話音低沉，顯得認真而嚴肅。他受寵若驚地哈哈大笑。

「方才那個神秘人，就別再擔心啦，你這個可愛的小腦袋瓜，我敢肯定是僕人。倘若真有甚麼麻煩事，我保證能幫你解除煩惱。」

「這麼說，你是個經驗老到的高手了？」

他得意而開心地大笑起來。

「當然不是。不瞞你說，我這顆腦袋還算機靈吧。」

3

凱蒂來到走廊上，目送着他離開，他也朝她揮手告別。看着他走路的樣子，她心裏一陣莫名的激動。雖説他今年四十一歲了，但渾身柔性十足，腳步靈活，活像個大小夥子。

走廊籠罩在陰影中。男歡女愛後，她心情愉快，於是便在走廊裏慵懶地徘徊着。他們的住房坐落在一個名叫「幸福谷」的地方，背靠着小山。山頂上的宅第更加愜意，但租金昂貴，他們根本住不起。她目光遊移，顯得心不在焉，對前方的藍色大海熟視無睹，對港口中擁擠的船舶視而不見。眼下，她一門心思想着她的情人。當然，今天中午，他們的舉動是十分愚蠢的。不過，既然他都主動跑來了，她又怎麼能謹小慎微、縮手縮腳呢？他在午飯後趕來偷歡，已有兩三次了。正午時分，天氣炎熱，沒有人願意出門，他的行蹤甚至連僕人也不會發現。待在香港，日子真是太難熬了，她討厭這座中國人的城市。域多利道上有一座髒兮兮的小屋，他們平時都在那兒幽會。可是，一走進那間小屋，她就感到精神緊張。那是一家古董店，四下裏閒坐着一些中國人，他們看過來的目光，讓她很不自在。一個老頭帶她走進店舖的後堂，登上一截昏暗不明的樓梯。老人一臉討好的笑容讓她反感。她被領進一個霉味十足的房間。看見靠牆的那張大木床後，她頓時一怔。

「哎呀，這個地方真是太髒了。」第一次和查理在那兒幽會時，她不無嗔怒地說道。

「只要你大駕光臨，就一點兒都不髒了。」他回應道。

當然，她被他攬入懷中的時候，甚麼髒不髒的早就拋到腦後去了。

凱蒂感到懊惱的是，她已嫁作人婦，無自由之身；查理也是拖家帶口，身不由己！不過，查理對他的老婆很不喜歡。這會兒，她散亂的思緒飄移到了多蘿西·唐森的身上。

被人叫作「多蘿西」，該是多麼不幸啊！它把你的年齡都曝光了。那個女人起碼三十八歲了。在閒聊時，查理從來都不願提起她。顯然，查理壓根兒就沒有把她放在心上。他對多蘿西早就厭煩透了，但只想保持紳士風度而已。想到這兒，凱蒂微微一笑，那笑容既含情脈脈，又不無嘲諷意味。這才是查理的為人做派嘛！這個傻乎乎的老派男人，他也許能背着老婆在外面出軌，但他的口中斷不會蹦出一個輕蔑她的字眼來。他老婆有一副高䠷的身材，個頭兒比凱蒂還高，體型不胖也不瘦，長着濃密的棕灰色頭髮。不管怎麼説，他老婆長得並不算漂亮，興許年輕的時候略有姿色罷了。她的五官較為端正，但並無出色之處。她有一雙冷若冰霜的藍眼睛，面色枯槁，雙頰不見一絲兒血色，你都懶得朝她看上第二眼的。她的衣着打扮——哼，對她來説，倒正合適呢——就是一副香港助理輔政司老婆的行頭而已。凱蒂面露笑容，微微聳了聳肩膀。

當然，誰也不能否認，多蘿西．唐森嗓音甜美。她是一位出色的賢內助，對此查理總是掛在嘴邊。她這樣的女人，凱蒂的母親稱之為「賢淑女人」。可凱蒂壓根兒就不喜歡她，不喜歡她隨隨便便的做派。你去她家喝茶或用餐時，她彬彬有禮的客套令你不悦。你總覺得，她壓根兒就沒把你當回事。凱蒂覺得，除了孩子，她對甚麼事都無所用心。她有兩個兒子，眼下正在倫敦上學，身邊還有一個六歲大的男孩，明年也要送回英國讀書。她的臉上彷彿總戴着一副面具，説話時帶着微笑，看上去和藹可親，溫文爾雅。雖説她絕不會口出惡言，可她那言辭懇切的架勢，總有拒人千里之外的感覺。在香港這個殖民地，她有幾個私密閨友，這些人倒是對她羨慕有加。凱蒂很想知道，在唐森老婆的眼裏，她是否就是個稀鬆平常的女人。想到這兒，她滿臉緋紅起來。不過話説回來，多蘿西也毫無理由來顯擺自己。她父親做過殖民地總督，這當然不假。總督在任期間，那場面確實很氣派——總督進屋時，每個人都要肅立致敬；總督上車出行時，男士們無不脱帽行禮——可是，總督一旦退位，那就和普通人沒甚麼兩樣了。眼下，多蘿西的父親住在伯爵府區的一幢小屋內，靠着養老金生活。要是她邀請多蘿西上門做客，母親保準會覺得沒勁透了。凱蒂的父親伯納德·賈斯汀如今正擔任王室大律師[1]呢。說不定哪一天，父親就會榮升王室大法官。不管怎麼說，她的父母可是生活在南肯辛頓。

註釋：

[1] 英國皇室授予英聯邦國家資深大律師的封號。

4

凱蒂婚後隨丈夫來到香港。她覺得很難接受的是，她在這兒的社會地位竟是由丈夫的職位決定的。當然，每個人對她都客客氣氣的。最初兩三個月，他們差不多每天晚上都要出門赴宴。他們去政府官邸做客時，總督就像對待新娘子一樣歡迎她。可是她很快就明白過來，作為政府細菌學家的老婆，她本人的地位是無足輕重的。對此，她感到忿忿不平。

「這簡直太荒唐了！」她對丈夫說，「哼，把這兒的人請到家裏，不到五分鐘，就沒勁透了。在國內，倘若母親要大宴賓客，做夢也不會想到他們的。」

「何必為這種事煩心呢？」他回應道，「這也沒甚麼大不了的。」

「的確如此，這只能說明他們太乏味了。想想也真是可笑啊，在國內，我們家總是賓客盈門，顯貴如雲，可是在這兒，別人看我們如同泥土一般輕賤。」

「社交圈子裏，人們對科學家是視而不見的。」他自嘲道。

如今，她總算領教了，可是在結婚之初，她對此全然不知。

「沒想到船運代理也會請我們吃飯，真是太逗了。」她說完後，噗嗤一笑，盡量讓自己的話聽上去不那麼勢利。

她說話時語氣輕鬆，但丈夫還是察覺到了她的委屈。他抓住她的手，不好意思地摩挲起來。

「我覺得很對不住你，親愛的凱蒂。其實，你也不必為這檔子事煩心。」

「當然，我才犯不着呢！」

5

那天下午，擰把手的人倘若不是瓦爾特，那就是僕人了。說到底，僕人知悉內情也無所謂。反正甚麼事都瞞不住中國僕人，好在他們的嘴巴還算嚴實。

她每每回想起搪瓷把手轉動時的情景，心就怦怦亂跳。他們再也不能這樣冒險了，最好還是去古董店。即使被人看到了，誰也不會胡思亂想。他們在那兒幽會絕對安全。古董店的老闆知道查理的身份，他沒有蠢到跟助理輔政司故意作對的地步。只要查理深深地愛着她，她還有甚麼好在乎的呢？

她轉身離開走廊，走進起居室。她坐到沙發上，伸手拿起一支煙。她的眼睛瞥見了一本書，上面放着一張便條。她打開便條，只見上面用鉛筆寫着：

親愛的凱蒂，

這是你想要的書，我正要寄給你，就碰到了費恩博士。他說他正好回家，順路給你帶回去。

V·H[1]

她摁響了傳喚的鈴聲。僕人來了後，她問是誰把書送過來的，甚麼時候送過來的。

「是主人拿回來的，夫人，午飯後拿回來的。」他回答道。

這麼説，門外那個人就是瓦爾特了！她立刻給輔政司辦公室打電話，接通了查理的座機。她把情況告訴了他，他好一陣子沒有吭聲。

「我們該怎麼辦呢？」她惴惴不安地問。

「我正在開一個重要會議，現在恐怕不方便説話。我想你還是靜觀其變吧。」

她放下話筒，心裏清楚他的邊上還有別人。他那邊抽不開身，她這邊可是憂心如焚啊。

她在桌子旁坐下來，雙手掩面，思考着眼下的困境。也許，瓦爾特只是覺得她在午睡。她把自己反鎖在臥室裏，也不能説毫無理由。她竭力回憶着，他們倆是不是一直都在説話？可以肯定，他們倆説話的聲音並不大。還有樓下那頂帽子。查理竟然把帽子放在樓下，簡直是腦子有病。可如今再怪罪他也不頂用了，他這樣做再自然不過。眼下還沒有跡象表明，瓦爾特注意到了那頂帽子。説不定，他匆匆忙忙趕回家，把書和便條放下後，就轉身出門，繼續辦事去了。也真是奇了怪了，他竟然擰了一下門把手，還有兩扇窗戶的把手。如果明知道她在午睡，還故意來打擾她，這不像是他的做事風格啊。唉，她真是幹了一樁蠢事！

她的身體微微一顫。她又一次感受到了甜蜜而忐忑的心跳。只要一想到查理，她就有這種心跳的感覺。她覺得做甚麼都值了。查理説過，他永遠都站在她的一邊。即使情況壞到不能再壞的地步，那麼……那麼就讓瓦爾特大發雷霆吧，如果他選擇這麼做的話。她都有了她的查理，還有甚麼好在乎的呢？也許，讓他知道了實情，反倒是一樁天大的好事呢。她從來都沒把瓦爾特放在心上。自從愛上查理·唐森後，她對丈夫的擁抱與接吻總感到討厭與噁心。她再也不想與丈夫有任何親密的接觸了。眼下看不出來，他能找到甚麼證據呢？要是他提出不忠指控的話，她就極力否認。假如真到了無法否認的地步，那麼好吧，她就把真相甩在他的臉上。他想怎麼着，就隨他的便！

註釋

[1] 凱蒂的一位朋友。V·H是英文姓名開頭字母縮寫。

6

婚後不到三個月，她就知道自己犯了大錯。說起來，這樁錯誤的婚姻只能怪她母親，倒怪不得她自己。

房間裏有一張母親的照片，凱蒂用厭惡的目光看過去。她不知道自己為甚麼要把它擺在那兒。她很不喜歡母親。家裏還有一張父親的照片，不過卻放在樓下的大鋼琴上。這照片是他當上王室大律師時拍的。他頭戴着馬尾假髮[1]，身披法袍，但看上去毫無威嚴可言。他乾癟瘦小，眼神疲憊，長着兩片薄薄的嘴唇，上唇還偏長。喜歡說笑的攝影師本想讓他放鬆一些，反倒使他的表情更加嚴肅。他的嘴角向下耷拉着，目光呆滯，看起來有點兒鬱鬱寡歡。賈斯汀太太從底片中選中這一張，覺得這張照片符合他公正嚴明的職業身份。她本人的照片是丈夫就職王室大律師時在王宮裏拍的。她身穿天鵝絨長裙，身後拖着修長美麗的裙襬，頭上插着羽飾，手裏捧着鮮花，顯得雍容華貴。拍照時，她筆直地挺着身子。她年逾五十，身子瘦瘦的，胸部平平的，顴骨突出，鼻梁高聳，披着一頭濃密潤澤的黑髮。凱蒂總覺得，母親的頭髮即使沒有染過，至少也精心打理過。她的一雙黑眼睛又細又小，總是轉個不停，很是引人注目。與人交談時，尚未起皺的黃臉上毫無表情，但一雙眼睛滴溜溜亂轉，讓人很不自在。這雙眼睛對你左看右看，瞅來瞅去，不經意間還朝別人瞟上幾眼，隨後又收回來看着你。你不免覺得她是在批評你，在評估你，可又對周圍保持着警惕。你還會覺得，她跟人說話時口是心非，言不由衷。

註釋：

[1] 在英國以及英國前殖民地的法庭中，法官和律師所佩戴的司法假髮套。

7

賈斯汀太太為人苛刻，不講情面，愛管閒事，心高氣傲，吝嗇錢財，愚蠢至極。她的父親是利物浦的一位法務官，姐妹五個。伯納德．賈斯汀在北部巡迴法院開庭時認識了她。當時，他是個朝氣蓬勃的年輕人。她的父親誇讚他前程遠大，可事實並非如此。他勤奮刻苦，任勞任怨，也頗具才幹，但是缺少晉升職位的意志決心。賈斯汀太太對他甚為鄙視，可是她心裏清楚，儘管也帶着苦澀，她只有依靠丈夫才能出人頭地。她處心積慮地鞭策丈夫，想讓他按照自己的意圖打拼。她絮叨不停地指責他，甚至不留一點兒情面。她後來找到了制服丈夫的訣竅。如果她想做甚麼，而丈夫很不情願，她就不斷叨擾，直到他心神不寧。丈夫在筋疲力盡之後，只能作出讓步。她費盡心機，去討好那些可能對她有用的人；她喜歡巴結那些能給丈夫帶來機遇的律師們，並與他們的太太打成一片；她對法官以及他們的太太極盡阿諛奉承之能事；她還煞費苦心，去結交那些前途無量的政壇新星。

二十五年來，賈斯汀太太無論請誰上門吃飯，絕不是因為她喜歡這些客人。每隔一段日子，她就要大擺宴席，廣邀賓客。她雖然野心勃勃，但為人卻相當吝嗇，多破費一分錢都會讓她心痛不已。她總是自吹自擂，說甚麼只需別人一半的費用，就能辦成同樣大小的宴席。她家舉辦的宴會耗時不短，排場不小，但花錢不多。她總是自欺欺人，覺得客人們在大快朵頤、高談闊論之時，壓根兒就不清楚嘴裏喝的是甚麼。她用紗布把莫澤爾白葡萄酒過濾一下，客人們還以為是香檳酒呢。

伯納德·賈斯汀的律師業務差強人意，但遠未達到顧客盈門的地步，那些跟隨他從業的人早就超過了他。賈斯汀太太曾讓丈夫競選國會議員，雖説競選費用由黨部承擔，但她的吝嗇又一次阻礙了她的抱負。她捨不得拿出足夠的錢來討好選民。作為候選人，伯納德．賈斯汀捐獻給無數競選基金的費用總是缺斤少兩，份量不足。他最終功虧一簣，在競選中敗下陣來。丈夫沒當上國會議員，賈斯汀太太自然覺得很沒面子。不過，她還是以堅忍不拔的意志吞下了丈夫敗選的苦果。丈夫的身份使她有機會結交眾多傑出人士，她對個人社會地位的提升感到心滿意足。她知道，伯納德永遠也進不了國會的大門，她讓丈夫競選議員，只希望他所隸屬的政黨能對他心懷感激。説實在的，為兩三個即將失去的議席打拼一下，政黨上上下下會感恩不盡的。

丈夫還是個低級律師時，很多後起之秀早被任命為王室大律師。丈夫也應該而且必須當上王室大律師，否則的話，他被任命為大法官的機會就十分渺茫。此外，還有她本人的原因，赴宴時，跟在比她小十歲的女人身後，她感到措顏無地。可是，在固執成性的丈夫面前，她屢屢受挫，多少年來都心有不甘。丈夫擔心，一旦做了王室大律師，就會失去律師業務。丈夫還提醒她説，二鳥在林，遠不如一鳥在手。可她反唇相譏道，使用藉口是無能者最後的伎倆。丈夫鄭重告誡她，當上王室大律師，收入可能會銳減一半。他知道，沒有甚麼比收入問題對她更有說服力了。但是她卻充耳不聞，反過來罵丈夫是無能的懦夫。她不依不饒地與他爭吵，最後總是以丈夫屈服讓步而告終。丈夫只好提出申請，很快被任命為王室大律師。

丈夫的擔憂轉眼間變成了現實。他在大律師的位子上原地踏步，接受委託的案子寥寥無幾。他內心備感失望，卻深藏不露，他對妻子心生責備，但也只能埋在心底。他在家裏一向寡言少語，此後就更加沉默寡言，可全家都沒有注意到他身上的微妙變化。在女兒們的眼中，父親只不過是家中收入的源頭。父親為了家人的衣食溫飽與休閒度假，還有日常零用，辛辛苦苦地工作，永遠都是理所應當的事情。可是眼下，她們都知道，家中經濟變得拮据起來，全都是父親的過錯。她們不僅對他態度冷淡，而且還心懷怨恨與鄙視。這個溫順矮小的男人披星戴月、早出晚歸，可她們從來都沒有考慮過他的內心感受。對她們來說，父親彷彿就是個陌生人。她們還想當然地認為，作為父親，這個男人自然是喜歡她們、疼愛她們的。

8

賈斯汀太太擁有一個令人敬佩的品質：從不氣餒。志向受挫後，她深感屈辱，但是在朋友圈裏，也是在她的全部世界裏，決不讓任何人看出來。她對自己的生活方式未作任何改變。經過精心籌劃，她還像以前一樣舉辦華麗的盛宴。與朋友交往時，仍顯得若無其事，興高采烈，這也是她多年養成的習慣。她有一身能說會道、巧舌如簧的本領，在社交圈內，這是她攀談交往的通行證。在那些不輕易與人閒聊的客人當中，她的口才就有了用武之地。不管談論甚麼樣的時新話題，她都能得心應手。她能用得體的言談迅速贏得信任，能有效打破尷尬的冷場。

賈斯汀太太知道，丈夫要想當上高等法院大法官幾無可能，但仍有希望獲得郡縣法官的職位。即使最不濟，也有可能被委派到殖民地去任職。後來，丈夫被任命為威爾士一座小城的刑庭法官時，她算是心安理得了。不過，她早將平生夙願寄託在女兒身上。她盡力為女兒撮合姻緣，尋找如意郎君，希望能彌補她鬱鬱不得志的人生。她有兩個女兒，一個是凱蒂，另一個是多麗絲。多麗絲長相平庸，毫無姿色，鼻子過長，身形偏胖。因此，只要她能找個家境富裕、工作穩當的年輕丈夫，賈斯汀太太就能心滿意足了。

可凱蒂貌美如花，她還是孩子的時候，就是一個美人坯子。她長着一雙黑色的大眼睛，秋波蕩漾，亮麗閃爍。她披着一頭微微泛着紅光的棕色鬈髮，滿口牙齒白皙整齊，全身皮膚細膩光滑。她的五官算不上完美無缺，下巴棱角分明，鼻子稍大，只是長度不如多爾絲。她之所以那麼美麗俊俏，是因為她正值青春韶華。賈斯汀太太暗下決心，一定要讓女兒在含苞待放的妙齡之際嫁出去。凱蒂進入社交圈後，她的美貌艷驚四座。她的皮膚白皙細嫩，美艷照人。長長的睫毛下，一雙明眸嫵媚妖嬈，顧盼生輝，只要隨意看上一眼，將為之傾倒。她猶如一個快樂的精靈，魅力四射，神韻怡人。賈斯汀太太將滿腔母愛傾注在女兒身上，可是那母愛中夾雜着冷酷無情、長於算計的成份，而冷酷算計正是她的拿手好戲。她對女兒的未來雄心勃勃，寄託着人生的夢想。她期待女兒能喜結良緣，更希望她能聯姻豪門顯貴。

凱蒂打小就知道，她將出落成一位美人。她對母親的人生抱負從未質疑過，覺得母親的抱負也很合她的心意。她在母親的引領下踏入社交圈。賈斯汀太太大顯身手，受邀參加各種舞會，盼望女兒能與她的如意郎君邂逅相逢。凱蒂在社交場上如魚得水，大獲成功。她不僅美麗俊俏，而且還風趣詼諧，眨眼間就讓一打男士墜入情網，可是她卻一個也沒看中。凱蒂對所有的追求者風情依舊，友好如初，但是卻小心翼翼，不對任何人傾心動情。每逢週日下午，南肯辛頓莊園的客廳裏，情深意濃的年輕人濟濟一堂，而賈斯汀太太面帶微笑，冷眼旁觀。她覺得不費吹灰之力，就能讓這些多情男子與凱蒂保持距離。凱蒂也存心與他們打趣調情，惹得他們爭風吃醋，彼此猜忌，可是一旦有人向她求婚——其實是爭先恐後地求婚，她都巧妙而明確地加以拒絕。

凱蒂的社交第一季結束了，可是理想中的求婚者並沒有現身。社交第二季也結束了。好在她還青春年少，大可以坐等良機。賈斯汀太太對閨蜜好友解釋，女兒芳齡才二十有一，眼下就讓她嫁出去，未免有點兒惋惜。可是，第三年過去了，第四年也過去了。兩三個曾經的仰慕者又向她求婚，但這些人依然一貧如洗。有一兩個小夥子向她示愛，但歲數比她還小。一位曾在印度工作過的退休官員也向她求婚，可他都五十三歲了。凱蒂一如既往地參加舞會，穿梭於溫布爾登和洛茲，愛思考特和亨利之間，完全樂在其中。可是，在求婚者當中，仍舊無人能在地位和財富方面令她稱心如意。賈斯汀太太開始坐立不安起來。她注意到，凱蒂只能吸引四十歲以上男人的興趣了。她提醒女兒，再過一兩年，她就不再青春靚麗，年輕女孩就會層出不窮地浮出水面。賈斯汀太太當着家人的面也會直言無忌。她警告女兒青春易逝，凱蒂只是聳一聳肩膀。她覺得，她仍然像從前一樣美麗動人，也許更加美麗動人，因為在過去的四年中，她已學會了穿戴打扮。她覺得手中仍有大把大把的良機，要是為了結婚而結婚，馬上就有一打男孩跳出來求婚的。毋庸置疑，她心目中的如意郎君遲早會飄然而至的。可是，賈斯汀太太對形勢的判斷更加明察秋毫，對美麗女兒錯失時機怒火填膺。後來，她不得不降低擇婿的標準。她放下心中的傲慢，將目光轉向那些她曾經嗤之以鼻的職業人士，希望女兒能找個年輕的律師或企業主，她覺得這些人還是很有前途的。

凱蒂到了二十五歲，依舊孑然一身。賈斯汀太太十分懊惱，經常劈頭蓋腦地將凱蒂數落一番，發洩心中強烈的不滿。她怒問女兒，甚麼時候不再靠父親來養活了。父親大把花錢，入不敷出，就是為了給她創造機會，可她總是讓機會白白溜走。然而，賈斯汀太太從來都沒有意識到，她滿腔熱情地廣發請柬，大宴賓客，也許正是因為她過於殷勤，才讓這些富貴子弟避之若浼的。可是在她眼裏，凱蒂之所以姻緣未定，是因為她愚笨無知所致。這時，多麗絲也步入社交場。她的鼻子依然很長，身材差勁，舞技拙劣，可是在社交第一季，她就和傑弗里·丹尼森情定終身。傑弗里是家中獨子，父親是一位成功的外科醫生，一戰時被加封為從男爵。除了是爵位世襲者——雖說做一個有爵位的醫生不是很風光，但是，感謝上帝，爵位終究還是爵位啊——傑弗里還是豐厚家產的唯一繼承人呢！

於是，凱蒂在匆忙慌亂中嫁給了瓦爾特·費恩。

9

她和瓦爾特認識的時間很短，從來都沒拿正眼看過他一次。他們初次見面是在何時何地，她心中渾然不知。直到訂婚後，瓦爾特才告訴她，他跟朋友參加舞會時有緣與她相識。當時，她自然對他視而不見。她與他一起跳過舞，那是因為她性格溫和，只要有人邀請，她都欣然接受，與人共舞一曲。她對瓦爾特毫無印象。一兩天後，在另一次舞會上，他走過來主動與她攀談，她才驀然發覺，無論她參加甚麼舞會，舞場內都有瓦爾特的身影。

「說起來，我和你跳過十幾場舞了，你必須把你的名字告訴我。」她笑瞇瞇地對他說。

顯然，他感到十分詫異。

「你是說，你還不知道我的名字？我們早就認識過了。」

「哦，可能是當時沒聽清吧。要是你也不知道我的名字，我一點兒也不感到奇怪。」

他朝她微微一笑，臉色凝重，略顯嚴肅，可是他的笑容卻十分甜美。

「我當然知道你的名字。」他沉默片刻，隨後問道，「難道你就沒有好奇心嗎？」

「當然有，我和大多數女人一樣。」

「你沒向別人打聽過我的名字嗎？」

凱蒂覺得有點兒好笑。她心中納悶，他為甚麼覺得自己會對他的名字感興趣呢？不過，她可不喜歡招惹別人不悅，於是便朝他看去，笑容可掬，雙目生輝。她的美麗眼睛猶如叢林深處的碧潭，慈眉善目中盡顯千嬌百媚。

「那麼，你叫甚麼名字呢？」

「瓦爾特·費恩。」

她不知道，瓦爾特為甚麼要頻繁參加舞會。他的舞技十分平庸，在舞會上也沒有多少熟人。她的腦海中曾靈光一閃：這個傢伙愛上她了！隨後，她又聳了聳肩膀，將這個念頭棄之一邊。她有很多閨蜜好友，只要與男人邂逅相遇，總覺得對方愛上了自己，後來證明都是荒唐可笑的自作多情。雖說如此，她還是不時留意着瓦爾特·費恩的一舉一動。他和那些傾慕她的多情少年並不相同。大多數追求者露骨表白，很想求得貼面一吻，不少人的確吻過她。可瓦爾特·費恩從不與她談論情感，對個人經歷更是閉口不提。他總是沉默寡言，像個悶葫蘆似的。她對此倒也毫不在意，因為她自己能侃侃而談。她經常妙語連珠，逗得瓦爾特哈哈大笑，自己也感到芳心蕩漾。其實，瓦爾特開口答話時，言談並不愚蠢，看得出，他只是羞澀靦覥罷了。他說，他在遠東地區工作，眼下正好回國度假。

一個週日下午，瓦爾特來到南肯辛頓的莊園做客，當時家裏來了十幾位客人。瓦爾特端坐良久，舉止有點兒局促不安，後來悻悻離去。母親問她這個年輕人是誰。

「我不熟悉。是你請來的客人嗎？」凱蒂問。

「是的，我在巴德萊斯認識的。他說，他和你在很多舞會上見過面。我告訴他，星期天下午有空的話，來我們家坐坐。」

「他的名字叫費恩，好像在遠東工作。」
「是的，他是一位醫生。他是不是愛上你了？」
「老實說，我可不知道呢！」
「我還以為，有人愛上你，你怎會不知道呢？」
「就算他真的愛上我，我也不會嫁給他。」凱蒂輕鬆說道。賈斯汀太太沒有接話。她沉默無語，心中老大不快。凱蒂滿臉緋紅。她心裏清楚，眼下無論跟誰結婚，母親早就滿不在乎了，只要她能盡快嫁出去就行。

10

接下來的一個星期，她與瓦爾特又在舞會上見過三次。瓦爾特不像以前那樣羞澀靦覥了，聊天時比以前更加健談。他自稱是一位醫生，但不是開業醫師。具體地說，他是一位細菌學家（凱蒂對這個職業毫無概念），眼下正在香港工作，打算秋季重返殖民地。他還對中國的情況詳加介紹。對凱蒂來說，不管別人談論甚麼，她都會津津有味地聽着。不過，聽他這麼一說，香港的生活倒也充滿樂趣，那兒有俱樂部、網球場、跑馬廳、馬球會、高爾夫，不一而足。

「他們經常舉辦舞會嗎？」

「嗯，是的，經常舉辦。」

她很想知道，瓦爾特對她大談香港是否帶有甚麼目的。他好像很喜歡與她交往，但卻從未有過哪怕最微小的示愛舉動，比如說拉一下手，拋個媚眼，或說個愛字甚麼的。他似乎只把她當作萍水相逢的普通舞伴而已。第二個週日，他再次登門拜訪。那天外面正在下雨，父親打不成高爾夫，只好回到家中，和瓦爾特．費恩促膝長談。後來，她問父親兩人都聊了些甚麼。

父親說：「他在香港工作，那兒的首席法官是我的老友。看得出，他是個天資出眾的小夥子。」

她心裏清楚，多年來，父親為了她和妹妹，不得不討好那些年輕的追求者，卻對他們十分厭煩，無一例外。

「父親，這些人從來都不入你的法眼啊。」她說。

父親用和藹而疲憊的眼神看着她。

「你打算選他做意中人嗎？」
「當然不會。」
「他是不是愛上你了？」
「我看不出來。」
「你喜歡他嗎？」
「一點兒也不喜歡，這個人很沒勁。」

瓦爾特壓根兒就不是她喜歡的類型。他個頭不高，長得也不壯實，身材瘦小，體型相當單薄。他的臉棱角分明，線條清晰，膚色偏暗，鬍子刮得淨光。他的眼珠基本上是黑色的，眼睛卻不大，目光略顯呆滯，無論朝甚麼東西看去，那眼神都是直楞楞的，滿是疑問，令人不悦。他的鼻子挺拔雅致，眉毛清秀，嘴角圓潤。有如此容貌，本應十分英俊，可令人稱奇的是，他看上去並不英俊。凱蒂費心琢磨後才驚訝地發現，他的五官各有各的俊美之處，但拼在一起就不那麼好看了。他的臉上總是掛着譏諷嘲弄的表情。凱蒂對他了解得越多，就越覺得很難與他輕鬆相處，他是個了然無趣之人。

那時，社交季節已接近尾聲。他們倆經常見面，但瓦爾特還是對她若即若離，心思不可捉摸。確切地說，和她在一起，他不僅羞澀靦覥，而且手足無措。他的言談依然硬邦邦的，怪兮兮的。凱蒂最終斷定他根本不愛她，只是喜歡與她交往，覺得她容易接近而已。他在十一月份回到中國後，就再也不會想起她了。她還尋思着，保不準他與香港某個護士早就訂婚了，這個護士說不定還是個牧師的女兒，長相平庸，天生一副平腳板，性格木訥得很，還扭扭捏捏的。這種女人做他老婆，說起來倒也是世間絕配呢！

多麗絲與傑弗里·丹尼森很快訂婚了。多麗絲剛滿十八歲，就要喜結良緣，可她虛度了二十五個春秋，卻依然未能覓得情郎，難道她真就成了嫁不出去的老姑娘了？那一年，唯一向她求婚的是個二十歲的男孩，還在牛津讀書呢，她可不能嫁一個比自己小五歲的男孩。眼下，事情變得一團糟了。去年，她拒絕了一位喪偶男士的求婚，他有爵位，還有三個孩子。凱蒂回想起來，仍感到有點兒懊悔。一想到母親的態度，她就不寒而慄。幾年來，母親對她的婚戀寄託着攀龍附鳳的厚望，只能讓多麗絲委曲求全。可如今，多麗絲也會趾高氣揚，對她的窘況幸災樂禍的。凱蒂的心情沉甸甸的。

11

一天下午，凱蒂從哈羅德百貨公司[1]步行回家，走到布蘭普頓路時，碰巧遇到了瓦爾特·費恩。瓦爾特止住腳步，主動跟她說話。後來，瓦爾特問她要不要到公園裏走走。她當時也恰好無意回家；那時候，家已經不那麼好待了。於是，他們倆邊走邊談，東一句西一句，一如從前。瓦爾特問她今年夏天打算去哪兒度假。

「通常，我們全家都去鄉下避暑。你看，我父親這一任法官幹下來，早就疲憊不堪了，我們得找個最幽靜的去處。」

凱蒂說這番話是言不由衷的。她心裏很清楚，父親工作並不繁忙，遠未達到精疲力竭的地步。父親即使有心要去度假，但去甚麼地方度假，也不是他說了算。選擇「最幽靜」的地方，是因為那兒更省錢。

「要不要到那邊的椅子上坐坐？」瓦爾特突然問。

她順着他的目光看去，只見草坪上有棵大樹，大樹下有兩把綠色的椅子。

「好的，那就坐坐吧。」她說。

他們倆坐下來後，瓦爾特卻不知怎的神情甚是恍惚。他這個人真是古怪啊！不過，她自己喋喋不休地說着，反倒興致很高。她還摸不透，瓦爾特為甚麼要請她到公園裏來散步？說不定，想跟她講講他與香港那個平腳護士的愛情故事吧。忽然，他轉過身子，面對着她，她的話還沒有說完，就被他給打斷了。這會兒她才發現，自己說了甚麼，他壓根兒就沒聽。他的臉色白得像石灰。

「我有話跟你說。」

她迅速瞥了他一眼，只見他的眼睛裏充滿痛苦和焦慮的神色。他說話時聲音很輕，嘴唇哆嗦，牙齒發顫。凱蒂還沒鬧明白他為甚麼這般激動，他又開口問道：

「你願意嫁給我嗎？」

「你這個問題太突然了！」她回答道，心中一驚，看他的眼神茫然若失。

「難道你看不出來，我早就愛上你了？」

「可你從來都沒有表白過呀。」

「我這人笨嘴笨舌的，總是詞不達意，有話說不清。」

凱蒂的心怦怦亂跳。在此之前，經常有人向她求婚，有的人和顏悅色，有的人言真意切。她在答覆時，或和顏悅色，或言真意切。可是像他這般求愛，卻從未見過。他的愛情表白竟是如此突兀，還透着一股莫名其妙的悽惶勁兒。

「謝謝你的好意。」她口裏說着，心中疑慮重重。

「打第一眼看見你，我就對你傾慕不已。我早想對你表白，但就是開不了口。」

「可我不知道，你對我是不是真心實意的。」她吃吃笑道。

抓住機會笑上一笑，倒也讓她樂在其中。那天陽光明媚，晴朗無雲，但周圍的空氣突然變得凝重沉悶。瓦爾特眉頭緊鎖，愁雲黯淡。

「我當然是真心實意的。本來，但凡有一丁點兒機會，我都不會放棄。可是現在，你馬上就要去度假了，等秋天到了，我又不得不返回中國。」

「這事兒我倒從未想過呢。」她愛莫能助地說道。

他沒再說甚麼，低垂着腦袋，怏怏不樂地瞅着草坪。他真是一個十分古怪的傢伙！不過，他在表明心跡後，凱蒂反倒覺得不可思議，似他這般求婚方式，她以前從未見過。她略感驚慌，又喜不自勝，他的木訥反倒讓她心有所動。

「你得給我時間考慮呀。」

他依然一聲不吭、一動不動地坐着。難道他非要逼她當場表態嗎？這真是太荒唐無理了。她總得和母親商量商量吧。她剛才答覆的時候，就應該站起來。她枯坐在那兒乾等着，本以為他會支應一聲。而眼下，她也鬧不明白，為甚麼她的身體就是挪不動地兒。她的眼睛沒有看他，但是心裏卻在想着他的外表。她從來都沒有料到，她的意中人只比自己高那麼一丁點兒。與他並肩坐在一起，她不難看清，他長得眉清目秀，可表情卻冰冷如水。說來奇怪，她竟然能感覺到他的內心正洶湧澎湃，激情蕩漾。

「我對你還不了解，一點兒也不了解。」她只好開口，聲音顫抖。

他轉身朝她看了一眼，她也不由自主回看了一眼。兩人目光相接，只見他的眼神含情脈脈，她以前從未見到過。不過，他的眼睛裏還露出了搖尾乞憐的神態，猶如一條被鞭撻過的狗的眼睛，這不免讓她心生不悅。

「了解會越來越深的。」他說。

「你的性格很靦覥，是不是？」

無疑，這是她親身經歷過的最古怪的一次求婚了。即使放到現在，她也覺得，在那樣的求婚場合，他們的談話格格不入。她對他毫無愛意，她也鬧不明白，為甚麼不果斷拒絕他的求婚呢？

「我這人生性愚鈍，」他說，「我只想告訴你，我愛你勝過這世界上的一切，可我覺得，這些話總說不出口。」

說來也真奇怪，他的這番話反倒讓她莫名其妙地心動起來。他這人並非如外表那般冰冷如水，只是他的言談舉止太差勁罷了。此時此刻，她倒是有點兒喜歡上他了，這種感覺以前可是從來都沒有過的。多麗絲即將在十一月份大辦婚事，到那個時候，瓦爾特也會踏上重返中國的旅程。假如真的嫁給他，屆時就能與他結伴同行了。在多麗絲的婚禮上充當伴娘，那滋味可真不好受啊。如果有機會避而不去，她正求之不得呢。多麗絲嫁做人婦，而她卻孑然一身！多麗絲正值豆蔻之年，相形之下，她就越發顯得老大不小了。這讓她情何以堪啊！儘管瓦爾特不是她夢寐以求的如意郎君，但嫁給他，總算有家有業了。更何況，結婚後旅居中國，倒也更加省心。她對母親的冷言利語心存畏忌。與她同時進入社交界的同輩女友全都結婚了，多數人做了母親，孩子繞膝。她才不願意去看望她們，絮絮叨叨地聊着生兒育女的瑣事呢。瓦爾特·費恩能給她提供煥然一新的人生機遇。她轉過身來，朝他莞爾一笑，她非常清楚這微笑的魅力。

「要是我眼下就答應你，你打算甚麼時候和我結婚呢？」

聞聽此言，他喜出望外，激動不已，白如石灰的臉頰緋紅一片。

「馬上！此事不容耽擱，越快越好。我們去意大利蜜月旅行，共度八月和九月。」

若能這樣，她就不用跟隨父母躲到鄉下，住到每週租費五個基尼的牧師住宅裏了。一瞬間，她的腦海裏閃現出《新聞晨報》上的啓事：這對新人因為要趕赴遠東，不日將舉辦婚典。她對母親真是太了解了，母親巴不得女兒的婚事能引起轟動呢。至少那個時候，多麗絲尚在閨閣中待字，難出風頭。當多麗絲舉辦盛大婚禮時，她早就躲到異國他鄉去了。

她朝他伸出手。

「我也很喜歡你，你得給我時間，讓我慢慢適應你。」

「你答應我了？」他急忙問道。

「焉能不應？」

註釋：

[1] 倫敦著名的奢侈品百貨商店。

12

當時，她對他的情況知之甚少。如今，結婚都快兩年了，她對他的了解並無改觀。想當初，他的溫厚善良讓她感動不已，他的一往情深儘管出乎意料，卻讓她受寵若驚。他對她體貼入微，殷勤備至，讓她感到暖意綿綿。但凡她有半點個人心願或請求，他都會有求必應，毫不耽擱。他頻繁不斷地送她小巧的禮物。當她抱病在身時，沒人能像他那樣溫柔體貼，呵護不止。不管遇到甚麼繁瑣小事，他都不失時機地主動去做，彷彿是凱蒂施捨給他的巨大恩賜。自始至終，他對她都彬彬有禮，恭敬如賓。她開門進屋時，他總要起身相迎；她上車下車之際，他總要伸手扶她一把；他們在大街上不期而遇時，他都要脱帽致意；她動身外出時，他總要搶先一步為她開門；他進她的臥室或化妝間，都要敲門示意。他待凱蒂猶如上賓貴客，與大多數男人待妻之道毫不相同。他如此大獻殷勤，倒也讓她芳心大悦，可她總感到有點兒滑稽。要是他熟不拘禮，相處起來也許能更融洽些。新婚燕爾並沒有提升她對瓦爾特的親近感，反倒讓瓦爾特心潮澎湃，激情難抑。他是個性情乖張、多愁善感之人。

凱蒂發現瓦爾特情緒多變後，常感心神不安。他的自我克制源自他的靦覥，或是他的長期習慣，她搞不清究竟是哪一個。每當他慾望滿足後，懷裏還摟着凱蒂，卻羞於說出纏綿的情語，生怕遭到譏笑，可嘴裏又滿是童言稚語，凱蒂很是鄙夷不屑。曾有一次，她忍不住笑他胡說八道，把他給狠狠地刺痛了。她感覺摟在身上的雙臂鬆了下來。他一聲不吭地躺了好一陣子，隨後又一言不發地下床而去，徑直走回自己的臥室。她並不想傷害他的感情，一兩天後，主動向他解釋。

「你這個傻瓜，管你說甚麼胡話，我可不在乎呢。」

他不好意思地笑了笑。沒過多久，她就不無掃興地發現，瓦爾特太不合群了。他與人交往時，靦覥拘謹。在派對上，大家齊聲高歌，他卻不願放聲同唱，顯得格格不入。他坐立一旁，面含微笑，津津有味地聽着，但那微笑卻是勉強擠出來的，看上去更像是嘲諷的假笑。你不免會產生這樣的感覺：在他眼裏，這些盡情歡笑的人都是一群傻瓜。他從來都不願扎堆玩圓桌遊戲，可凱蒂卻玩得興高采烈，不亦樂乎。他們乘船前往中國時，旅客們都會穿上奇裝異服，參加化裝舞會，唯獨他不肯從眾。他對這類活動毫無興致，甚至覺得無聊透頂。

凱蒂生性活潑健談，能一整天說個沒完，而且樂此不疲，笑口常開。她對瓦爾特的沉默寡言不勝惱怒，無論凱蒂開口發表甚麼評論，他總是不置一詞，令她十分不爽。有些評論確實無需回應，但支應附和一聲，也讓人心情愉快些。如果外面正在下雨，她會說：「這雨下得真大呀！」她很想聽到他應聲說：「嗯，雨真大。」可是他悶聲不響，像個睡着了的木頭人似的。有時候，她真恨不得走上前去把他推醒。

「外面的雨下得真大呀。」她又說道。

「我聽見了。」他回答，面帶微笑，含情脈脈。

看得出，瓦爾特對她並無冒犯失禮的意思。他一聲不吭，那是因為他無話可說。不過，凱蒂心裏不免嘀咕了：非要等到有話可說時才開口，那麼過不了多久，人類都要變成不會說話的啞巴了。

13

說實在的，瓦爾特這個人毫無魅力可言，這也是他落落寡合的根源。剛來香港不久，凱蒂就發現，他是個孤僻不群之人。她對他的工作很不了解，卻總還知道，其實也很清楚，身為政府細菌學家，他只是個無足輕重的角色。他似乎很不情願和她談論工作。起初，她對他的一切都興趣盎然，於是便認真向他詢問，可他總是用玩笑的方式敷衍她。

「我的工作十分枯燥，技術性很強，」他曾這樣回答，「拿到的薪水很低。」

他的性格非常內向，他的籍貫、生日、教育背景以及生活履歷，都是在相識後凱蒂單刀直入問出來的。令人費解的是，瓦爾特平生最厭煩回答問題，可凱蒂天性好奇，經常向他連珠發問，而他的回答越到後面，越是簡短。凱蒂天資聰穎，心裏清楚他不願作答，倒不是他想故意隱瞞甚麼，而是因為他生來就木訥口拙。一談起自己的事情來，他就心煩意冗，而且忸怩拘謹，局促不安。他根本不知道甚麼叫「開誠佈公」。他酷愛閱讀，但所讀之書在凱蒂眼裏卻是那麼枯燥乏味。他在撰寫科學論文之餘，就閱讀與中國有關的圖書，要不就閱讀歷史著作。他工作起來廢寢忘食，壓根兒不會忙中偷閒。他喜歡運動，經常打網球，還喜歡打打橋牌。

她很納悶，瓦爾特為甚麼會愛上自己。她與這個矜持、冰冷、自閉的男人結婚，可能是世上最不般配的一對夫妻了。但毋庸置疑的是，他對她倒是一片癡情。為了讓她芳心愉悅，即使赴湯蹈火，他也會在所不辭的。他就像個小蠟人，任她揉捏擺佈。可是一想到他性格的那一面，只有她看到的那一面時，她就不免生出幾許鄙夷之心。他的臉上總掛着冷嘲熱諷的神色，他對凱蒂交往的人與熱衷的事又是不屑，又是寬容。她心想，難道這是他用來掩蓋內心懦弱的面具？她覺得瓦爾特很聰明，大家都覺得他很聰明，但只有在極少數場合下，他與三兩個好友相處時，才會興致勃勃，神采奕奕。凱蒂發現，更多時候，他這個人索然無味。確切地說，她倒沒有嫌他無聊乏味，而是根本沒把他放在心上。

14

凱蒂在多次茶會上見過查理·唐森太太，但是到香港幾個星期後，她才認識查理·唐森本人。她和丈夫去他家赴宴時，經過介紹兩人得以相識。初次見面，凱蒂心存戒備。雖說查理·唐森是助理輔政司，但她卻無意趨奉迎合，讓他覺得高人一等。她早在唐森太太身上就有所領教，儘管她表面上彬彬有禮。他們用餐的客廳寬敞明亮，與他們在香港應邀去過的很多客廳一樣，樸實無華，舒適宜人。唐森家舉辦的是大型宴會，他們夫婦倆是最後趕到的客人。一走進客廳，身穿制服的中國僕人就端來了雞尾酒與橄欖果。唐森太太一如平常，向他們問候致意，瞥了一眼名單後，告訴瓦爾特將和誰同桌用餐。

這時，凱蒂看見一位高大英俊的男人大步流星地朝他們走來。

「這是我丈夫。」唐森太太介紹說。

「能夠坐在您身旁用餐，不勝榮幸！」那人對凱蒂道。

凱蒂頓時感到一見如故，內心深處的戒備與敵意煙消雲散。儘管他的眼睛裏滿含笑意，但凱蒂從中看到了倏忽即逝的驚訝。她心領神會，差點兒笑出聲來。

「多蘿西擺好了美味佳餚，」他說，「我恐怕不能好好享用了。」

「為甚麼呢？」

「提醒你甚麼？」

「怎麼就沒人通知我呀？要不總該有人提醒我吧。」

「沒人跟我說過一個字，我怎麼知道今天能見到一位絕世美女呀？」

「經你這麼一誇，我倒不知道說甚麼好了。」

「那就甚麼都別說，把話都留給我說吧，我要一遍又一遍地說下去。」

凱蒂不為所動，很想知道他太太都跟他說了些甚麼。他肯定向他太太打聽過。

唐森笑容滿面，低頭看着凱蒂，似乎想起了甚麼。

「她長甚麼樣？」他太太說起費恩醫生的新娘時，他曾問過。

「噢，玲瓏可愛，有明星氣質。」

「她演過戲嗎？」

「嗯，沒有，我想沒有。她父親是個醫生，或律師甚麼的。我們應該邀請他們吃飯。」

「不用急。」

他們並肩坐在餐桌旁，他告訴凱蒂，自從來到殖民地香港，他就認識了瓦爾特．費恩。

「我們經常打橋牌，他可是俱樂部裏最優秀的橋牌手了。」

回家的路上，她把聽到的話告訴了瓦爾特。

「這麼說也不算過份。」

「他的橋牌打得怎麼樣？」

「打得不壞。順風時，他打得很好，一旦拿到壞牌，他就一敗塗地了。」

「他打得和你一樣出色嗎？」

「至於我的牌技，我是有自知之明的。應該説，在二流牌手中，我名列前茅。可唐森自封為一流牌手，可惜他不是。」

「你不喜歡他嗎？」

「我談不上喜歡他，也談不上不喜歡他。我認為他在工作上兢兢業業。據説，他還是一位優秀的運動員。我對他一點兒興趣也沒有。」

瓦爾特不慍不火的架勢，讓她甚是惱火，再説這已不是頭一次了。她總是暗自尋思，如此小心謹慎，真有那麼必要嗎？你喜歡一個人就喜歡，不喜歡就不喜歡。她對查理·唐森就很有好感，她對此也是始料不及。查理可能是殖民地最受歡迎的人。風傳在位的輔政司即將退休，大家都覺得查理最有希望走馬接任。他會打網球、馬球、高爾夫球，他的馬廄裏養着好幾匹賽馬。他是個樂善好施之人，別人危難時總能慷慨解囊。他做起事情來從不拘泥於繁文縟節。他平易近人，從不裝腔作勢。曾幾何時，凱蒂不知道為甚麼，只要別人張口誇讚他，她就感到厭惡反感，不由自主地覺得他是個自大狂。她當時是多麼愚不可及啊。指責他是自大狂，那絕對是天大的冤枉！

那天晚上，她過得十分開心。他們倆盡興暢談，談到過倫敦的劇院、愛斯科的賽馬會，還有考斯的海濱浴場，她所熟悉的事情他們無一不談。細細論起來，他們或許曾在倫諾克斯花園某幢美宅裏見過面呢。晚飯後不久，男士們紛紛走進起居室內，他又信步走了回來，在她身旁坐下。儘管他說話未必妙趣橫生，但總能讓凱蒂感到十分開心。她想，這是因為他說話的方式與眾不同。他的嗓音深沉醇厚，帶有親暱味。他的一雙藍眼睛熠熠發光，神色友善，令人愉悅。和他在一起，凱蒂覺得無拘無束，輕鬆自在。毫無疑問，他是個魅力四射的男人，自然也是個人見人愛的男人。

他身材魁梧，身高至少有六點二英尺。他的體型十分勻稱，保持良好，身上沒有一點兒贅肉。他衣冠整潔，穿戴十分得體，在宴會上最為搶眼。凱蒂最喜歡風度翩翩的男人。她把目光轉向瓦爾特：他倒是應該多注意一點儀表呢。她留意到了唐森西裝袖口上的鏈扣與馬甲上的排扣，她在卡地亞[1]珠寶店裏見過這些。當然，唐森是通過私人渠道才買到的。

他的臉曬得黝黑透亮，但烈日的暴曬並未奪走他雙頰上的健康之色。她很喜歡他嘴唇上的那撇捲曲髭鬚，修剪整齊的髫子下面是飽滿紅潤的嘴唇。他長着一頭黑色短髮，梳得油光鋥亮。不過，總體來看，他臉上最靚麗的地方莫過於濃眉下的眼睛了。這雙深藍色的眼睛笑意綿綿，柔情似水。你看一眼就知道，這是一個性情溫和之人。長着這雙深藍眼睛的人，是絕不可能傷害別人的。

凱蒂心裏十分清楚，她給查理留下了深刻印象。即使他沒有對她說過那些美妙動人的話，那雙溫暖而充滿艷羡的眼睛也將他的內心暴露了出來。他瀟脱自如的樣子令人愉悦，舉止做派一點兒也不矜持。置身這樣的場合，凱蒂感到無拘無束。查理調情逗樂，談笑風生，還時不時奉上幾句很討女人歡心的美言，那伶俐的口才讓她甚為嘆服。他們倆握手作別時，查理使勁地捏了一下，那意思再明白不過了。

「我想我們很快又會見面的。」他隨口説道，但凱蒂不難從他的眼神裏讀出了言外之意。

「香港這地方並不大，對吧？」她説。

註釋：

[1] 法國著名鐘錶及珠寶製造商。

15

誰又能料到，僅僅三個月的時間，他們倆的關係就發展到了如火如荼的地步。查理向她坦言，自打那晚相遇後，他就如醉如癡地愛上了她。她是他這輩子見過的最美麗的女人。她當時身穿的那套晚裝，他仍然記憶猶新，那套晚裝可是她的新婚禮服。他說，她風姿綽約，宛如一朵山谷百合[1]。查理沒有坦露心跡前，她就知道他對自己一見鍾情了。可她內心仍存一絲擔憂，對他保持着一定的距離。他的情感如此熾烈，若即若離很不容易。她不敢輕易讓他貼面吻她，一想到他的雙手摟住自己的身體，她的心房就會怦怦怦地加速跳動。她以前從未有過墜入愛河的經歷，這感覺真是妙不可言。眼下，她正品嘗着愛情的滋味。突然間，她反倒對癡情的瓦爾特生出一絲憐憫。她跟查理隨意開着玩笑，卻發現他欣然接受。起初，她還對他心存畏忌，可是眼下卻越發感到自信。她對他極盡取笑逗樂之能事，他的臉上會慢慢浮起笑容。她看在眼裏，樂在心裏，而查理又是驚訝，又是欣喜。她心想，總有一天，他會被自己征服的。眼下，她在品嘗愛的滋味時，盡情歡暢，游刃有餘地把玩他的情感，猶如豎琴師的十根手指在琴弦上輕鬆自如地滑過。看見查理被自己逗弄得暈頭轉向、手足無措，她禁不住哈哈大笑。

查理成了她的情人後，她與瓦爾特的關係就變得十分荒唐了。瓦爾特神情死板，一本正經、不苟言笑的樣子，她幾乎都不想用正眼看他一下。她是那麼幸福快樂，卻察覺不到對瓦爾特有點過份。話說回來，要不是瓦爾特無意間牽線搭橋，她就不可能結識到查理。她猶豫再三後，才邁出那最後一步。這並非是她不願意向情感熾烈的查理投懷送抱——她本人也是激情難耐，而是懾於文化教養與家庭傳統，不敢輕易出軌。兩人最終走到一起，純粹出於機緣巧合。當機遇突然降臨時，他們倆誰都沒有預料到。凱蒂不無驚訝地發現，越軌後的感覺與過去相比並沒有甚麼不同。她本以為，這檔子事會在內心深處帶來某種奇妙的變化（她也搞不清是甚麼樣的變化），能讓她面貌一新。當她對着鏡子打量時，心中大惑不解：與此前相比，鏡中的女人並沒有甚麼不同啊。

「你恨我嗎？」他問她。

「我愛你！」她低聲說。

「以前虛度良宵，是不是很後悔呀？」

「腸子都悔青啦！」

註釋：

[1]「山谷百合」（Lily of the Valley）係鈴蘭的別稱，又名「風鈴草」。

16

凱蒂的逍遙快樂有時候讓她不敢受用，卻讓她平添幾分美麗。結婚前，她的迷人光彩已呈衰退之勢，看上去倦容滿面，頗顯憔悴。尖酸刻薄的人風言風語，說甚麼她的青春歡顏正在凋謝啦。可是，二十五歲的青春少女與同齡的已婚少婦並不相同。此前，凱蒂猶如一朵玫瑰花蕾，花瓣的邊緣已開始枯黃，可是眼下又在一瞬間全然盛開。她的兩隻眼睛亮若星辰，眉目間泛出更多姿色。她對俊俏的五官向來引以為豪，並極力呵護保養。她的膚色發出靚麗的光彩，即令是仙桃與鮮花，也不能與之媲美。她似乎又變回年方十八的曼妙女郎。她容光煥發，風姿綽約，達到了青春韶華的頂峰，周圍的人無不對她嘖嘖稱讚。私下裏，女友們還善意地問她是否趕緊要個孩子。那些冷漠如常的人曾經閒言碎語，說她雖然十分美麗，但鼻子太長，可眼下也不得不承認，對她的容貌產生了誤判。正如查理初次見面時所說的那樣，她確實是個絕世美人！

他們倆小心翼翼地安排幽會。他告訴她，他很有背景（「我可不想讓你大出風頭，」她輕聲打斷他的話），不會受到任何影響，可是為了她的緣故，他必須把風險降到最低。他們倆單獨見面，不能太過頻繁，連他所希望的一半也達不到，因為他不得不首先考慮她的處境。他們時不時在古玩店裏偷情。有時候，查理趁午飯後四下無人，溜進她家密會。不過，她倒是能經常見到他。他在公開場合說話時，有板有眼的，凱蒂看在眼裏，總覺得十分好玩。他跟每個人說話，都是如此，跟她交談時，卻幽默詼諧，充滿魅力。不過，誰又能想到，此前不久，他還用激情的雙臂摟着她呢？

凱蒂對他充滿了崇拜之情。他打馬球的時候，腳蹬鋥亮的長筒馬靴，身穿白色馬褲，那模樣真是瀟灑極了！他穿上網球服的樣子，活脱脱是個大男孩。當然，他對自己的身材頗為自豪，這也是她見過的最優美的身材。為了保持體型，他費盡了心思。他從不吃麵包，也不吃土豆或黃油，經常參加體育鍛煉，對雙手也是呵護有加，每星期都要護理一次。他是一位出色的運動員，前年還獲得了當地網球賽的冠軍。此外，他也是她見過的最優秀的跳舞高手，和他一起翩翩起舞，總有如夢如幻的感覺。沒人會想到他已年屆四十。她對他說，鬼才相信呢！

「我覺得太唬人了，你至多二十五歲。」

他哈哈大笑，甚是得意。

「天哪，我的大兒子都十五歲了。我可是一位中年男士，再過兩三年，我就變成胖老頭了。」

「倘若你活到一百歲，還是很瀟灑迷人的。」

她喜歡他的濃黑眉毛。她心裏想着，是不是因為這道濃眉，他的眼睛才變得如此攝人心魄？

查理多才多藝。他是個十分優秀的鋼琴手，可以彈拉格泰姆音樂。他是位風趣幽默的喜劇歌手，嗓音醇厚而優美。在她眼裏，他是個無所不能、無所不通的男人。他在做本職工作時，同樣十分出眾。他告訴凱蒂，他因為出色地解決了某個難題，總督大人還專門向他道賀呢。聞聽此言，她在內心也分享着他的喜悅。

「說實話，除了我，」他大笑地說道，眼睛裏滿含愛意，「部門裏沒人能做得更好。」

唉，假如她的丈夫是查理，而不是瓦爾特，那該多好啊！

17

她現在還不能確定，瓦爾特是否知道了真相。如果他不知道，那麼最好還是順其自然。不過，要是他真的知道了，對大家來說，反倒不失為最佳的結局。此前，她只能偷偷摸摸地與查理約會，儘管並不滿意，但還能將就湊合，可是她內心的激情與日俱增。眼下這段時日，她對永遠橫在兩人間的各種障礙越發難以容忍。查理經常對她抱怨說，他痛恨他的職位，因此不得不小心謹慎，他痛恨束縛兩人約會的各種阻礙。他說，要是他們倆都是自由之身，那該多好啊！她能理解他的言外之意，沒人想招惹緋聞上身。當然，要想改變原有的生活軌道，那真得要三思而後行啊。可是，倘若自由正好降臨在面前，啊哈，這事兒倒變得十分簡單了！

要是她真能和查理走到一起，似乎並不會給甚麼人帶來多大傷害。她心裏十分清楚，查理與妻子的關係究竟怎樣。他的妻子是個冷漠的女人。多年來，他們之間早就沒了愛情，他們倆生活在一起，只不過是習慣而已，或者說，只是權宜之計，當然也是為了孩了。相比之下，查理比她更容易脫身，因為瓦爾特很愛她。不過話說回來，瓦爾特對工作專心致志，還經常光顧俱樂部。起初，他興許會十分難受，但他肯定能克服過去的，他完全有條件再和別人結婚嘛。查理曾跟她說過，他真搞不懂凱蒂怎麼會自貶身價跟瓦爾特結婚的。

她半帶着微笑思忖着。剛才，她一想到瓦爾特把他們堵在屋內，心裏還感到一陣恐慌呢。當然，看見門把手慢慢轉動，那情形確實令人怵然。不過，無論瓦爾特究竟能怎樣，他們都做好了最壞的打算，而且還做好了心理準備。查理將和她一樣感到如釋重負。如此一來，他們倆最朝思暮想的好事反倒會降臨到他們身上。

瓦爾特是一位紳士，說句公道話，她本人是承認這一點的。他很愛她，自然會做出正確的選擇，同意跟她離婚。他們倆結婚本來就是一個錯誤。幸運的是，亡羊補牢，猶未晚也。她已經盤算好了，該如何跟他攤牌，該如何善待他。她會面帶微笑，語氣和藹，但態度堅決。若是大吵大鬧一場，那就毫無必要了。大家各奔東西後，她還是很樂意去看望他。她衷心希望，他們共同生活的兩年將成為他永遠的珍貴記憶。

「我想，多蘿西．唐森並不在乎與查理離婚的，」她想，「既然他們最小的孩子即將回國，那麼多蘿西離開香港，自然是一樁好事，待在這兒反倒有害無益。到了節假日，她就能跟孩子們團聚了。更何況，她還能與國內的父母見面呢。」

這事兒再簡單不過，一切都可以得到妥善解決，而不會鬧得沸沸揚揚，最終反目成仇。此後，她就和查理喜結良緣。凱蒂長長地舒了一口氣。他們的婚姻將非常幸福，為了達到這個目的，就算歷經種種煩惱與波折，那也是值得的。此時此刻，她的腦海裏浮現出了一幅又一幅模糊的畫面。她想到了夫唱婦隨的日常情景，想到了他們倆即將擁有的幸福生活。他們將不時外出旅遊；他們搬進豪華的宅邸裏；查理在官場上飛黃騰達，她會設法助他一臂之力。查理擁有一位賢妻，自然感到十分自豪，她也會把查理當作崇拜的偶像。

不過，在這些如夢如幻般的憧憬中，卻奔騰着一股憂慮的暗流。那情形有點兒滑稽可笑：彷彿是管弦樂隊演奏阿卡迪亞田園曲時，管樂器、弦樂器在合拍齊奏，負責低音的鼓樂器卻輕輕敲打出了陰沉不祥的節奏來。過不了多久，瓦爾特就要回家了。一想到這兒，她的心就怦怦亂跳。說來奇怪，他下午離家外出時，竟然都沒跟她說一聲。當然，她倒不是怕他。她不斷自言自語：他究竟能把她怎麼樣呢？儘管如此，她還是無法平息內心的不安。她把對瓦爾特要說的話，又在心中默念了一遍。大吵大鬧一場，對大家能有甚麼好處呢？她對此感到十分抱歉，老天作證，她從未想過要故意傷害他。她也是身不由己，因為她根本不愛他。虛情假意是毫無意義的，實話實說只會有好處，而沒有壞處。她衷心希望他不要因此而感到痛苦。他們倆結婚本來就是一場錯誤，只有承認錯誤，才是唯一的明智之舉，她會把他的善良銘記在心的。

儘管她自言自語地說着這些，卻突然感到一陣恐懼襲來，手掌心裏也冒出了冷汗。因為內心感到害怕，她開始怨恨起他來。如果他想大吵大鬧，那他可是自找的。要是把關係鬧到不可收拾的地步，那就不要怪她翻臉無情了。她會直言不諱地告訴他，她從來就沒有愛過他，結婚後沒有一天不感到懊悔。他就是一個枯燥乏味之人。哦，他讓她感到厭煩，十分厭煩，厭煩透頂！他自以為比其他人更加優秀，這真是太可笑了。他沒有一絲兒幽默感，傲慢自大，神情冷漠，自我克制，她對此痛恨不已。要是你只關心自己，不關心別人，總是事不關己，高高掛起，那麼自我克制就易如反掌。他讓她感到厭惡，因為厭惡反感，堅決不想讓他親吻自己。他這種人有甚麼好躊躇滿志的？他跳舞時拙手笨腳；參加朋友聚會時，總是令人敗興而歸；他既不會彈琴，又不會唱歌；他不會打馬球，網球也打得稀鬆平常。不就是會打橋牌嗎？誰還在意你橋牌打得好呢？

想到這兒，凱蒂大為惱怒，而且怒火越燒越旺。要是他有膽，那就對我橫加指責吧。這一切的發生全都是他的錯。既然他都知道了真相，她倒要謝天謝地了。她恨他，希望永遠都不要再見到他。是的，謝天謝地，這一切都結束了。他為甚麼還要死纏着她不放呢？當年就是因為他糾纏不休，她才錯嫁了他。她對這段婚姻早就煩透了。

「煩透了！」她大聲重複着，因為憤怒而渾身顫抖。

「煩透了！煩透了！」

她聽見花園入口傳來汽車聲。他朝樓上走來。

18

他走進了房間。她的心瘋狂亂跳，雙手不停地哆嗦。還好，此時她正躺在沙發上，手裏拿着一本翻開的書，彷彿此前一直都在看書。他在門口站了一會兒，他們倆的目光短暫對視了一下，她的心猛地一沉，四肢在突然間打了個冷顫，渾身在哆嗦。她陡然生出的那種感覺，猶如人們經常描述的那樣：有人打你的墳前走過！他的臉色如同死人般慘白，這樣的臉色她曾見過一次。當時，他們並肩坐在公園的椅子上，他向她求婚時就是這樣。他的黑眼珠一動不動，不露聲色，似乎不可思議地變大了。他甚麼都知道了。

「你今天回來得很早。」她說。

她雙唇顫抖，幾乎連話也說不清。她心驚膽戰，感覺就要暈過去了。

「我想跟平時差不多吧。」

他的聲音聽起來有點兒怪，最後一個字提高了聲調，想顯得隨意平常一些，但他那副模樣卻是故意裝出來的。她心想，他是否看見她的四肢正在哆嗦。她竭盡全力克制着，所以才沒有發出叫聲。他終於將目光垂了下來。

「我去換件衣服。」

他離開了房間。她覺得心力交瘁，渾身癱軟，大約兩三分鐘的時間，身子一點兒也動不了。後來，她還是從沙發上艱難起身，盡力站起來，彷彿剛得過一場大病似的，身體虛弱不堪。她不知道雙腿能否撐得住身子。她用雙手扶住椅子和桌子，慢慢朝陽台走去，然後扶着牆回到臥室。她穿上一件休閒長袍，返回起居室時（朋友聚會時，他們才啓用會客廳），只見他站在桌子旁，正翻看着《簡報》上的圖片。她不得不硬着頭皮走了進去。

「我們下樓去吧，晚餐準備好了。」

「我讓你久等了？」

糟糕的是，她說話時仍然控制不住嘴唇的哆嗦。

他打算甚麼時候把事情挑明了？

他們在餐桌旁坐了下來。有一會兒，他們倆誰都沒有說話。後來，他首先開口，說出的話太稀鬆平常，帶有居心叵測的意味。

「皇后號今天沒有到港，」他說，「我在想，輪船沒能準時抵達，是不是遭遇暴風雨了。」

「船期是今天到嗎？」

「是的。」

這時，她朝他看去，只見他雙眼緊盯着盤子。他又開口說話，同樣無關緊要，內容是即將舉行的網球比賽，而且長篇大論起來。他平時說話聲音悅耳，語調富於變化，可是現在卻平淡呆板，很不自然，顯得怪異，凱蒂只覺得他的聲音是從遙遠的地方傳過來的。他在說話時，眼睛要麼直勾勾地看着盤子，要麼呆楞楞地看向桌子或牆上的掛畫，就是不和她的目光對視。她意識到，看她一眼都會讓他受不了。

「我們上樓去吧？」晚飯吃好後，他說。

「如你所願。」

她站起身，他趕緊為她開門。她從他身旁走過去時，他的目光看向了地面。他們走進起居室，他又拿起了那份畫報。

「這是最新一期的《簡報》嗎？我想我還沒有看過呢。」

「我不清楚。我沒留意。」

這份畫報放在那兒已有兩個星期。她心裏清楚，他翻過一遍又一遍了。他拿起畫報，坐了下來。她躺到沙發上，又拿起了那本書。平時的晚上，他們倆單獨在一起，總要玩一玩雙人牌或單人牌。此時，他斜靠在安樂椅上，一副怡然自得的神態，似乎聚精會神地沉浸在他所瀏覽的圖片中，可是他一直沒有翻動過紙頁。她試圖閱讀手中的書，但眼睛掃過後，甚麼也看不進去。書上的文字模糊不清，她只覺得腦袋劇烈疼痛。他甚麼時候把事情挑明呢？

他們倆沉默無語坐了一個小時。她不再裝模作樣地讀書，手中的小說掉落在身上，出神的目光一片茫然。她不敢做出一個最細小的動作，也不敢發出哪怕是最微弱的聲音。他一動不動地坐在那兒，依然是一副怡然自得的神態，一雙大眼睛目不轉睛地凝視着圖片。他那靜止不動的姿態充滿危險，顯得怪異。凱蒂覺得，一頭野獸蓄勢待發，即將朝她撲來。

他突然冷不丁地站起來，凱蒂嚇了一跳。她緊握雙拳，只覺得臉色倏然變白。來吧！

「我還有一些工作要做。」他的聲音很平靜，乾巴巴的，目光卻看向別處。「如果你不介意，我去一下書房。我想，等我把活做完，你也應該上床休息了。」

「今天晚上我很累。」

「嗯，晚安。」

「晚安。」

他離開了起居室。

19

第二天早上，她一找到機會，就急忙給唐森的辦公室打電話。

「喂，甚麼事？」

「我想見你。」

「親愛的，我正忙得不可開交，我在工作呢。」

「這事兒很重要，我能去辦公室找你嗎？」

「哦，不行。找要是你，就不要來辦公室。」

「那麼，你到我這兒來。」

「我現在根本脫不開身，今天下午怎麼樣？我不去你們家找你，你不覺得更好嗎？」

「我必須馬上見你。」

兩人沉默了片刻。她擔心電話被他掛斷。

「你還在嗎?」她焦急地問道。

「是的，讓我想想。發生甚麼事了?」

「電話裏我不能說。」

又是短暫的沉默，隨後他又説話了。

「那麼，好吧，一點鐘的時候，我騰出十分鐘去見你，如果你覺得可以的話。你最好先去古舟店，我會盡快趕過去。」

「是那家古董店嗎?」她沮喪地問道。

「是的。我們總不能堂而皇之在香港賓館的大堂裏見面吧。」他回答道。

她從他的聲音裏聽出了一絲惱怒。

「那麼好吧，我去古舟店。」

20

黃包車拉到域多利道，她起身下車，沿着陡峭、狹窄的巷子向上走去。她來到古董店，在門外逗留了一會兒，彷彿被櫥窗裏的小古董吸引住了。一個小夥計正在那兒招呼顧客，立刻認出了她，心領神會，朝她咧嘴笑了笑。他用中文朝店裏的人說了句甚麼。隨後，身穿黑袍、矮小胖臉的店主出來迎接她。她趁機踅身跨進了店門。

「唐森先生還沒來，你直接上樓，好嗎？」

她走到店堂的後面，登上黑乎乎、晃悠悠的樓梯。那個中國人跟在她的身後，打開了臥室通道的門鎖。屋子裏空氣沉悶，還散發出嗆人的鴉片味。她在一個檀木箱子上坐了下來。

過了一會兒，她聽見樓梯上傳來咯吱咯吱沉重的腳步聲。唐森走進屋子，隨手將門關上。他的臉色陰沉難看，一看見她，就雲開日出，露出他那燦爛迷人的微笑。他迅速把她摟在懷裏，親吻着她的嘴唇。

「出甚麼事了？」

「只要見到你，感覺就好多了。」她微笑道。

他在床邊坐下，點了一支煙。

「你看上去跟丟了魂似的。」

「這不奇怪，」她說，「我昨晚整夜都沒合眼。」

他朝她看了一眼，依然面帶着微笑，但那微笑有點兒僵硬，顯得很不自然。她心想，他的眼裏有一絲憂慮的神色。

「瓦爾特已經知道了。」她說。

短暫的沉默後，他回應道：

「他說甚麼了？」

「他甚麼也沒說。」

「甚麼也沒說？」他用犀利的目光望着她，「那你憑甚麼認定他知道了？」

「種種跡象，他的眼神，吃晚飯時他說話的語調。」

「他的語調很不友好嗎？」

「不，恰恰相反，他說話時客客氣氣，彬彬有禮。說晚安時，他沒有吻我，我們結婚以來，這還是第一次。」

她垂下了目光，她不清楚查理是否明白她的意思。正常情況下，瓦爾特會用雙臂摟住她，用雙唇貼在她的嘴唇上，久久不願鬆開。他在接吻時，既纏綿溫柔，又充滿激情。

「你為甚麼覺得他甚麼也沒說？」

「我不知道。」

短暫的沉默。凱蒂一動不動地坐在檀木箱子上，一雙焦慮的眼睛注視着唐森。他的臉色再次變得陰沉起來，眉頭緊鎖，嘴角略微耷拉着。不過，他在一瞬間又抬起頭，眼睛裏發出一束不懷好意但卻興致勃勃的光芒。

「我懷疑他是否真的有話要說。」

她沒有搭茬兒，不明白他是甚麼意思。

「說白了，很多人遇到這檔子事，總是睜一隻眼閉一隻眼的。為此大吵一頓，他又能得到甚麼呢？要是他真想大吵大鬧，當時就直接闖進臥室了。」他的眼睛眨了幾眨，嘴角張開，哈哈一笑說道，「如果那樣的話，我們這對倒霉的傻瓜蛋，就被堵在屋子裏了。」

「我真希望你能親眼看看他的臉色。」

「我想，他只是心煩意亂而已。毫無疑問，這是一次沉重的打擊。對男人來說，出了這檔子事，總歸是奇恥大辱。被人戴了綠帽子，那就跟傻瓜差不多。我想，瓦爾特這種人是不會把醜事鬧得沸沸揚揚的。」

「我想他不會，」她神情恍惚地回應道，「他這人死要面子，這個毛病我早就發現了。」

「如果是這樣，那就再好不過了。我們倒不妨站在他的位置上，好好想一想他會做甚麼，然後就知道該怎麼應對了。對男人來說，一旦遇到這檔子事情，要想保住面子，唯一的辦法就是假裝一無所知。我敢跟你打賭，除此之外，他別無選擇了。」

唐森越是滔滔不絕，語氣就越發輕鬆，一雙藍眼睛熠熠發光，甚至像平時一樣歡聲笑語起來。經他這麼一說，她也感到如釋重負，信心倍增。

「上天做證，我可不想在背後嚼他的舌頭，可說到底，細菌學家算不上甚麼大人物。西蒙斯回國後，我就有一大把的機會當上輔政司。如果瓦爾特不跟我作對，對他也是大有好處的。他得為自己的飯碗着想吧，就像我們每個人一樣。要是有人傳播流言蜚語，你覺得輔政司會輕饒了他？相信我，如果他守口如瓶，就會飽嘗甜頭；如果他不識好歹，瞎鬧騰，就讓他苦頭吃盡。」

凱蒂忐忑不安地動了動身子。她知道瓦爾特為人十分靦覥。要是他擔心事情鬧大了，老婆出軌之事被張揚出去，因而心存忌憚，她完全能相信。可是，如果說瓦爾特對物質利益想入非非，從此忍氣吞聲，她反倒覺得難以置信了。也許，她對他還不夠了解吧，可是查理對他更是一無所知啊。

「你知道嗎，他一直癡情地愛着我呢。」

他沒有答話，卻用淘氣的目光朝她微笑。他那迷人的眼神，她很熟悉，也很迷戀。

「嗯哼，甚麼意思？我就知道你要胡說八道了。」

「你是知道的，女人總以為這世上的男人都癡情地愛着自己，但實際上並不是那麼回事。」

直到此時，凱蒂才第一次露出了笑臉。他的自信很富有感染力。

「你這樣說也真是太壞了！」

「我只想讓你明白，你最近並沒有留意瓦爾特。也許，他已經不再像從前那樣癡情地愛你了。」

「無論如何，我都不會自欺欺人，覺得你也癡情地愛着我吧。」她反唇相譏。

「你這麼説，那可就不對了。」

啊哈，聽他親口説出來，真是十分愜意！她心裏清楚這一點。她相信他是深深地愛着她的，她的心裏感到暖意綿綿。他一邊説着，一邊從床邊站起來，走到她的身旁，隨後在檀木箱子上坐下來，伸出手臂摟住了她的腰。

「你這個傻乎乎的小腦袋，以後就不要擔驚受怕啦，」他説，「我敢保證，這沒甚麼好擔心的。我完全能肯定，他準會對此事裝聾作啞的。你也知道，他要拿出證據來，是相當困難的。你説他很愛你，也許他根本就不想失去你。如果你是我的妻子，我發誓，不管發生甚麼事，我都心甘情願地接受。」

她把身子朝他靠了過去。她感到渾身發軟，就勢偎依在他的懷中。她很愛查理，但這幾乎成了痛苦的煎熬。查理的最後一句話讓凱蒂感到震撼：瓦爾特如此癡情地愛着自己，也許對任何羞辱都會容忍接受，只要他還愛着她。她對此深有同感，她對查理的愛也是如此。一陣自豪感從心頭升起，與此同時，她對卑躬屈膝愛着她的瓦爾特反倒生出一絲不屑。

她用手臂含情脈脈地摟住查理的脖子。

「你真了不起！剛才，我還像一片樹葉一樣顫抖不已，現在，你把一切都給擺平了。」

他用手捧住她的臉，親吻着她的嘴唇。

「親愛的。」

「你可真是我的舒心丸啊。」她感嘆道。

「我覺得你沒有必要緊張兮兮。你也知道，我永遠都是你的堅強後盾，我決不會丟下你不管的。」

她的恐懼感煙消雲散，但片刻間，她又毫無理由地懊悔起來。她對未來的籌劃破滅了。眼下，一切危險都過去了，可她倒真希望瓦爾特能跟她離婚。

「我早知道你是值得信賴的。」她說。

「但願如此。」

「你現在不想回去吃午飯嗎？」

「哦，該死的午餐。」

他把她拉入懷中，雙臂緊緊摟着她，嘴唇親吻着。

「哎，查理，你得讓我走了。」

「決不。」

她發出一聲輕笑——這是柔情蜜意的笑聲，這是得意忘形的笑聲。查理的眼睛裏燃燒着慾火。他把她抱起來，緊緊地摟在懷中。他在沒有鬆手的情況下，順勢把門插上了。

21

整個下午，她都在想着查理對瓦爾特的評論。晚上，他們要外出赴宴。瓦爾特從俱樂部回來時，她正在更衣打扮。

他敲了敲更衣室的門。

「進來。」

他沒有推門。

「我去換衣服。你多長時間能準備好？」

「十分鐘。」

他別的甚麼也沒説，就直接進了更衣間。他的聲音裏仍然帶着克制，那語調她昨晚就領教過了。眼下，她充滿自信。她比他早換好衣服，他下樓時，她已經坐在汽車上。

「讓你久等了。」他説。

「沒甚麼。」她回答道。她説話時，臉上露出微笑。

汽車朝小山上一路開去的時候，她還説了一兩句話，可是他的應答非常簡短。她聳了聳肩，心裏有點不耐煩了：如果他想鬧彆扭，那就鬧吧，她可不在乎呢。他們默默地坐着，直到汽車到達目的地。這是一場盛大的晚宴，人頭濟濟，桌子上擺滿美味佳餚。凱蒂與鄰座的人愉快聊天，眼睛時不時觀察着瓦爾特。瓦爾特的臉色十分蒼白，面部肌肉繃得很緊。

「你丈夫看上去很疲倦，我原以為，這炎熱的天氣他能受得住。他最近是不是很累？」

「是的，他的工作很累人。」

「我想，你們很快就要度假去了？」

「嗯，是的，我們去日本度假，就像去年一樣，」她説，「醫生説了，如果我不想身心崩潰的話，那就找個地方避避暑。」

以前，他們共同參加宴會時，他會時不時用微笑的目光瞥她一下。今天晚上，他卻沒有用正眼看她一次。她還注意到了，他走出汽車時，眼睛看向了別處。他扶她下車時，像以前一樣彬彬有禮，但眼睛同樣看向了別處。眼下，他正與身旁的女士們說着話，臉上沒有微笑，只是用直楞楞的、死板的眼神看着她們。他的一雙大眼睛，襯托在慘白的臉上，如煤炭一般黑洞洞的。他的臉緊緊地繃着，神情十分嚴肅。

「跟他聊天，真是十分愉快啊。」凱蒂不無譏諷地想着。

這些不幸的女人只好與這個鐵板着臉的傢伙閒聊了。一想到這兒，她不免感到有點兒好笑。當然，他知道了真相，這一點是毋庸置疑的。他怒不可遏，可是卻為甚麼要裝聾作啞呢？他一方面憤怒不已，心痛欲碎，另一方面又深深愛着自己，擔心自己會離他而去，所以就隱忍不發——難道原因真的是這樣嗎？這些念頭讓她有點兒鄙視他，但也無甚惡意：歸根結底，他還是她的丈夫，她的衣食溫飽全仰仗着他呢。只要他不對她的私事橫加干涉，允許她自行其是，她也會善待他的。從另一方面來看，他隱忍不發，或許是因為他為人膽怯，性情怪異。看來查理所言甚是：

瓦爾特比任何人都要憎惡飛短流長。他從不做公開演講，除非躲不開。他曾說過，法院在一次審案時傳喚他，請他作為專家證人出庭，害得他一個星期都睡不着。他如此靦覥羞怯，肯定是心裏有病。

還有另外一個原因：男人的虛榮心都很強。只要沒人知道事情真相，瓦爾特可能就置若罔聞，聽之任之了。她在想，查理的話到底有幾分正確？他說，瓦爾特知道他的飯碗掌握在誰的手中。查理是殖民地最有人脈的男人，很快就要升任輔政司之職。對瓦爾特來說，查理興許能成為他的貴人，要是瓦爾特故意跟他作對，那他就沒甚麼好果子吃了。想到情人的能力如此之大，意志如此堅定，她心裏美滋滋的。偎依在他強有力的懷抱中，她能獲得很強的安全感。人真是一種奇怪的動物。她從來都沒有想到過，瓦爾特竟然會如此卑劣下賤，知人知面不知心啊！也許，他正兒八經的樣子，只不過是一副假面具，掩蓋住了卑鄙與狡詐的本性。她思考得越多，就越覺得查理的話對極了。她又朝丈夫瞥了一眼，目光裏沒有任何寬容。

就在這會兒，瓦爾特身旁的幾位女士與其他人交談，他被晾在了一邊。他的目光直楞楞地朝前方看去，渾然不覺身邊正在進行的宴會，眼睛裏還露出了極度悲傷的神情。凱蒂心中頓時一震。

22

第二天午飯後，她躺下來午睡，敲門聲把她吵醒了。

「誰呀？」她不勝惱怒地大喊。

午睡時分，她最不習慣被人打擾了。

「我。」

她聽出丈夫的聲音後，迅速坐了起來。

「進來。」

「我把你吵醒了？」他進門後問道。

「的確如此。」她用自然的語氣説道。這兩天來，她一直這麼和他説話。

「你能到隔壁房間來一下嗎？我有話要和你説。」

她的心臟突然怦怦亂跳，撞在肋骨上。

「我披一件睡衣再過去。」

他離開了房間。她光腳趿拉着拖鞋，用一件睡衣把自己裹了起來。她照了照鏡子，只見臉色非常蒼白，便隨手塗了些口紅。她在隔壁門口站了一會兒，對接下來的談話感到緊張。隨後，她硬着頭皮走了進去。

「你怎麼有閒心從實驗室裏走開呢？」她說，「平常這個時間，我可不太見到你。」

「你能坐下嗎？」

他沒有看她，說話時語調嚴肅。她倒是願意坐下來，但是雙膝在微微哆嗦。由於不能用玩笑的口氣說話了，她只好沉默不言。他也坐下來，點了一支煙。他的目光焦躁不安，在房間裏四下游動着。他似乎不知道怎麼向她開口。

突然間，他直接朝她看過來。這段日子以來，他的眼神一直躲躲閃閃的。在他的直視下，她感到十分震撼，差一點兒就失聲大叫。

「你聽說過湄潭府這個地方嗎？」他問，「最近報紙上有很多報道。」

她在驚訝中注視着他，欲言又止。

「那兒不是正在鬧霍亂嗎？昨天晚上，阿布思諾特先生說過這事兒。」

「湄潭府發生了瘟疫，這麼多年來，這一次最糟糕了。那兒有個傳教士醫生，三天前得霍亂死了。那兒還有一個法國女修道院，海關收稅員也沒走，其他人全都撤了。」

他的眼睛一直盯着她，她的目光躲閃不開。她本想從他的表情中看出些端倪來，但她特別緊張，只發現他用奇怪而警惕的眼神看着她。他怎麼能這樣死死地盯着別人，竟然連眼皮也不眨動一下呢？

「法國修女們正在竭盡全力救護病人。她們把孤兒院改造成了醫院，可是那兒的人還是像蒼蠅一樣死去。我主動提出申請，想去那兒做一點救治工作。」

「你要去那兒？」

她突然開口說道。她的第一反應是：如果他走了，她就自由了，就可以無拘無束、毫無障礙地與查理幽會了。可這個念頭讓她感到吃驚，她覺得自己滿臉緋紅起來。他為甚麼要用那種眼神死死地盯着她呢？她在尷尬中把目光移走了。

「你這麼做有必要嗎？」她支支吾吾地說道。

「那兒沒有一個外國醫生。」

「可你不是醫生，而是細菌學家。」

「你也知道，我是醫學博士。我在研究細菌學之前，曾在醫院裏做過很多醫務工作。我是個細菌學家，這對救治工作反而更加有利。對我的科學研究來說，這也是一個不可多得的寶貴機會。」

他說話的語氣幾近粗魯。她朝他瞥了一眼，卻不無驚訝地發現，他的眼睛裏發出了嘲弄的光芒。她感到不可理喻。

「可是，這樣做不是很危險嗎？」

「的確危險。」

他露出微笑，這是譏諷的嘲笑。她微微低頭，用手捂住前額。自殺！這簡直就是自殺！太可怕了！她從來都沒有想過，他竟然會自尋死路，她決不允許他這樣做！這真是太殘酷了。她不愛他，這可不是她的錯，他卻因此要自尋短見，這真是不堪設想啊。眼淚從她的臉上靜靜地流了下來。

「你為甚麼要哭呢？」

他的聲音冷冰冰的。

「你不一定非要去那兒吧？」

「一定要去，我去那兒是心甘情願的。」

「請你別去了，瓦爾特。要是出了甚麼意外，那就太可怕了。比如說，你染上霍亂死了？」

他面無表情，但他的眼神裏閃過一絲笑意，他沒有答話。

「那個地方在哪兒？」停頓片刻後，她問。

「你是說湄潭府？它位於西江的一條支流上。我們沿西江逆流而上，然後再換乘轎子。」

「我們是誰？」

「你和我。」

她迅速朝他看了一眼，以為自己的耳朵聽錯了。可是眼下，他眼睛裏的笑意傳到了嘴唇上，一雙黑色眼睛正注視着她。

「你希望我和你一起去嗎？」

「我原以為，你會願意跟我去的。」

她的呼吸變得急促起來，一個寒顫傳遍全身。

「不過，那兒肯定不適合女人。幾個星期前，那個傳教士就把他的老婆和孩子送來了。石油公司經理和他的太太也撤回香港，我在茶會上見過他太太。我記得她說過，他們為了躲避霍亂，才離開了某個地方。」

「那兒還有五個法國修女呢。」

她突然感到一陣恐慌襲來。

「我不知道，你這是甚麼意思。讓我去那種地方，簡直是發瘋了，你知道，我的身子骨弱不禁風的。海華德醫生說了，我必須離開香港去避避暑。那兒的天氣十分酷熱，我更是受不了。還有霍亂，我定會被嚇得神經錯亂的。這是明擺着跟我過不去，我找不到去那兒的任何理由，我會死在那兒的。」

他沒有接話。她用絕望的眼神看着他，幾乎就要放聲大哭了。他的臉上泛出蒼白的神色，這使她感到恐懼。她從他的眼神裏看到了仇恨，難不成他真想把她給害死嗎？她對這個可怕的念頭作出了反應。

「這簡直太荒唐了。如果你覺得你應該去，那麼你提高警惕就是了，可是你不要指望我跟你一起去。我對傳染病深惡痛絕，尤其是霍亂這樣的瘟疫。我可不想假裝勇敢，實話告訴你吧，我這個人貪生怕死。我要一直待在香港，適當時候就去日本避避暑。」

「我原以為，我去做危險的事情，你會陪我一起去的。」

他說這話是在公然嘲弄她。她心中甚是困惑，不清楚他說的是不是真話，還是他只想嚇唬她一下。

「這地方太危險，我要是不想去，誰都無權指責我。它與我渾不相干，我去了百無一用。」

「你去了能發揮大作用，你可以鼓勵我，安慰我。」

她的臉色變得更加蒼白。

「我真不知道你在說甚麼。」

「我說的意思再明白不過了。」

「我不想去，瓦爾特，你卻非讓我去，這真是太荒唐了。」

「好吧，那我也不去了，我會立刻撤回我的申請。」

23

她茫然若失地看着他。他的話出乎她的意料，她一下子摸不着頭腦。

「你究竟在說甚麼呀？」她支支吾吾地問。

即使在她聽來，自己的問話都有問題。瓦爾特嚴肅的面孔現出了不屑的神情。

「你把我當作超級大傻瓜了。」

她一下子不知道說甚麼好。她猶豫不決，究竟是義憤填膺，辯稱自己是清白的，還是大發雷霆，對他作出憤怒的譴責。他似乎看透了她的心思。

「我手裏有足夠的證據。」

她開始哭了起來，眼淚奪眶而出，卻感受不到特別的疼痛。她沒去擦眼淚，淚流滿面可以爭取時間，能讓她鎮定下來，可她腦海裏一片茫然。他注視着她，漠然無語，他的冷靜讓她感到害怕。這時，他變得焦躁不安起來。

「你也知道，哭哭啼啼幫不了你的忙。」

他的聲音冰冷而生硬，卻在她的內心激起了憤怒。她開始恢復理智。

「我甚麼都不在乎。我想，你是不會反對我們離婚的。對男人來說，反正離婚也算不上甚麼事兒。」

「我能問問你嗎：我為何沒事找事，自尋煩惱地跟你離婚呢？」

「對你來說，離婚算不上甚麼大事。我希望你能做個堂堂正正的紳士，這個要求不過份吧？」

「我最關心的是你能不能獲得幸福。」

這時，她坐直身子，擦乾了眼淚。

「你說這話是甚麼意思呢？」她問他。

「只有唐森成了通姦案的共同被告，他才能夠與你結婚。如果打起了官司，那就是奇恥大辱，他太太將被迫同他離婚。」

「我不知道你在說甚麼。」她大叫。

「你這個笨蛋加傻瓜。」

他的語氣裏滿是鄙夷不屑，她頓時怒火中燒，滿臉漲得通紅，怒火似乎越燒越旺。此前，他從來都沒有這樣說過她。她耳中聽到的都是甜言蜜語，都是奉承討好的恭維話。她習慣見到瓦爾特對她俯首帖耳、言聽計從。

「如果你想知道真相，那我就直言不諱了。他早就迫不及待，想跟我結婚了。多蘿西．唐森會心甘情願地同他離婚的。只要我們倆一有自由之身，我們就馬上結婚。」

「這是他親口跟你說的，還是你想當然得出的結論？」

瓦爾特的眼神滿含辛辣的嘲諷，這讓凱蒂感到很不自在。她不太確定，查理是否真的跟她說過。

「這件事他說過無數遍了。」

「他在撒謊，你也知道他在撒謊。」

「他是真心實意愛我的。他對我一往情深，就像我對他一往情深一樣。既然你都知道了，那我就不再否認了。我為甚麼要否認呢？我們兩情相悅，已經有一年了，我對此感到十分自豪。在這個世上，他是我的至愛。很高興你終於知道了，我們對偷偷摸摸早就厭煩透了。我嫁給你，本來就是個天大的錯誤，我感到追悔莫及。我就是個大傻瓜，我對你毫無感情，我們倆根本就不是一路人。你喜歡的人，我一點兒也不喜歡；你感興趣的事情，我覺得索然乏味。謝天謝地，這一切都結束了。」

他目不轉睛地注視着她，沒有作出任何手勢，腦袋也沒有轉動一下。他聚精會神地聽着，臉上的表情沒有任何變化，說明她的一番話並未發生作用。

「你知道我為甚麼要嫁給你嗎？」

「你想搶在你妹妹前嫁人。」

這倒是事實，不過她覺得有意思的是，瓦爾特對她當時的心態洞若觀火。說來也真奇怪，她此時此刻雖然又是害怕，又是氣憤，但一想到這件事，她還是對瓦爾特心生同情。

瓦爾特微微一笑，說道：「我對你沒有任何幻想。我知道你愚蠢輕浮，沒有頭腦，然而我愛你。我知道你胸無大志，粗俗不堪，然而我愛你。我知道你平庸淺薄，勢利虛榮，然而我還是愛你。無論你喜歡甚麼，我都會竭盡全力地去喜歡。我設法向你隱瞞我並不是一個粗鄙無知、嚼舌愚蠢之人。現在回想起來，真是滑稽可笑。我知道你害怕有智慧的男人，所以很想讓你覺得，我和你認識的其他男人一樣，就是一個大傻瓜。我知道，你和我結婚只是權宜之計，可是我太愛你了，所以我根本不在乎。在我看來，一個人愛上另外一個人，而那個人卻根本不愛他，心中一定憤憤不平，甚至怨聲載道，怒氣沖天，而我卻不是那樣的人。我從來都沒指望過你會愛我，也找不出任何理由讓你愛我。我不覺得我是個可愛之人，可是只要有機會愛你，我就感激不盡了。有時候，一想到我能讓你開開心心，一看見你眼睛裏閃過一絲情意，我就感到欣喜不已。我很愛你，卻不想讓你心生厭煩。我知道這樣做很困難，所以每時每刻都小心翼翼，生怕我對你傾情相愛，反倒讓你不勝膩煩。一個丈夫理應享有的權利，我都視之為莫大的恩惠。」

凱蒂早已對甜言媚語習以為常，卻從未聽過如此犀利刺耳的言語。這時，她不再感到恐懼，一股無名之火從心底騰起，似乎嗆得她透不過氣來。她只覺得太陽穴青筋暴突，怦然亂跳。虛榮心遭受打擊後，女人會滋生出強烈的報復心理，其程度超過被奪走幼崽的母獅。凱蒂的下巴原本是方方正正的，眼下卻像猿猴一樣，醜陋地翹了起來，一雙靚眼露出黑黢黢的兇光。然而，她卻遏制住了心頭的怒火。

「丈夫不能讓老婆愛他，那可怨不得別人，只能怪他自己無能。」

「那是當然。」

他的譏諷語氣越發激怒了她。她心想，唯有保持鎮定，才能給他以更大的打擊。

「我教育程度不高，也不聰明，我只是一個普普通通的女孩子。周圍的人喜歡甚麼，我就喜歡甚麼。我喜歡跳舞，打網球，看戲。我偏愛的都是運動型的男人。說實話，我對你這種人感到乏味。你所愛好的東西，我覺得索然無味。對我來說，它們毫無價值可言，我提不起一點兒興趣。在威尼斯，你死拉硬拽，帶我去參觀美術館，沒完沒了。我寧可待在桑威奇，打打高爾夫，反而會更盡興。」

「我知道。」

「如果我不是你心目中的理想女人，我深感抱歉。不幸得很，我一碰到你的身體，就感到噁心。說起這事兒，你可不要責怪我。」

「我不會。」

如果他勃然大怒，胡言亂語，凱蒂就能輕鬆掌控局面。她可以針鋒相對，絕不退讓。他的自控力真是太神了。眼下，她對他恨之入骨，而此前她從來都沒有這樣恨過。

「我認為你壓根兒就不是個男人。你知道我和查理就躲在臥室，為甚麼不破門而入呢？至少，你可以狠狠地揍他一頓呀，難道你感到害怕嗎？」

不過，她說到這兒時，滿臉頓時緋紅，大感羞慚。他沒有回應，但是從他的眼神裏，她看出了冰冷的鄙夷之色。他的嘴角還掠過一絲隱秘的笑意。

「也許我就像某個歷史人物，天性高傲，不屑與人打鬥。」

凱蒂想不出應對的話來，只好聳了聳肩膀。有那麼一會兒，他凝目逼視着她。

「我想，該說的話，我都說了。如果你不願意去湄潭府，那我就撤回申請。」

「那你為甚麼不同意離婚呢？」

他終於把目光從她身上移開，仰身靠在椅背上，隨手點上一支煙。他自始至終都在吸煙，中間未發一言。後來，他將煙頭扔掉，露出一絲微笑，又一次用眼睛注視着她。

「如果唐森太太向我保證，她願意跟丈夫離婚；唐森本人寫一份文書，承諾在法庭判決一週內，答應和你結婚，那麼我就和你離婚。」

瓦爾特說話的方式讓她感到惶恐不安。不過，出於自尊，她只得以落落大方的姿態接受了他的條件。

「你真是一個寬宏大度之人，瓦爾特。」

讓她感到驚訝的是，他突然縱聲大笑起來。她十分氣憤，滿臉漲得通紅。

「你大笑甚麼？我看不出有甚麼好笑的。」

「希望你能海涵。也許，我的幽默感太古怪了。」

她用眼睛看着他，眉頭皺了起來。她本想說幾句尖刻的話來刺刺他，但腦子裏一下子想不出甚麼反擊的言語來。瓦爾特看了看手錶。

「如果你想在下班前找到唐森，那麼最好抓緊時間。要是你決定跟我去湄潭府，那麼務必在後天啟程。」

「你希望我今天就去找他嗎？」

「常言道，機不可失，時不再來。」

她的心又加速跳動起來。她並沒有感到忐忑不安，至於是甚麼感覺，她自己也說不清。她倒希望時間能更多一些，她就能讓查理做好思想準備。不過，她對查理的信賴是毫無保留的。他們都深情地愛着對方，大好時機擺在眼前，查理自然是不會拒絕的。如果對此有一絲一毫的懷疑，那就等於是背叛。她轉過頭來，神情嚴肅地看着瓦爾特。

「我想，你根本不知道甚麼叫愛。我和查理如此熱烈相愛，你這種人是想像不出來的。愛情是世界上最珍貴的東西。為了愛情，我們可以作出任何犧牲，義無反顧，決不猶豫。」

他朝她輕輕鞠了一躬，但甚麼也沒說。她邁着穩健的步伐從房間走了出去。

24

她給查理傳過去一張便條，上面寫道：「速來見我，事急。」一個華人童僕讓她稍等片刻，隨後給她帶來了回覆：五分鐘後，唐森先生就來見她。她莫名其妙地感到緊張起來。當她終於被領進辦公室時，查理走上前來同她握手。童僕離開後剛把門關上，查理就放下了親切友好、彬彬有禮的偽裝。

「要我說，親愛的，你怎麼能在工作時間到這兒來呢？我正忙得不可開交。我可不想讓別人說我們的閒話。」

她用一雙美麗的眼睛深情地看着他，想盡力衝他微笑，但嘴唇僵硬，根本笑不出來。

「要不是有急事，我也不會來找你。」

他露出笑容，拉住她的手臂。

「既然你都來了，那就坐下說吧。」

這是一間狹小的單人辦公室，天頂很高，四周的牆壁被刷成了赤褐色。房間裏的家具只有一張大寫字桌，一把唐森專用的轉椅，還有一把客人用的皮革扶手椅。凱蒂不無緊張地坐在扶手椅子上，查理坐到寫字桌旁。她以前從未見他戴過眼鏡，都不知道他還需要戴眼鏡。查理注意到她在打量他，於是便把眼鏡摘了下來。

「我只在看書的時候才戴。」他解釋道。

她的眼淚止不住地往下流。她也不知道為甚麼，自己竟然哭了起來。她並不是故意假哭騙他，而是出於女人的本能，希望能博得他的同情。他茫然若失地看着她。

「出甚麼事了？唉，親愛的，請你別哭。」

她掏出手絹，想盡力控制住情緒。他摁響了叫人的鈴聲，童僕來到門口時，他走了過去。

「如果有人找我，就說我出去了。」

「好的，先生。」

童僕把門關上。查理坐在椅子的扶手上，用手臂摟住凱蒂的肩膀。

「好了，親愛的凱蒂，告訴我怎麼回事。」

「瓦爾特想要離婚。」她說。

她感覺摟在肩頭的手臂鬆了下來，他的身體變得僵硬。沉吟片刻後，唐森從扶手椅旁站起身，又一次坐到自己的椅子上。

「你究竟想要說甚麼？」他問。

他說話的聲音嘶啞不清。她迅速朝他看了一眼，只見他的臉色隱隱發紅。

「我剛剛和他談過，我就是從家裏直接過來找你的。他說，他想要的證據全都有了。」

「你沒向他坦白真相，對吧？你甚麼都沒跟他說吧？」

她的心猛地一沉。

「沒有說。」她回答道。

「你能肯定嗎？」他又問道，眼睛逼視着她。
「能肯定。」她又一次撒了謊。
他仰身靠在椅背上，望着對面牆壁上掛着的一幅中國地圖，神情茫然。她心急火燎地注視着他。他聽到消息後的神態讓她困惑不安。她期待他能用雙臂摟住自己，然後對她説，真是謝天謝地，從今以後，他們就能永遠在一起了。可是，男人總讓人摸不透。她輕輕哭了起來，這次不是為了博得同情，而是覺得哭一下似乎很自然。
「看來我們惹上該死的大麻煩了，」他終於開口説道，「不過，失去理智沒有任何好處。要知道，哭哭啼啼也不管用。」
她察覺到他的聲音裏夾雜着惱怒，便抹了抹眼淚。
「這可不能怪我，查理，我也是身不由己。」
「你自然身不由己，這都是我們運氣不好。要説過錯，我也有責任。現在能做的，就是想想看，我們該如何擺脱麻煩。我想，你和我一樣都不願離婚。」
她倒吸了一口冷氣，仔細朝他打量了一下。他壓根兒就沒替她着想。
「我想知道他掌握了哪些證據。我不明白，他如何才能證明我們當時都在臥室。回頭看來，我們一直都非常小心，謹慎行事。我敢肯定，古董店老頭是不會出賣我們的。就算瓦爾特看見我們去了古董店，那也沒有理由説，我們就不能同賞古玩啊？」

他似乎在自言自語，而不像是對她說話。

「到法庭起訴易如反掌，但要拿出證據來，就十分困難了，任何律師都會這麼説的。我們的底線就是死不認賬。如果他拿起訴來威脅我們，我們就跟他說：『見鬼去吧，』我們定會奉陪到底的。」

「我可不想去法庭，查理。」

「為甚麼呀？恐怕你不得不去了。上帝知道，我也不想去那兒鬥嘴，可我們總不能束手就擒吧？」

「我們為甚麼非得應訴啊？」

「你也能問出這樣的問題來？說到底，這檔子事不僅牽涉到你，也牽涉到我。不過我想，你倒不必為此感到害怕，我能把你丈夫給擺平的。我會盡快找到最妥當的辦法。」

這時，他彷彿突然想到了甚麼，帶着迷人的微笑朝她看過來。他剛才說話時語氣生硬，顯得一本正經，眼下卻變得低眉順眼起來。

「我想，你肯定被折磨得心神不安，不知所措，可憐的小寶貝。這事兒的確糟透了。」他伸手拉住她的手。「我們倆惹上了大麻煩，但應該能擺脱掉。這可不是……」他停住話頭。凱蒂懷疑他下面要説的是：這可不是他第一次擺脱麻煩了。

「最重要的是要臨危不亂。你也知道，我不會讓你失望的。」

「我才不怕呢！不管他做甚麼，我都不在乎。」

他笑容可掬，可是回想起來，那笑容有點兒勉強。

「如果事情真鬧到不可收拾的地步，我就直接去找總督大人。他肯定會把我訓斥一頓，但他是個大好人，而且精通世故，他會出面把這檔子事給處理好的。要是緋聞傳了出去，他的臉上也毫無光彩啊。」

「總督大人能有甚麼辦法呢？」凱蒂問。

「他可以對瓦爾特施壓。總督會拿個人前途來引誘他，要不就用責任意識來規勸他。」

凱蒂感受到了一絲兒寒意。她覺得很難讓查理明白事態的嚴重性，可他卻滿不在乎。凱蒂心中焦慮。她真後悔來辦公室找他，這裏的環境讓她心虛膽怯。要是能摟住他的脖子，偎依在他的懷中，她就能身心放鬆、暢所欲言了。

「你不了解瓦爾特。」她說。

「我想，每個人都會開出他的價碼來。」

她一心一意愛着查理，但他的回答卻讓她惶恐不安。這個聰明人竟然說出這麼蠢的話來。

「我想你還不知道，瓦爾特已憤怒到了極點！你沒看見他的臉色，還有他的眼神。」

有一會兒，他沒有答話，而是微笑地看着她。她知道他在想甚麼：瓦爾特是細菌學家，地位不高，人微言輕，自然不敢魯莽造次，自討沒趣，去惹惱殖民地的高級官員。

「自欺欺人是不管用的，」她認真地說道，「如果瓦爾特鐵了心起訴，不管你說甚麼，或別人說甚麼，都不會對他產生任何影響。」

他的臉色又一次陰沉起來，神情越發凝重。

「他把我當作共同被告來起訴嗎？」

「起初是這樣。後來，我好說歹說，他才同意離婚。」

「哦，看來情況不是很糟。」他的神情又一次放鬆起來，她從他的眼睛裏看到了如釋重負的神色。「這對我來說反倒是最好結果。說實話，男人做事就應該這樣，唯有如此，才最不失體面。」

「不過，他有一個條件。」

他用疑問的目光瞥了她一下，一副若有所思的樣子。

「儘管我不是非常有錢，但我會盡力滿足他的條件。」

凱蒂沉默不語。她從未想到，這些話會從查理的口裏說出來。現在，她反而不知道如何開口了。她多麼渴望他能伸出雙臂，深情地摟住自己，她就可以把發燙的臉貼在他的胸膛上，一口氣道出心裏話。

「他說，只要你太太向他保證跟你離婚，他就同意跟我離婚。」

「還有別的條件嗎？」

凱蒂一下子不知道說甚麼。

「唉，真是太難以啓齒了，查理，他的條件很難辦。他要你作出保證，離婚判決一週後，你就跟我結婚。」

25

有那麼一會兒，他沉默無言。隨後，他又拉住她的手，輕輕摩挲起來。

「你也知道，親愛的，」他說，「無論發生甚麼，我們都不要把多蘿西捲進來。」

她一頭霧水地看着他。

「可是我不明白，我們怎麼能做到呢？」

「不管怎麼說，我們都不能只考慮我們自己。你也知道，在同等情況下，我最想娶的人就是你，可現在已經做不到了。我了解多蘿西，想讓她同意離婚，那是絕對做不到的。」

凱蒂頓感驚惶無措，頭暈目眩。她又哭了起來，他只好站起身，走到她身旁坐下，用手摟住她的腰。

「別這樣惴惴不安了，親愛的，我們必須保持頭腦清醒。」

「我原以為你很愛我……」

「我當然愛你，」他用柔和的語氣說道，「對於這一點，你千萬不要懷疑。」

「如果她不願意跟你離婚，瓦爾特就把你當作共同被告來起訴。」

過了好一陣了後，他才開口回應，語氣乾巴巴的。

「當然，那樣做會把我的前途給毀了，但恐怕對你也沒有甚麼好處。如果事情真鬧到不可收拾的地步，我就向多蘿西坦白實情。她一定很受傷害，痛苦不堪，但終究會原諒我的。」他又想到了甚麼，繼續說道，「我不知道向她坦白實情是不是上策，如果她去找你丈夫，肯定能說服他不要聲張的。」

「這麼說，你不希望她跟你離婚了？」

「我得替我的孩子着想，對吧？當然，我也不想讓多蘿西感到痛苦。我們在一起生活，很合拍。你也知道，她是一位賢妻良母。」

「那你何必跟我說，她對你來說甚麼都不是呢？」

「我可從未這麼說過，我只說過我根本不愛她。我們很多年沒睡在一起了，只有偶爾那麼幾次，比如說，聖誕節，她回國前，或是來到香港。她對那種事早就不感興趣了，但我們一直都是很好的朋友。不妨告訴你，我太離不開她了，誰都不會想到的。」

「難道你不覺得，當初你若是不黏上我，豈不是更好嗎？」

她感到奇怪的是，雖然她惶恐得透不過氣來，但說話時仍然那麼鎮定自若。

「這些年來，你是我見過的最可愛的小美人。我無可救藥地愛上了你，你不能因為這個來譴責我吧？」

「可是你說過，你永遠都不會讓我失望的。」

「哎呀，上帝，我當然不會讓你失望，可是我們惹上了大麻煩。只要有一絲可能，我都會竭盡全力，設法擺脫麻煩的。」

「可是離婚這檔子事，你就是不肯做。」

他站了起來，回到自己的椅子上。

「天哪，你必須理智一點，我們最好還是坦然面對現實吧。我可不想傷害你的感情，但必須對你實話實說。我非常喜歡我的工作，保不準哪一天，我就能當上總督了。能當上殖民地的總督，那可是一件開心的大好事啊。要是我們不把這檔子事捂住，我就一點兒機會都沒有了。也許，我不會因此丟掉工作，但是我的檔案裏會永遠留下一個污點。如果我被迫辭職，那就只好下海經商，留在人頭熟悉的中國了。然而，無論去留，多蘿西都會跟着我。」

「想當初，你何必對我說，這個世上除了我，你甚麼都不想要呢？」

他的嘴角煩躁不安地耷拉下來。

「親愛的，當一個男人愛上你的時候，他說過的話，你是很難一字一句當真的。」

「難道你是虛情假意？」

「真心實意。」

「如果瓦爾特起訴離婚，那我該怎麼辦呢？」

「如果找不到充足的理由，我們當然不需要應訴，應該不會鬧得滿城風雨。眼下，人們對這檔子事很看得開。」

凱蒂第一次想到了母親，渾身哆嗦起來。她再次朝唐森看去，滿腔怨恨，渾身如芒刺在背。

「要是你遇到我這樣的麻煩，你肯定能輕鬆擺脱掉。」她說。

「我們就不要互相刺激了，這樣只會把事情鬧得越來越僵。」他回應道。

她發出了一聲絕望的叫聲。她深深地愛着他，這時又產生了深深的怨恨，這真是太可怕了。他是不可能明白的，他對她是何等的重要啊！

「查理，難道你不知道我是多麼愛你嗎？」

「可是，親愛的，我也愛你呀，但我們並不是生活在荒島上。陷入這種無奈的困境中，我們應設法找到最好的脫困辦法。你真得要理智一些。」

「我怎麼能理智呢？對我來說，我們的愛情就是一切，你就是我的整個生命。可是我卻痛苦地發現，我們的愛情對你來說只是一個插曲。」

「對我來說當然不是插曲。不過你也知道，我和多蘿西難捨難分，而你卻讓我跟她離婚，再跟你結婚，這會毀了我的前途。你的要求也真是太過份了。」

「如果換作是我，我心甘情願付出一切。」

「你和我的處境完全不同。」

「唯一的不同，那就是你壓根兒不愛我。」

「一個男人深愛一個女人，未必一輩子都要跟她廝守在一起。」

她朝他迅速瞥了一眼，內心為絕望所籠罩，淚水汩汩地從臉上流了下來。

「你真是太冷漠無情了！你怎麼能這樣沒心沒肺呢？」她歇斯底里地哭了起來，他焦躁不安地朝門口瞥去。

「親愛的，你盡量克制一下吧。」

「你根本不知道我多麼愛你，」她一邊啜泣，一邊說道，「沒有你，我就不想活了，你一點都不憐惜我嗎？」

她再也說不下去，眼淚如決堤一般奔湧而出。

「我不是個薄情寡義之人，老天作證，我無意傷害你的感情，但是我必須實話實說啊。」

「你把我的生活全給毀了。你當初為甚麼要跟我好呢？我前世對你造過甚麼孽嗎？」

「要是一味斥責我，能讓你好受些，那你就盡情斥責吧。」

就在這一瞬間，凱蒂的怒火沖天而起。

「看來，當初是我主動對你投懷送抱，是我死乞白賴求着你，你才答應跟我好的。」

「我可沒有這樣說過。不過，如果你不發出明確的信號，我肯定不會找你暗通款曲。」

啊，真是奇恥大辱啊！她心裏清楚，他說的都是大實話。眼下，他正板着一張臉，神色焦慮，雙手忐忑不安地搓揉着。時不時，他還長吁短嘆地朝她瞥上一眼。

「難道你丈夫不原諒你嗎？」片刻後他問。

「我從不求他。」

他本能地攥起了拳頭。她看見他雙唇緊閉，極力克制，差一點兒就要大發雷霆。

「你為甚麼不去求他，請他寬恕呢？如果真像你所說的那樣，他深深地愛着你，那他一定會原諒你的。」

「你對他太不了解了！」

26

她擦乾眼淚，試圖讓自己鎮定下來。

「查理，你要是丟下我不管，我會死的。」

現如今，被逼無奈之下，她只想喚起他的同情心了。從一開始，她就應該把心中的苦衷告訴他。一旦他知道，擺在面前的選擇是多麼可怕，就會激發他的寬容心、正義感和男子氣概，他就會不顧一切，幫助她脱離危險。唉，她多麼渴望他能伸出強有力的雙臂，緊緊地擁抱自己啊！

「瓦爾特讓我跟他去湄潭府。」

「啊，那兒止在鬧霍亂，這可是五十年來最嚴重的一場瘟疫。那可不是女人家待的地方，你千萬不要跟他去。」

「如果你辜負了我，我就不得不去了。」

「你是甚麼意思？我不明白。」

「那兒的傳教士醫生死了，瓦爾特要去接替他，他想讓我跟他一起走。」

「甚麼時候走？」

「現在！馬上！」

唐森朝後挪了挪椅子，然後用困惑不解的眼神看着她。

「也許我真的很笨，我還沒搞懂你在說甚麼。如果他非讓你跟他去，那麼離婚又是怎麼回事呢？」

「他讓我作出選擇，要麼他起訴離婚，要麼我跟他去湄潭府。」

「嗯，我明白了，」唐森的語氣微微起了變化，「在我看來，這是一件十分光榮的事。」

「十分光榮？」

「嗯，他要到那兒去，是相當富有冒險精神的。這樣的事，我連想都不敢想呢。

當然，等他凱旋之際，就能獲得聖喬治十字勛章[1]了。」

「可是我呢，查理？」她哭泣道，聲音裏帶着極度的痛苦。

「如果他很想讓你去，目前這種情況下，你怎麼能貿然拒絕呢？」

「去那兒就是送死，必死無疑啊！」

「哎呀，可不要瞎說，你也太誇張了！如果他真是那麼想的，就不可能帶你去。其實，只要你們倆小心點，是不會有危險的。這兒也鬧過霍亂，我都待在這兒，卻沒有受到過任何傷害。最好不要吃沒燒熟的東西，不要吃水果、色拉，生東西都不要吃，千萬要喝開水。」他越說越有信心，開始滔滔不絕。他不再陰沉着臉，而是和顏悦色，甚至變得輕鬆活潑起來。「說到底，那是他的工作，對吧？他對小蟲蟲感興趣。要是你換個角度想想，他去那兒也是做研究的好機會啊。」

「可是我怎麼辦呢，查理？」她重複說道，這次不再極度痛苦，而是驚慌失措了。

「唉，要理解一個男人，最好設身處地、將心比心地替他想想。從他的角度來看，你是個相當沒規矩的寶貝心肝，可他在設法保護你不受傷害。我總在想，他壓根兒就不想跟你離婚，在我看來，他絕對不是那種人。他覺得帶你去那兒，已經夠寬宏大度的了，而你卻一味拒絕，只會讓他火冒三丈。我可不想指責你，然而，鑒於我們目前的處境，我倒希望你再好好考慮一下。」

「我去了會沒命的，你難道看不出來嗎？他帶我去那兒，就是因為他知道我會沒命的，你難道不明白嗎？」

「親愛的，千萬別說傻話，我們倆的處境十分尷尬，就沒必要危言聳聽了。」

「你是鐵了心不理解我的處境！」啊，她的心口隱隱作痛。她感到十分恐懼，差一點兒發出尖叫。「你就這樣眼睜睜看着我去送死嗎？如果你不愛我，也不可憐我，那最起碼有點兒人之常情吧。」

「我想，你那樣說我，真是太難為我了。在我看來，你丈夫的行為真是寬宏大度之舉。要是你願意接受，他肯定會原諒你。他只是想帶着你離開，帶你去某個地方，待上幾個月，你就不會受到傷害了，而這樣的機會正好出現了。我不會把湄潭府胡說成甚麼療養勝地，我從來都不知道，哪個中國城市可以做療養勝地，但是你也沒有必要惶恐不安，驚慌失措更要不得了。我相信，瘟疫流行時，死於恐懼的人跟死於傳染的人一樣多。」

「可是我打心底裹感到害怕啊。瓦爾特剛一提這事兒，我差不多嚇暈了。」

「我完全相信。這事兒乍一聽來，確實令人震驚，但是你回頭冷靜地想一想，一切都會沒事的。這樣的人生經歷，不是每個人都能碰到的。」

「我原以為，我原以為……」

她感到痛不欲生，身子搖搖欲墜。他沒有説話，臉色陰沉，愁雲慘淡，這樣的神態她以前從未見過。她這時不再哭了，而是擦乾眼淚，鎮定了下來，儘管説話時聲音低沉，但卻相當穩健。

「你真希望我去嗎？」

「別無選擇，是不是？」

「你説呢？」

「我只能實話實説，倘若你丈夫起訴離婚，即使最後勝訴了，我也不會跟你結婚的。」

他覺得，似乎過了很久，她才開口説話。她慢慢站了起來。

「我想，我丈夫根本無意把這事兒鬧到法院。」

「上帝啊，我剛才被你嚇得魂不附體。你怎麼能這樣呢？」他大聲説道。

她冷冷地望着他。

「他心裏清楚，我肯定會失望而歸的！」

她沉默不語，隱隱約約悟出了甚麼，就好像人們在閱讀外語書時，起初甚麼都看不懂，後來看到某個單詞或某個句子，深受啓發，突然間，混沌不清的大腦恍然大悟，疑慮頓消。她隱隱約約悟出了瓦爾特的良苦用心，那情形恍如一道閃電劃過黑暗，照亮了陰霾密佈的大地，片刻後，大地又籠罩在濃濃的夜色中。她對自己的頓悟感到不寒而慄。

「他之所以發出威脅，那是因為他知道，你會現出原形的，查理。説來真是奇怪，他對你的人品看得太準了。他想讓我看清殘酷的真相，希望我能幡然醒悟，這倒的確是他的做事風格。」

查理低頭看着桌子上的吸墨紙，眉頭微皺，臉色陰沉，但沒有説話。

「他知道你愛慕虛榮，既懦弱又自私，他希望我能親眼看到真相。他知道，你就像隻膽小的兔子，一旦危險降臨，就會撒腿逃走。他知道，我認為你很愛我，是多麼自欺欺人！他知道，你這個人除了愛自己，不可能真愛別人。他知道，你這個人為了自保，會全然不顧我的死活。」

「如果你對我惡言惡語，心中十分暢快，我想我沒有權利怨天尤人。女人説話向來有失公正，總喜歡把責任推卸給男人。可是話說回來，就算男人有甚麼過錯，女人也不是無可指摘的吧？」

她對他的插話未加理睬。

「現在，我終於知道瓦爾特的心思了。我終於知道，你這個人冷漠無情，沒心沒肺；我終於知道，你這個人自私自利，是很難用語言來形容的；我終於知道，你膽小懦弱，就像隻兔子；我終於知道，你謊話連篇，欺詐成性；我終於知道，你極其令人鄙視。最可悲的——」她的臉因為痛苦突然扭曲變形，「最可悲的莫過於我還一心一意愛着你。」

「凱蒂。」

她發出一聲痛苦的大笑。他叫她名字時，語氣溫柔，聲音醇厚，顯得那麼自然親切，但聽上去已無關痛癢了。

「你這個騙子！」她怒罵道。

他本能地朝後一閃，面紅耳赤，老羞成怒。他看不懂眼前這個女人了。她朝他看了一眼，目光中夾雜着一絲嘲弄。

「你開始討厭我了，是不是？嗯，那就討厭我吧。現在，要我說，討厭不討厭，都無所謂了。」她邊說邊戴上了手套。

「你要幹甚麼？」他問。

「別擔心，我不會傷害你。你會安然無恙的。」

「看在上帝的份上，別這麼說，凱蒂。」他回應道，醇厚的聲音裏透出焦慮，「你必須知道，你的事情就是我的事情。有甚麼事瞞着我，我會焦慮不安的。你打算怎麼對你丈夫說呢？」

「我打算告訴他，我準備跟他去湄潭府。」

「也許你真同意去了，他反倒不再堅持了。」

他不知道，她為甚麼用異樣的目光看着他。

「你真的不害怕了嗎？」他問。

「是的，」她說，「你的鼓勵讓我充滿勇氣。有機會去霍亂疫區生活，這個經歷真是太獨特了！倘若我染病死了，那也死不足惜。」

「我是真心實意對你好。」

她朝他看了看，眼淚又一次奪眶而出，心口彷彿堵上了一塊石頭。她的內心仍然衝動不已，很想一頭扎進他的懷中，深情地親吻他。可眼下已於事無補了。

「不妨告訴你吧，」她說話時盡力穩住聲音，「我是帶着恐懼走的，我是抱着必死之心走的。我不知道，瓦爾特黑漆漆、彎彎繞的心裏究竟是怎麼想的，但我早被嚇得魂不附體了。也許，我染病死了，反倒是真正的解脫呢！」

她覺得，此時此刻再也無法遏制內心的情感，於是迅速朝門口走去。唐森還沒有來得及起身相送，她就走出了辦公室。唐森長長地舒了一口氣，很想喝上一杯白蘭地加蘇打水。

註釋：

[1] 英國頒給平民和軍人的榮譽勳章。

27

她回到家時，瓦爾特還沒有走。她本想直接回房間，但他就在樓下客廳裏，正向一個童僕吩咐着甚麼。她心裏十分難受，準備忍受任何羞辱，也必須忍受羞辱。

她停下腳步，面對着瓦爾特。

「我打算跟你去湄潭府。」她說。

「呃，好的。」

「你希望我甚麼時候準備好？」

「明天晚上。」

他語調冷漠，她的心猶如被長矛刺中。她在一瞬間陡然升起一股勇氣，說出來的話，連她自己也嚇了一跳。

「看來我只需帶上幾件夏天衣服，外加一塊裹屍布，對吧？」

她注視着他的臉色，心裏清楚他對自己尖刻的言語感到氣惱。

「我對女傭吩咐過，你的東西都準備好了。」

她點了點頭，上樓回到臥室，臉色蒼白。

28

他們終於離目的地越來越近。他們坐着轎子，日復一日，沿着狹窄的土路緩緩而行，道路兩旁是一望無際的稻田。他們在黎明動身，整個白天都在趕路。天氣炎熱時，他們就在路邊客棧歇腳避暑，隨後又繼續前行，傍晚時抵達一座小鎮。根據行程安排，他們將在小鎮過夜。凱蒂坐着轎子排頭而行，瓦爾特的轎子緊隨其後，跟在他們身後的是鬆鬆散散的苦力們。苦力們挑着他們的被褥、物品和醫療器具。在漫長的旅程中，大家默默無語，偶爾只聽見某個苦力說着甚麼，或是粗獷地唱上一曲。這一路上，凱蒂對鄉村景色視而不見，卻反反覆覆回憶着查理辦公室那心痛欲碎的一幕，內心備受折磨。他們當時的對話了然無趣，最後不歡而散，現在回想起來，她感到十分沮喪。她的肺腑之言都沒有說出來，溫柔纏綿的語氣也沒用上。如果查理能明白她的一片癡情，明白她茫然無助的困境，絕不至於那麼冷漠無情，聽任她走向悲慘的命運。當時，她活像是當頭捱了一棒。他竟然說，他根本不在乎她，那神態真是溢於言表。她簡直不敢相信自己的耳朵。她被氣得頭昏腦脹，都沒來得及哭上一場。後來，她終於忍不住哭了，傷心欲絕地哭了。

晚上，她與丈夫住進客棧裏的上等客房。瓦爾特躺在行軍床上，雖說隔了幾英尺遠，但她知道，他壓根兒就沒有睡。她咬緊牙關，埋在枕頭中，竭力不發出一點兒聲音。可是到了白天，在坐轎布簾的遮擋下，她放任自己痛哭起來。她渾身感到劇烈疼痛，很想聲嘶力竭地尖叫。她從來都不知道，人的痛苦竟會如此巨大。她不禁捫心自問，自己究竟造過甚麼孽，才會遭受如此痛苦？她搞不懂，查理為甚麼不愛他？她想，這只能是她的過錯，可她總在全力討他的歡心啊。他們相處時，十分融洽，時常開懷大笑。他們是情投意合的情人，也是不可多得的良朋益友。唉，她真是鬧不明白。她早已心碎腸斷了。她心想，雖說她很怨恨他，很鄙視他，但從此以後再也見不到他，她都不知道該怎麼活了。如果瓦爾特帶她去湄潭府，目的是要懲罰她，那麼他真的失算了！她對將來心如死灰，覺得活着沒有任何意義。可是剛滿二十七歲，就要了結生命，實在難以下手啊！

29

他們在西江乘上了蒸汽船。瓦爾特一路上都在看書，吃飯時，才與她勉強交談幾句。他對她說了一些無關緊要的事，彷彿她只是旅途中邂逅相逢的陌生人。凱蒂心想，他只是出於禮貌而已，可越是這樣，那就越發表明，他們之間存在着巨大的鴻溝。

當時，她靈機一動，告訴查理：瓦爾特讓她來找他，給出了兩個選擇，要麼查理跟老婆離婚，要麼她跟他去瘟疫之地。瓦爾特就是想讓她親眼看看，他這個人是多麼冷漠薄情，膽小懦弱，自私自利！查理的確是這種人。瓦爾特跟她玩這手把戲，倒與他冷嘲熱諷的稟性十分吻合。他早就料到了事情的結果，她還沒有到家，他就吩咐女傭把行李準備好了。從他的眼神裏，她捕捉到了某種蔑視——對她以及她的情人的蔑視。也許，瓦爾特心裏想着，如果他是唐森的話，他一定會克服困難，犧牲一切，來滿足她哪怕是微不足道的要求。她知道瓦爾特的確能做到。可是話說回來，她已睜開雙眼，看清了查理的本質，可他為甚麼還要帶她去危險之地呢？他心裏一定清楚，這麼做只會把她嚇得魂不附體。她原以為，他只是隨口一說，跟她鬧着玩而已。直到他們真的出發了，不，直到後來，他們離開西江上岸，換乘轎子穿越鄉下時，她還期待着他能微微一笑，跟她說：你不需要去了。她一點兒也搞不懂，他心裏究竟是怎麼想的？他不會真想讓她去送死吧？他曾經那麼癡情地愛着她。眼下，她懂得甚麼是真愛了。她想起了瓦爾特無數次向她示愛的舉動，借用一句法國諺語來說：無論天候好壞，他都癡情不改！如果說，他已經不愛她了，那是絕對不可能的。難道受過無情的傷害，你就不再愛了嗎？她讓瓦爾特深受傷害，但遠不如查理對她的傷害大。現在，她看清了查理的本性，但只要他發出愛的召喚，她仍將拋棄一切，義無反顧地投入他的懷中。儘管查理辜負了她，對她坐視不管，對她無情無義，漠不關心，但她仍然愛他！

起初，她覺得，只需靜待時機，瓦爾特遲早會原諒她的。她認為，她對瓦爾特仍有影響力，不相信瓦爾特對她的愛已經結束。蒼茫海水是澆不滅真愛之火的！只要他還愛着自己，他的心就會慢慢變軟。此前，她覺得瓦爾特肯定還愛着自己，可是現在卻拿不準了。在客棧過夜時，瓦爾特坐在黑色的直背椅上看書，防風燈的光照在臉上。凱蒂躺在臨時搭成的地鋪上，人在陰影中，正好能對瓦爾特仔細端詳。瓦爾特五官端正，輪廓分明，但神色更顯嚴峻。她覺得，這張臉總是鐵板着，若要露出甜美的微笑來，那幾乎是不可能的。他神閒氣定地看着書，彷彿身旁的凱蒂不是近在咫尺，而是遠在千里之外。他緩緩翻動書頁，目光一行又一行有規律地移動着，腦子裏根本沒有她。餐桌擺好後，晚飯端了進來，瓦爾特把書放下，只朝她瞥了一眼（他不知道，燈光將他的面部表情照得清清楚楚）。從他的眼睛裏，她看到了厭惡的神色，她感到驚訝。是的，她感到驚訝！他對她的愛是不是已經消失了？他是不是真想讓她去送死呢？這真是太荒唐了。若果真如此，那他簡直就是個瘋子。說來奇怪，一想到瓦爾特也許瘋了，她渾身打了個冷顫。

30

轎夫們此前一直默默無言，這時卻突然嚷嚷起來。有一個挑夫轉過身，說了幾句話，她自然聽不懂。他伸手指了指，讓她向遠處看，她順勢看過去，只見對面小山上矗立着一道拱門。他們離開西江上岸後，已經從很多這樣的拱門旁經過。她知道這是一座中國牌坊，用來褒獎科舉高中人員與貞潔烈女。這座拱門巍然聳立，在落日餘暉的映照下，看上去格外奇麗壯觀，與此前見到的各類牌坊全然不同。然而，她心中感到惴惴不安，卻不知道為甚麼，總覺得這座牌坊的含義很難用語言來描述。它究竟意味着某種威脅，還是嘲諷，她說不清楚。她的轎子正在經過一片竹林，一根根旁逸斜出的竹子不可思議地伸向了土堤，彷彿要把她留住似的。儘管夏日的傍晚沒有一絲兒風，但青綠色的窄小竹葉依然微微顫動着，讓她覺得竹林裏有人在窺視着她。這時，他們來到山腳下，那兒已經沒有稻田。轎夫們大步流星，踏上了山路。山坡上佈滿了綠草叢生的小土堆，密密麻麻的，恍如退潮後留下的一座座小沙丘。她知道這些小土堆是幹甚麼用的。每次經過人口密集的城鎮，她都能見到這樣的小土堆——它們是墓地，是墳場。這會兒，她突然明白，剛才轎夫們為何要讓她看小山上的牌坊：他們終於到達了旅途的終點！

他們到了牌坊下，轎夫們稍事停頓，將轎杠從一個肩膀換到另一個肩膀，一個轎夫用一塊骯髒的破布擦了擦臉上的汗水。山路開始蜿蜒向下，道路兩旁都是破敗不堪的房屋。夜幕開始降臨。突然，轎夫們發出一陣喧嘩聲，猛地一閃，將轎子緊貼到牆根處，她的身子在轎子裏冷不丁地打了個趔趄。片刻後，她才知道轎夫們為何大驚失色。他們站在那兒不動，卻嘰嘰喳喳說個不停。四個農民默默無言，抬着一口簇新的棺材，從他們身旁走了過去。這口棺材尚未上漆，新鮮的板材在暮色漸濃的傍晚發出亮晃晃的白光。凱蒂覺得一顆恐怖之心怦怦亂跳，撞到肋骨上。棺材抬過去了，但轎夫們仍然呆立在原地，猶如喪魂失魄一般，再也挪不動腳步，直到後面傳來一聲吆喝，他們才緩過神來，抬腿向前。這時，卻沒有人說話了。

他們又走了幾分鐘，拐過一道彎，進了一道敞開的大門。轎子被放了下來，目的地終於到了！

31

這是一座平房。她走進客廳，坐了下來。苦力們挑着行李物件也陸陸續續到了。瓦爾特站在院子裏，吩咐他們把東西逐個擺放好。她感到筋疲力盡，這時卻十分驚訝地聽到一個陌生的聲音在問：

「我可以進來嗎？」

她感到窘迫不已，臉色又紅又白。她早已身心疲憊，這時卻要接待一位陌生人，因此不免感到緊張不安。狹長低矮的房間裏，只有一盞罩子燈。昏暗中走來一個人，向她伸出手。

「我叫維丁頓，是這兒的副海關長。」

「哦，海關署的，我知道。我聽説過你在這兒工作。」就着昏暗的燈光，她只能大致看出這個男人又矮又瘦，個頭跟她差不多高，頭頂禿髮，長着一張光淨的孩子臉。

「我就住在山腳下，你們從這個方向過來，所以看不見我住的房子。我想你們肯定累壞了，就不用到我那兒用餐了。我在這兒給你們備了晚飯，我也不請自來了。」

「很高興你能這麼做。」

「廚師的手藝可不賴啊。我把沃森的童僕安排給你們差遣。」

「沃森就是那位傳教士吧？」

「是的，他是一位大好人。如果你願意，我明天帶你去看看他的墓地。」

「那真是太感謝你了。」凱蒂微笑着説道。

瓦爾特走了進來。維丁頓進屋前，已經跟他認識了。他對瓦爾特説：

「我剛才跟你太太說了，我要和你們一起吃晚飯。沃森去世後，我連說話的人都沒有了，只能去找那些法國修女，可是我蹩腳的法語總是詞不達意。還有，跟這些修女們聊天，話題相當有限。」

「我讓童僕拿一些酒水過來。」瓦爾特說。

傭人送來了威士忌和蘇打水。凱蒂注意到了，維丁頓隨手拿起酒水豪飲。這個人進屋後，說話大大咧咧，動輒咯咯一笑，凱蒂覺得他已有三分醉意。

「這兒的人真幸運，」他邊說邊轉向瓦爾特，「你來了，正好可以大顯一番身手。這兒的人像蒼蠅一樣死去，當官的急得發瘋。掌管部隊的虞上校為了防止壞人趁亂搶劫，忙得暈頭轉向。如果真要發生甚麼騷亂，我們這些人恐怕都會沒命的。我曾勸說那些修女們離開，但她們就是不肯走。修女們都想當烈士呢，真是活見鬼了。」

他說話的口氣很不以為然，還不時嘿嘿一樂，讓人忍俊不禁。

「那你為甚麼不走呢？」瓦爾特問。

「唉，我手下的職員都死了一半，剩下的人也快不行了，隨時都有可能喪命。總得有人留下來，去打點打點善後事宜吧。」

「你打過霍亂疫苗嗎？」

「打過，沃森幫我打的。可是，他自己也打了，疫苗對他根本不管用，可憐的傢伙。」他轉向凱蒂，那張滑稽的笑臉樂呵呵地泛起了皺紋。「我想，如果你們採取必要的預防措施，不會有多大危險。牛奶和水煮開了再喝，不要吃新摘的水果，不要生吃蔬菜。你們有沒有帶留聲機的唱片過來？」

「沒有，我們沒帶。」凱蒂說。

「很遺憾，真希望你們帶了。很長時間沒有聽了，我的那些老唱片都聽膩了。」

童僕走了進來，問他們是否需要用餐。

「你們就不用更衣換裝了，」維丁頓說，「我的童僕上個星期死了，現在這個童僕笨手笨腳的。今天晚上，我也沒有換上正裝。」

「我去把帽子摘掉。」凱蒂說。

她的臥室就在客廳的隔壁，臥室內幾乎沒有甚麼家具。一個女傭跪在地板上，身旁放着一盞燈，正在整理凱蒂的衣物用品。

32

餐廳很小，一張大餐桌就佔去一多半的空間。四周的牆壁上掛滿了雕版畫，上面都是《聖經》故事場景，還有相關的文字說明。

「傳教士們總喜歡在大餐桌上用餐，」維丁頓解釋道，「每隔一年多，他們就生下一個孩子，所以他們結婚時，就把餐桌買好，小傢伙們一出生，就有足夠的空間了。」

天花板上吊着一盞石蠟燈。就着燈光，凱蒂更加清晰地看清了維丁頓的相貌。他頭頂光禿，看上去歲數很大，可是現在她卻發現，他的年紀還不到四十。他的額頭又大又圓，額頭下是一張小臉，臉上沒有皺紋，臉色紅潤。這張臉生得醜陋，很像猴臉。不過，這張醜臉也並非一無是處，看上去能讓人忍俊不禁。他的臉，包括鼻子和嘴，比孩子的臉大不了多少。他長着一雙炯炯發光的小眼睛，眉毛清秀疏朗。從容貌上看，他活像個有趣的大男孩。他不停地自斟自飲，晚餐尚未結束，就能清楚地看出他的醉意越發濃重了。不過，就算他喝得酩酊大醉，他也不會招人厭煩。他那得意洋洋的神態，猶如森林之神薩梯從熟睡的牧羊人那兒偷到了酒囊。

他們的話題轉到香港。他說他在香港有很多朋友，很想了解他們的近況。一年前，他去香港看過賽馬會，他對比賽用馬與騎手侃侃而談。

「順便問問，唐森怎麼樣了？」他突然問道，「他就要升任輔政司了吧？」

凱蒂感到滿臉緋紅，但瓦爾特並沒有看她。

「我想應該沒有問題。」瓦爾特回答道。

「他的仕途可是越走越寬了。」

「你了解他嗎？」瓦爾特問。

「是的，我對他非常了解。有一次出國，我有幸與他乘船同行。」

這時，河對岸傳來鏗鏘的敲鑼聲和劈里啪啦的鞭炮聲。對面的那座城市近在咫尺，那兒的人正深陷恐慌之中。殘酷無情的死神突然降臨，從蜿蜒曲折的街道上肆虐而過。不過，維丁頓的話題卻轉到了倫敦。他大談特談倫敦的劇院，對此時此刻正在演甚麼戲瞭如指掌，對上次回國度假時看過的戲碼如數家珍。他在回憶幽默風趣的滑稽戲時，開懷大笑；說到音樂喜劇主角的美貌時，嘖嘖稱讚。他還神采飛揚地炫耀說，他的一位表弟娶到了倫敦最著名的女星之一。他與這位女星共進過午餐，女星還送他一張簽名照呢。下次請他們去海關吃飯時，要讓他們一睹玉照的風采。

瓦爾特用冷淡、嘲諷的目光注視着他的客人。顯然，他對維丁頓所談的話題毫無興趣，但卻盡力裝出津津有味、興趣盎然的樣子來。凱蒂對這些話題倒是耳熟能詳，可瓦爾特卻一無所知。他的嘴角掠過一絲微笑，凱蒂卻心生恐懼，但不知道為甚麼。置身這幢已故傳教士的宅子裏，面對這座瘟疫肆虐的城市，他們似乎完全與世隔絕了，彷彿成了三個離群索居的孤獨者，三個素昧平生的陌路人。

晚餐結束後，她從餐桌旁站了起來。

「我要和你們說晚安，你們不介意吧？我想去休息了。」

「我也就此告辭。我想醫生也要休息了，」維丁頓回答道，「我們明天必須早點出發。」

他和凱蒂握手告別，雖說腳步十分穩當，但眼睛卻更加亮堂，那醉意似乎又增加了幾分。

「我明天先來找你，」他對瓦爾特說，「然後帶你去見地方官和虞上校，最後再去修道院。說真的，你可以大顯一番身手了。」

33

整個晚上，她怪夢不斷，備受煎熬。轎夫們大步流星，晃晃悠悠地抬着轎子，而她坐在顛簸的轎子裏，整個身體一路搖擺不停。她夢見自己走進這座人口稠密、模糊不清的城市。密集的人群簇擁在她的周圍，正用好奇的目光打量着她。狹窄的街道蜿蜒曲折，開門營業的店舖擺滿了稀奇古怪的物品。她一路走去，滿街的車馬都停了下來，討價還價的人們也停止了買賣。隨後，她來到了牌坊那兒，雄偉壯觀的剪影突然間奇蹟般地復活起來。它的輪廓千變萬化，猶如印度教的神祇正在揮舞着手臂。她從牌坊下穿過時，卻聽到嗡嗡作響的嘲笑聲。就在這時，查理．唐森朝她走來，用雙手抱住她，將她從轎子上舉了起來。他說，這完全是一場誤會，他從來都沒打算這樣對她，因為他很愛她，不能沒有她。她能感覺到他在不停地吻她。她激動得淚流滿面，質問他為甚麼那麼殘酷無情。不過，儘管她發出了質問，但是她知道這已經無關緊要了。這時，有人突然發出一陣聲嘶力竭的吆喝，他們倆分立兩旁，幾個身穿襤褸藍衣的苦力們急匆匆地走了過去，毫無聲息。他們正抬着一口棺材。

她在一陣驚嚇中醒來。

平房矗立在半山坡上。憑窗眺望，她能看見山腳下那條狹窄的小河，還有河對面的城市。天色剛剛破曉，河面上升起一層白色的霧靄。帆船鱗次櫛比，停泊在霧靄籠罩的河灣中，猶如豆莢中的一粒粒豌豆。帆船有數百艘之多，悄無聲息，在幽靈般光影的襯托下，顯得神秘莫測。你在恍惚間覺得，船員們儼然被施了魔法。他們似乎並不是進入夢鄉，而是中了某種怪異可怕的符咒，由此變得啞然失言，寂靜無聲。

清晨緩步走來。在太陽的映照下，霧靄發出了耀眼的白光，猶如白雪幽靈，又彷彿是即將消逝的星星。河面上薄霧輕籠，你能朦朧地看清一排排密密麻麻的船隻，以及森林般密集的桅杆。薄霧形成一道亮晃晃的白牆，眼睛卻無法穿透。突然間，從那道白色霧牆的後面，現出一座高大、陰森的城堡。這座城堡之所以能被看見，與其說是普照萬物的太陽的緣故，不如說是在魔杖的輕觸下，從虛空中浮現出來的。這座城堡猶如野蠻民族的要塞，俯瞰着腳下的小河。這時，大變城堡的魔術師迅如疾雷，又在城堡的頂端變出了一段彩壁。就在一剎那間，在迷霧濛濛中，一叢叢黃綠相間的屋頂映入眼簾，如同海市蜃樓般時隱時現，沐浴在點點的金色陽光下。這些屋頂連成廣袤的一片，你無法辨認出它們的形狀。瓦楞排列的規律，如果有規律的話，你是根本找不到的。它們參差不齊，凌亂交錯，但是卻富麗堂皇，韻味十足。這不是堡壘要塞，也不是廟宇殿堂，而是眾神居住、人類禁入的魔幻皇宮。這座城堡神奇壯觀，神采飄逸，亦真亦幻，似乎並非出自人類之手。好一幅蜃景奇觀！

激動的淚水從凱蒂的臉上汩汩流下。她凝神注視着這眼前的奇景，雙手緊緊攥在胸前，嘴巴微微張開，幾乎屏住了呼吸。她的心情從來沒有如此輕鬆過。她覺得，她的肉身只是一具軀殼，支撐在雙腳上，而靈魂卻得到了淨化，變得無比純潔。眼前的景象就是美的化身！她如醉如癡地欣賞着，猶如虔誠的教徒口含着上帝化身的聖餐一般。

34

瓦爾特一大早就出門，午飯時只回來半個小時，直到晚餐擺好後才回家。一整天，凱蒂感到孤獨寂寞。天氣十分炎熱。大部份時間裏，她躺在窗邊的長椅上，想以看書來打發時光。中午時分，在強光的照耀下，神秘奇幻的魔幻皇宮已經消逝，呈現在她眼前的不過是城牆上的一座廟宇而已，花哨晃眼，破舊不堪。不過，這座廟宇曾讓她心醉神迷，所以它已不再是一座普普通通的廟宇了。清晨或傍晚，還有夜晚，她能經常重溫它的神奇與壯美。那座巨大的城堡也只是城牆而已。她呆呆地望着高大灰暗的城牆，想着垛口後面的城市裏，恐怖的瘟疫正在肆虐着。

她心中隱約知道，可怕的事情正在城中不斷發生。這些並不是從瓦爾特那兒得來的。她向瓦爾特打聽時（如果不問他，他幾乎很少跟她説話），他的回答總是冷冰冰的，還夾雜着嘲諷，總讓她的脊骨一陣陣戰慄。她從維丁頓和女傭的口中聽到，城中每天都有一百多人染病死去。一旦有人染上瘟疫，就幾乎沒有生還的可能。人們從廢棄的廟宇中將諸神的偶像搬了出來，擺放在大街上。神像前擺滿了供品和祭品，但這些大神們沒能阻止瘟疫的爆發。死亡人數急劇增加，屍體都來不及下葬掩埋。有的人全家老少都染病而亡，頓成絕戶，卻沒有親人替他們主持後事。掌管部隊的軍官是一位鐵腕人物。如果説，這個城市還沒有發生聚眾騷亂和燒殺搶掠，那要歸功於他的意志和決心。他下令讓士兵掩埋無人認領的屍體，還親手槍斃一名拒不執行命令的軍官。

凱蒂內心十分恐懼，心頭猶如壓着重石，身體時常顫慄不止。人們總是輕描淡寫地說，只要採取合理的預防措施，風險就微不足道，可是她早被嚇得魂飛魄散。她的腦海中反覆醞釀着瘋狂的逃跑計劃。逃走，只要能逃走，她隨時都可以動身。只要能逃到某個安全的地方，她可以孤身而去，除了隨身物品，甚麼都不帶。她很想把事情的經過告訴維丁頓，博得他的同情，請他出手幫忙，好讓她逃回香港。當然，她也可以向瓦爾特屈膝求饒，對他傾訴內心的恐懼。儘管瓦爾特仍然恨她，但他一定還有人之常情，因此也會同情她的。

然而，逃走絕無可能。如果真的逃走了，她又能逃到哪兒去呢？她不可能回娘家了。母親讓她看清了一個事實：女兒一旦嫁出去，就像是潑出去的水，別指望着能收回去。此外，她也不願回到母親身邊。她很想去找查理，但查理已經不要她了。倘若她突然站在查理面前，她心裏清楚他會說甚麼，他的嘴巴裏說不出甚麼好話來。他的臉上會露出陰沉沉的表情，那雙迷人的眼睛背後隱藏着狡猾和詭計。她攥緊了雙拳，真想狠狠地羞辱他一頓，就像他當時羞辱自己一樣。有時候，她的心中滋生了瘋狂的念頭，真希望瓦爾特能鬧到法院離婚，把她給毀了，同時把查理也給毀了。查理說了那麼多渾話，眼下回想起來，她都覺得滿臉臊紅，羞愧不止。

35

凱蒂第一次與維丁頓聊天時，主動把話題引到查理身上。他們剛到的那天晚上，維丁頓提到過查理。她謊稱查理與她丈夫只是點頭之交。

「我對他一點兒也不喜歡，」維丁頓說，「我覺得這個人很沒勁。」

「看來你交朋友挺挑剔的，」凱蒂回應道，很快恢復了往日輕鬆幽默的說話風格，「他可是全香港最受歡迎的人呢。」

「這個我知道，他很擅長廣泛結交，非常熟諳為人之道。他還有一個本領，就是無論見到誰，都給人一見如故、相見恨晚的感覺。只要不給他帶來麻煩，他也能出手幫幫別人，要是他幫不上忙，他也讓你覺得，他已盡了最大的努力。」

「這樣的本領無疑充滿魅力。」

「魅力？這樣的魅力有點兒讓人討厭。如果一個人沒有多大魅力，但為人誠實，跟他交往起來，心裏會更放鬆。我和查理．唐森算是老相識了，有一兩次，我把他的偽善面具給戳穿了——要知道，我這人無足輕重，只是海關裏的低級官員——在我看來，除了自己，他對誰都漠不關心。」

凱蒂慵懶地坐在椅子上，面帶微笑看着他，不時轉動着手指上的婚戒。

「他當然會繼續高升，他對為官之道諳熟於心。有生之年，我肯定要稱他為『閣下』的。他走進會場時，我還得起立致敬呢。」

「在多數人眼裏，他理應步步高升。他的工作能力很強，這是大家公認的！」

「很強？這都是胡說！他就是個蠢貨。他看上去精明幹練，工作上卓有成效，但那些都是裝出來的，實際並非如此。他就像歐亞混血職員，做事全靠拼死力。」

「為甚麼大家都誇他聰明呢？」

「因為這個世上蠢人太多。如果有人佔據高位，又平易近人，還時不時拍拍別人的肩膀，對他們說，會盡力幫他們，人們自然覺得他很聰明。當然，這還要歸功於他的太太。說起來，他的太太倒是很能幹。她頭腦清醒，思路敏捷，常給丈夫出謀劃策。查理．唐森有她這個賢內助，自然高枕無憂，絕不會做出蠢事來。對政府公職人員來說，要想仕途暢達，這是必不可少的。官場上不需要聰明人，聰明人主意多，很容易招惹是非。官場上需要有魅力、懂世故的人，需要四平八穩的人。當然，查理．唐森肯定能登上仕途的頂峰。」

「我很好奇，你為甚麼討厭他？」

「我並沒有討厭他。」

「你倒是對他太太頗為青睞。」凱蒂微笑道。

「我是個老派的矮男人，喜歡有教養的女人。」

「我倒希望她真的有教養，衣着再得體點。」

「她的衣着不得體嗎？我從未留意過。」

「據説，他們夫妻琴瑟和諧，恩愛有加。」凱蒂一邊説着，一邊透過睫毛望着他。

「查理對她太太情深意篤，這一點確實令人稱道。要我説，這是他身上最大的優點了。」

「中肯的讚美。」

「他喜歡跟別的女人打情罵俏，那都是逢場作戲。他這個人精明過人，對風流韻事有所節制，不想惹上不必要的麻煩。其實，他並非多情之人，只不過愛慕虛榮罷了，很喜歡被人崇拜。他的身體早已發福，如今剛過四十，就貪圖享受了。當年他剛到殖民地時，長得英俊瀟灑，儀表堂堂，我聽他太太常拿他的風流事打趣逗悶子。」

「他跟別的女人有染，他太太就不在乎嗎？」

「不在乎，她知道這種事不長久。她說，她真想跟查理的小情人們交交朋友，可惜她們都是平庸之輩。她還說，那些與她丈夫有一腿的女人，都是些稀奇古怪的二流貨色，連她都覺得臉上無光。」

36

維丁頓離開後，凱蒂對他的無心之言反覆咀嚼。這些話聽在耳中，自然十分難受。雖說她內心悸動不止，但又不得不強力掩飾。他說的話全都是實情，細細咂摸，心中不免隱隱作痛。她知道查理很蠢，愛虛榮，對別人的奉承趨之若鶩。她還清楚記得，他曾躊躇滿志，對她侃侃而談，無非是想說他是個聰明人。他總喜歡搞一些小把戲，還要津津樂道。她如此癡情地愛着這種人，僅僅因為……僅僅因為他有迷人的眼睛與優美的身材。唉，她真是太輕賤了！她很想鄙視他，如果僅僅只是恨他，那就說明她還愛他。這個薄情寡義之徒，她早該擦亮眼睛！倒是瓦爾特一向對他鄙夷不屑。唉，要是能徹底忘掉他，那該多好啊！她對查理意亂情迷，竟然被他老婆當作茶餘飯後的笑料。多蘿西本想跟她交個朋友，但又覺得她是個二流貨色。要是母親知道了這事，一定怒不可遏！念及至此，凱蒂苦澀地一笑。

然而，到了晚上，她又夢見查理。他用雙臂緊緊摟住她，吻她的嘴唇，激情似火。雖說他年過四十，身體發福，可那又有甚麼關係呢？想到這兒，她嫣然一笑，柔情似水。她的心中真是割捨不斷啊！他的幼稚勁與虛榮心，反倒讓她更加愛他，憐惜他，體恤他。凱蒂從夢中醒來後，不禁潸然淚下。

她在夢中的哭泣竟是如此悲傷！她不知道為甚麼。

37

凱蒂每天都能見到維丁頓。下班後，維丁頓都會來到平房，拜訪費恩夫婦。一個星期後，他們倆早已十分熟識，猶如故人。放在平時，這樣的熟悉程度恐怕得用一年時間。曾有一次，凱蒂跟他說，若是沒有他，她真不知道該怎麼辦呢。他哈哈大笑，回答道：

「你瞧，這個地方，只有你我二人是在堅實的地面上行走，悄無聲息，和平安寧。修女們是在天堂裏行走，而你的丈夫是在——黑暗中行走。」

凱蒂哈哈一笑，顯得漫不經心，但不明白維丁頓想說甚麼。維丁頓正用歡快的藍色小眼睛審視着她。他態度和藹，卻全神貫注，令她心中惶恐不安。她早就發現，維丁頓是個鬼精明的傢伙。她已察覺到，維丁頓對她和瓦爾特的關係心生好奇，困惑不解。凱蒂趁勢故佈疑陣，樂在其中。她對維丁頓甚有好感，知道他對自己也無惡意。雖說他並不睿智，也不機敏，但他能對事物做出精闢透徹、引人入勝的分析。他的光禿禿的腦袋下，長着一張滑稽的孩子臉。他縱聲大笑時，滿臉皺紋，開口說話時，常引人發噱。他在帝國前哨站工作多年，常常找不到白種人聊天，由此造就出了任意而為的怪異性格。他滿口時尚，卻又刁鑽古怪；他說話坦誠率直，常常令人耳目一新；他笑對人生，顯得玩世不恭；他譏諷殖民地香港，尖酸刻薄；他對湄潭府的中國官僚以及肆虐這座城市的霍亂也嗤之以鼻。無論是講悲劇故事，還是講英雄傳奇，他都能講出荒唐可笑的意味來。他在中國生活了二十年，閱歷豐富，積累了大量奇聞軼事。聽了他的各種故事，不免讓人覺得，地球真是個怪誕、奇詭與荒唐之地。

維丁頓否認自己是個中國通（他信誓旦旦地說，那些漢學家們狂熱得很，如同發了情的兔子），但他能說一口流利的中文。他讀書不多，他的知識都是從相互交談中學來的。他經常給凱蒂講中國小說與歷史故事。他講故事的口氣油滑輕浮（這也合乎他的本性），但內容卻妙趣橫生，盡顯溫良。在凱蒂看來，他早就潛移默化地接受了中國人的觀點：歐洲乃蠻夷之邦，歐人都過着愚蠢透頂的生活。其實，只有置身中國，才會發現這個說法確有一定的合理性。此前，凱蒂耳中所聽到的中國，盡是甚麼頹廢墮落啊，骯髒不堪啊，還有糟糕得難以言表啊。眼下卻是她重新認識中國的好時機，彷彿遮蔽中國的一道帷幕被迅速掀起了一角，她在飛快的一瞥中，窺見了一個豐富多彩、意味雋永的世界——這是她在夢中都沒見過的世界。維丁頓坐在那兒，舉杯暢飲，滔滔不絕，不時開懷大笑。

「難道你不覺得自己太貪杯了嗎？」凱蒂貿然問道。

「這是我人生的一大樂趣啊！」他說，「還有，喝酒能將霍亂拒之門外。」

他每次離開時，總是醉意朦朧，但並沒有酩酊大醉。他借酒助興，笑逐顏開，但並不令人討厭。

一天晚上，瓦爾特下班比平時要早，就請他留下來吃飯。一件奇事發生了。他們喝完湯，吃好魚，男僕端上雞肉，隨手將一盆新做的色拉遞給凱蒂。

「上帝啊，你們千萬別吃色拉！」維丁頓見狀後驚呼。

「是嗎？我們每天晚上都吃。」

「凱蒂很喜歡色拉。」瓦爾特說。

他把色拉遞給維丁頓，維丁頓使勁搖了搖頭。

「非常感謝，我還沒想過自殺。」

瓦爾特淡然一笑，徑自吃了起來，維丁頓沒再說甚麼。奇怪的是，他突然變得沉默寡言起來。晚飯後不久，他就走了。

他們每天都吃色拉，這的確是事實。他們來這兒兩天後，廚子帶着中國人特有的漫不經心，把色拉端了上來。凱蒂不假思索地吃了起來，瓦爾特迅速向前探起了身子。

「你不能吃色拉。這個僕人瘋了，竟然做起了色拉！」

「為甚麼不呢？」凱蒂用眼睛正視着他。

「吃色拉很危險，眼下更不能吃，你會沒命的！」

「我正求之不得呢！」凱蒂說。

她陰沉着臉，繼續大吃起來。她心裏清楚，自己無視危險，並非出於某種冒險精神。她用譏諷的目光注視着瓦爾特，發覺他的臉色略顯蒼白。當色拉端到他的面前，他也動手吃了起來。廚子認為他們很喜歡色拉，所以每天晚上都要做色拉。他們每天都在吃色拉，無異於自尋死路，如此冒險，實在是荒唐。凱蒂平時對疫病感到恐懼，之所以要這樣做，既是對瓦爾特實施惡意的報復，也是藐視內心深處的絕望和恐懼。

38

第二天下午，維丁頓來到平房。他剛一坐下，就問她想不想到外面走走。來這兒後，她還從未出過門，於是便欣然同意。

「這兒能散步的地方恐怕不多，」他說，「不過，我們可以到小山上走走。」

「嗯，好的，就到牌坊那兒去，我在陽台上經常能看到。」

僕人打開沉重的大門，他們走進浮塵瀰漫的巷子中。沒走幾步，凱蒂突然驚慌失措起來。她緊緊抓住維丁頓的胳膊，發出了一聲恐懼的大喊。

「快看！」

「怎麼了？」

有個人仰面躺在牆角，雙腿直挺挺地伸着，雙臂耷拉在腦袋上。他身穿一件打滿補丁的藍色衣衫，頭髮蓬亂邋遢，一個典型的中國乞丐模樣。

「看樣子他已經死了。」凱蒂神情緊張地說道。

「的確死了。我們走吧，你最好別扭頭看，散步回來後，我讓人把屍體搬走。」

可是凱蒂渾身劇烈地顫抖，幾乎挪不動步子。

「我以前從沒見過死人。」

「如此說來，你得盡快適應起來。在你離開湄潭府之前，還會看到很多死人！」

他拉起她的手，挎在他的胳膊中。他們默默無言，走了一會兒。

「這個人死於霍亂嗎？」她忍不住問道。

「我想是的。」

他們登上小山，來到牌坊前。牌坊上雕刻着豐富多彩的圖案。它巍然聳立，雄奇壯觀，寓意深長，彷彿是鄰近地區的一個重要地標。他們在基座上坐了下來，俯瞰着廣袤的平原。一座座綠草叢生的矮小墓塚佈滿了山坡，密密麻麻的。這些墳塋的排列散亂無章，毫無規則，總讓人覺得墓土之下，死人定是被胡亂埋在一起，擁擠不堪的。在一片綠色稻田中，一條狹窄的土路蜿蜒曲折，伸向遠方。一個男童騎在水牛背上，緩緩走在回家的路上。三個農民頭戴寬邊草帽，吃力地挑着重擔，趔趔趄趄地向前走去。白天的暑氣散去後，坐在牌坊那兒，和煦的晚風拂面而來，令人心曠神怡。眺望廣袤無邊的田野，能給飽受折磨的內心帶來寧靜與惆悵。不過，凱蒂還是忘不掉那個死去的乞丐。

「每天都在死人，可你仍然談笑風生，開懷痛飲，你是怎麼做到的？」她突然問道。

維丁頓沒有回答。他轉過身子，看了看她，隨後將手搭在她的手臂上。

「説實話，這個地方不適合女人，」他神情嚴肅地説道，「你為甚麼不走呢？」

她透過長長的睫毛朝他斜視了一眼，嘴唇上掠過一絲微笑。

「我倒覺得，越是在這樣的環境下，妻子越應該陪在丈夫身邊。」

「他們給我發來電報，説你和費恩一起來，我大吃一驚。當時，我的第一反應便是，你也許是個護士吧，反正護理病人都是在白天。我本以為你是個冷面無情的女人，一旦有人住院落在你手中，你定會把他整得七葷八素。我第一次去平房，看見你坐在躺椅上休息，驚訝得都說不出話來。你看上去虛弱不堪，臉色蒼白，精疲力竭。」

「一連奔波九天，就別指望我氣色紅潤，滿面春光了。」

「你現在看上去仍然如此。就恕我直言不諱了，你的心情極度沮喪。」

凱蒂不由得滿臉緋紅起來。不過，她卻哈哈一笑，盡力裝出快樂的樣子來。

「很遺憾你不喜歡我的外表。我天生一副沮喪樣，那是因為我的鼻梁高。十二歲時，我就知道這個缺陷了。黯然神傷時，就更加難看。不過，你可不知道哩，當年有多少英俊少年排着隊想安慰我呢。」

維丁頓平靜地看着她，一雙藍眼睛微微發亮。她知道，自己說的話，他一個字都不信。不過，只要他不說破內情，她就一點兒也不在乎。

「我知道，你們倆結婚時間不長，但你和你丈夫肯定是恩愛夫妻，情深意篤。我深信，你到這兒來，絕不是他的意思。也許，那是因為你不願獨自留在香港。」

「你的理解合情合理。」她淡淡地說道。

「是的，但這並不是事實。」

她等着他繼續説下去，對他所説的話有所忌憚。維丁頓精明過人，她早就了然於胸。維丁頓向來直言不諱，對心中所想毫不隱瞞，她對此心知肚明，卻無法抵制內心的渴望，想聽一聽他對自己的評價。

「我總覺得，你根本不愛你的丈夫。我想，你很不喜歡他，如果你恨他，我一點兒也不驚訝。不過，我可以肯定，你很怕他。」

維丁頓的話深深觸動了她。她扭頭朝別處看了一會兒，不想讓他察覺。

「我想，你不喜歡我的丈夫。」她用淡然而嘲諷的口氣説道。

「我敬重你的丈夫，他是個有頭腦、有品格的人。説實話，頭腦、品德兼而有之，並非常人。我想，你並不了解他在這兒的工作，他也沒有對你暢所欲言。如果有誰能單槍匹馬撲滅這場可怕的瘟疫，這個人就非他莫屬了。他每天都在救治病人，整治城裏的環境，竭盡全力來清潔飲用水源。瘟疫病區，他照去不誤；髒亂危險，他毫不在乎。每天，他都要冒二十次的生命危險在工作。他得到了虞上校的鼎力支持，並説服上校，由他來調度當地的駐軍。他甚至給當地的長官打氣鼓勁，這個老官僚也想有所作為。修道院的那些修女們對他特別信任，把他當作大英雄呢。」

「那麼你呢？」

「說到底，這並不是他的本職工作，對吧？他只是一個細菌學家。他到這兒來，並不是響應甚麼人的號召。我也看不出，他遠道而來，是因為他對這些奄奄待斃的中國人心懷悲憫，充滿同情。他與沃森的情況並不相同。沃森有博大的人類情懷。儘管他是一位傳教士，但他對甚麼基督教徒、佛教徒、儒教徒，都一視同仁，歸根結底，他們都是人。你丈夫來這座城市，並非因為十萬個中國人死於霍亂，讓他感到痛心疾首。他來這兒，也不是因為他對科學研究興趣濃厚。他到這兒來，究竟是出於甚麼目的呢？」

「那你還是去問他本人吧。」

「看見你們一起來了，我很好奇。有時候，我想知道，你們倆單獨相處時，各自會有甚麼表現。我去你們家時，你們都在演戲，兩個人都在演，演技相當拙劣。我說的都是實話。如果這就是你們的最佳水平，你們去劇團演出，一週連三十先令也賺不到手。」

「我不懂你在說甚麼。」凱蒂微笑道，故作輕鬆狀，但她知道樣子很假。

「你是個天生麗質的女人，可你丈夫從來都不正眼看你一下，這真是咄咄怪事。

他對你說話時，聽上去不像是他本人的聲音，而像是別人的聲音。」

「你覺得他不愛我嗎？」凱蒂低聲問道，嗓音嘶啞，一臉輕鬆的狀態突然消失。

「我不知道，我不知道，是不是因為他對你十分反感，只要一走近你，渾身就直起雞皮疙瘩？或者說，他癡情地愛着你，不過是出於某種原因，不想讓真情流露出來？我還想過，你們倆到這兒來，是不是想自殺殉情？」

維丁頓投來怵然的一瞥，隨後又審慎地望着她。那晚吃色拉時，維丁頓的眼裏發出的也是這般審慎的目光。

「我想，你對幾片萵苣葉子看得太重了，」她滿不在乎地說道，隨後站了起來，「我們回去吧，我敢肯定，你很想喝一杯威士忌加蘇打水了。」

「不管怎麼說，你到這兒來，不是想當英雄，你被瘟疫嚇得要死。你敢肯定你不會走嗎？」

「這跟你有甚麼關係呢？」

「我可以幫你。」

「我這黯然神傷的外表，也讓你動情了？你看看我的側影，跟我說，我的鼻子是不是有點兒長？」他若有所思地望着她，明亮的眼睛裏露出了嘲弄與譏諷的目光。

不過，那眼神裏還夾雜着一道陰影，猶如河邊的大樹在水中形成的倒影——其中透露出特別的善意。突然，凱蒂淚如泉湧。

「你真的不走嗎？」

「是的。」

他們從雄偉壯觀的牌坊下穿過，徑直朝山下走去。他們回到平房時，又看見了那具乞丐的屍體。他挽住她的胳膊，她卻把胳膊抽了出來，一動不動地站在那兒。

「是不是很可怕？」維丁頓問。

「甚麼可怕？死亡嗎？」

「是的，死亡讓世間萬物變得微不足道。他已經不成人樣了，你看着他，幾乎很難相信，他原本是個活生生的人。更難想像的是，幾年前，他還是個天真的孩子，在小山上活蹦亂跳放風箏呢。」

這會兒，她遏制不住自己的情緒，抽抽搭搭地哭了起來。

39

幾天後，維丁頓坐在平房裏，手捧一大杯威士忌加蘇打水，向凱蒂講起了那座修道院。

「修道院院長是個卓越不凡的女性，」他說，「修女們跟我說，她出身法國大家族，但沒有說是哪個家族。據說，院長不希望別人議論此事。」

「要是你感興趣，為甚麼不去問她呢？」凱蒂微笑道。

「如果你對她有所了解，你就知道，貿然向她提問是不可能的。」

「既然她都讓你肅然起敬了，那麼肯定是位卓越不凡的女性。」

「她讓我捎了口信給你，要我轉告你，你自然不希望冒着危險去疫區的中心地帶。不過，你要是不介意的話，她想領你參觀一下修道院，並視之為莫大的榮幸。」

「非常感謝她的好意，真沒想到，她會把我放在心上。」

「我跟她提起過你。每個星期，我都要去那兒兩三次，只想看看能不能幫上忙。可以肯定，你丈夫向她們介紹過你。你要有思想準備，她們對你丈夫佩服得五體投地。」

「你是天主教徒嗎？」

他的小眼睛眨了幾眨，滑稽的孩子臉上露出了微笑，皺紋滿面。

「你幹嗎對我擠眉弄眼？」凱蒂打趣地問道。

「你是說，進教堂能有甚麼好處吧？嗯，我不是天主教徒，我是英國國教的信徒。我想，如果我說你沒有信仰，不會冒犯你吧……十年前，院長來這兒時，帶着七個修女同來，結果七個人死得只剩三個了。你瞧，風調雨順的時候，湄潭府也不是甚麼療養勝地。她們居住在市中心，那兒都是窮人區。她們沒日沒夜地工作，從來都不知道休息。」

「修道院現在只有三位修女和院長嗎？」

「那倒不是，後來又來了幾個修女，眼下有六個人呢。霍亂初期，有個修女染病死了，但是從廣東又來了兩位。」

凱蒂微微哆嗦了一下。

「你冷嗎？」

「不冷，只是打了個寒噤。」

「她們離開法國，就永遠回不去了。她們和新教傳教士們大不相同，那些人動不動就回國休假一年。我想，不能回國，可能是世界上最難忍受的事情了。英國人的戀土情結並不是很強，我們置身世界任何地方都會無憂無慮。但是我覺得，對法國人來說，故國情懷相當深厚，幾乎是割不斷的血脈聯繫。因此，這些修女們一旦遠離故土，心中永遠不會感到釋然。在我看來，她們做出如此重大的犧牲，真可謂感天動地啊。假如我是天主教徒，我也會覺得，這一切都是理所應當的。」

凱蒂平靜地朝他看去，這個矮個子男人的情思讓她捉摸不透。她心中嘀咕，他是不是故意在唱高調？他灌下了那麼多威士忌酒，也許，他說的只是醉話罷了。

「你若不信，親自去看看。」他早就看穿了她的心思。他一邊說着，一邊露出調侃的微笑，「去那兒的危險性，不比生吃西紅柿大多少。」

「既然你都不怕，我有甚麼好怕的？」

「要是你去了，肯定感興趣，那個地方倒有點兒像法國。」

40

他們乘坐舢舨來到河對岸，碼頭上停着一乘轎子。凱蒂坐在上面，被抬到小山上，來到水閘附近。就是在這個地方，那些苦力們從河中打水。他們用肩膀挑着兩隻沉重的木桶，在田埂上來往穿梭，河水一路灑出來，打濕了路面，彷彿剛剛下過一場大雨。抬着凱蒂的轎夫們大聲而急促地吆喝着，好讓苦力們讓路。

「現在市面上十分蕭條，」走在一旁的維丁頓說道，「放在平時，苦力們摩肩接踵，從帆船上挑起貨物，上上下下，你只能從擁擠的人流中穿過去。」

這兒的街巷狹窄曲折。凱蒂完全失去了方向感，不知道自己身在何處。很多商店關門大吉。在來湄潭府的旅途中，她早就對髒亂差的中國街道見怪不怪了。這裏的街道卻堆滿了幾個星期的垃圾和廢棄物，臭氣熏天，她只好用手絹掩鼻而過。穿行在中國的城鎮，她對人群的圍觀不勝厭煩，可是眼下，她卻只能感受到人們朝她投來漠然的一瞥。街道上的行人零落稀疏，不再像平時那樣擁擠不堪了。他們專心做着自己的事情，看上去心有餘悸或無精打采。時不時，他們從某幢房屋前經過，凱蒂能聽見哐噹哐噹的敲鑼聲與呼天搶地的哭喊聲，還有不知名的樂器奏出來的悠長哀曲。在緊閉的兩扇大門背後，顯然是有人病逝了。

「我們到了。」維丁頓終於開口道。

轎子停放在一處狹小的走廊中，走廊兩側是悠長的白牆，拱頂上懸掛着一個十字架。凱蒂從轎中走下來，維丁頓摁響了門鈴。

一個中國小女孩把門打開。維丁頓說了一兩句中文後，小女孩把他們帶到走廊一側的廂房中。房間裏有一張大桌子，桌子上蒙着一塊花格子油布，牆根處擺着幾把硬木椅子，廳堂前安放着一座仁慈聖母馬利亞的石膏雕像。不一會兒，一位修女走了進來，她身形矮胖，顏面樸素，臉頰紅潤，長着一雙快樂的眼睛。維丁頓向她引介了凱蒂，管她叫聖約瑟芙修女。

「你是費恩醫生的太太嗎？」她用法語問道，神情喜悅，隨後又說院長將親自接待他們。

聖約瑟芙修女不會說英語，凱蒂的法語比較蹩腳。不過，維丁頓卻能說一口流利但並不地道的法語，只聽他侃侃而談，不斷插科打諢，直說得這位修女忍俊不禁。她發出輕鬆爽朗的大笑，凱蒂頗感意外，她原以為信教的人都不苟言笑。這個修女的甜美純真與快樂的情緒觸動了她的心弦。

41

門打開了。在凱蒂的印象中，那扇門不是自然而然打開的，而是像鞦韆一樣，沿着鉸鏈慢慢蕩開的。女修道院院長走進狹小的房間。她在門口站了片刻，朝哈哈大笑的聖約瑟芙修女看了看，又打量着滿臉皺紋、面似小丑的維丁頓，嘴角露出一絲莊重的微笑。隨後，她邁步走過來，朝凱蒂伸出手。

「你就是費恩太太嗎？」她主動招呼，她的英語帶有濃重的口音，但發音還算正確。她朝凱蒂躬身示意，「能夠結識優秀而勇敢的醫生的太太，真是莫大的榮幸。」

凱蒂發現院長用審視的目光久久地看着她，可她並不覺得尷尬。她的目光直截了當，但一點兒也不粗魯失禮。你只會覺得，這個女人的本職工作就是對別人評頭品足，從不需要遮遮掩掩。她用莊重而親切的語氣請來客就座，自己也坐了下來。聖約瑟芙修女依然面帶微笑，但卻一言不發，靜靜地站在院長的身後。

「我知道你們英國人喜歡喝茶，」院長說，「我事先預訂了一些。不過，要是他們按中國口味來沏茶，我就只能表示抱歉了。我知道，維丁頓先生喜歡威士忌，可是我卻沒有辦法請他喝了。」

她微笑着說道，莊重的眼神裏帶着一絲調侃。

「得了，院長，看你說的，就好像我是個十足的酒鬼似的。」

「你敢說，你滴酒不沾嗎，維丁頓先生？」

「我敢說，我喝酒從未喝高過。」

院長哈哈大笑，並將這些打趣的話翻譯給聖約瑟芙修女聽。她用親切而友好的眼神注視着維丁頓。

「我們必須對維丁頓先生的嗜好給予諒解。有那麼兩三次，我們囊空如洗，身無分文，真不知道拿甚麼來餵飽這些孤兒，正是維丁頓先生雪中送炭，解了我們的燃眉之急。」

這時，剛才開門的那個華人女孩走了進來。她的手裏端着一個盆子，盆子裏有一把茶壺和幾個中國茶杯，還有一小塊叫「瑪德琳蛋糕」的法式點心。

「你們一定要嚐嚐法式點心，」院長說，「今天早上，聖約瑟芙修女專門為你們做的。」

他們幾個人開始拉起了家常。院長問凱蒂來中國多久了，從香港到此地的行程是不是讓她疲憊不堪。她還問她是否去過法國，問她是否適應香港的天氣。她們的交談都是日常瑣事，但氣氛相當友好，周邊環境也讓她們的談話別具風味。會客廳清靜優雅，你幾乎很難相信，這裏竟是人口稠密的鬧市區。這是一個相對和平與安寧的地方。外面的世界，瘟疫正在肆虐，市民們驚魂未定，躁動不安。如狼似虎的士兵們靠着堅強的意志維持着秩序。在修道院的院牆內，醫務室裏擠滿了身染疫病、奄奄一息的士兵。修女們撫養的孤兒中，四分之一已經死去。

不知何故，凱蒂對院長印象深刻。院長噓寒問暖的時候，凱蒂仔細端詳着這位令她肅然起敬的女士。她全身一襲白色修道袍，袍子上唯一的顏色是烙刻在胸前的紅心。她是一位中年婦女，年紀約莫四五十歲，很難説清楚，因為她皮膚光滑白皙，臉上皺紋很少。她舉止端莊，穩重自信，雙手清瘦優美，堅強有力。由此可以斷定，她已過了青春年華。她的臉很長，嘴巴很大，長着一口整齊的大牙。鼻子儘管不算小，但卻生得精緻秀美。不過，稀疏黝黑的眉毛下，那雙眼睛讓她的臉看上去神情緊張，淒淒切切。這雙眼睛又大又黑，並不冷淡，平靜而堅定的眼神格外引人注目。無論誰第一眼看見院長，都會覺得，她年輕時定是個曼妙美女，但片刻後又會意識到，歲月雖已流逝，但鮮明的個性卻讓她更具魅力。她的聲音深厚低沉，不疾不徐。

無論是說英語，還是法語，她的語速都徐緩有度。不過，她威嚴不凡的氣度卻最為引人矚目，這種氣度是基督教慈善事業所錘煉出來的。從她的身上可以感受到某種領導氣質，讓別人聽命於她，對她俯首帖耳，似乎是天經地義的事情。不過，她在發號施令時，顯得平易近人。不難看出，她對教會的威嚴了然於胸，因而感到底氣十足。凱蒂總覺得，儘管她氣度不凡，威勢凜人，但她對人性的弱點充滿仁慈和寬容。院長聽着維丁頓信口開河，無所顧忌，臉上仍帶着莊重的微笑，但是可以肯定，她的內心定是產生了滑稽可笑的感覺。

凱蒂隱隱約約感到，她的身上還有其他品質，但說不清是甚麼。院長說話親切誠懇，舉止端莊高雅，倒是這個說不清的品質讓凱蒂覺得，自己只是一個笨拙的小學生。她與她之間判若雲泥，別如霄壤。

42

「先生甚麼也沒吃。」聖約瑟芙修女說。

「滿族人的飯菜敗壞了先生的好胃口。」院長回應道。

聖約瑟芙修女臉上的笑容不見了，隨即露出一本正經的表情來。維丁頓用淘氣的目光看了她們一眼，隨手拿起一塊點心。凱蒂聽出話中有話，但覺得一頭霧水。

「為了證明你們説這話很不公平，院長，今晚的美味佳餚我就棄之不顧了。」

「如果費恩太太肯賞光，想在修道院裏看一看，我很樂意做你的嚮導。」她朝凱蒂轉過身來，臉上還帶着對維丁頓不以為然的微笑。「很抱歉，眼下修道院裏雜亂無章。我們有大量的工作要做，可我們的人手遠遠不夠。虞上校叫我們騰出醫務室，全部讓給染病的士兵。為了收留孤兒，我們只好把餐廳改成醫院。」

她恭候在大門旁，讓凱蒂首先通過，聖約瑟芙修女和維丁頓緊隨其後。他們沿着清涼的白色走廊一路走去，首先進了一間大屋子。屋子裏空蕩蕩的，一大群中國女童正在專心致志地繡花。客人們進來時，她們都起身示意。院長拿起幾塊刺繡作品，向凱蒂介紹起來。

「儘管城裏發生了瘟疫，可我們一直堅持不懈。她們繡花的時候，就不會過份擔心外面的危險了。」

她們來到第二個房間，裏面有一些更小的女童，她們正在做着簡單的縫補活。

到了第三個房間，她們看到一個中國修女正在照看幾個幼童，幼童們正嬉嬉鬧鬧地玩耍着。院長進去後，她們都一窩蜂地圍到她的身邊。她們長着黑色的中國眼睛，黑色的頭髮。她們拉住院長的手，躲在她寬大的裙子下。院長的莊重面孔浮現出一絲迷人的微笑，用手撫摸着她們的腦袋，說了幾句打趣的話。儘管凱蒂對中文一無所知，但是她知道，院長所說的話充滿愛意。凱蒂心中咯噔了一下。這些幼童儘管穿上了統一的制服，但是她們都身形矮小，瘦骨嶙峋，長着扁平的鼻子，看上去簡直不成人樣。她們的模樣並不討人喜歡，可院長站在她們中間，猶如慈善女神一般。她要離開房間時，孩子們依依不捨，緊緊拉住她不放。她只好帶着微笑，好生哄勸，輕輕用力掰開她們的小手，抽身而出。在她們的眼裏，這位端莊肅穆的院長和藹可親，一點兒也不可怕。

「當然，你是知道的，」她們來到走廊上，院長說，「這些孩子都是棄嬰。她們的父母都不想要了，我們拿出一點錢，他們才願意送到這兒來。否則，他們才不會自找麻煩，可能隨便找個地方，就棄之不顧了。」她朝聖約瑟芙修女轉過身去，問道：「今天送來了幾個？」

「四個。」

「眼下瘟疫肆虐，他們更是將女嬰當作毫無用處的拖累，迫不及待地處理掉。」

她領着凱蒂去看女嬰的宿舍。她們從一道大門前經過，只見門上寫着「醫務室」的字樣。凱蒂聽到一陣陣的呻吟聲，還有痛苦的嚎叫聲，彷彿不是人發出來似的。

「我就不帶你去看醫務室了，」院長用平靜的語調說道，「那兒的情形慘不忍睹。」她突然想到了甚麼，「費恩醫生今天在不在那兒？」

她帶着詢問的目光，看了看聖約瑟芙修女。她開心地笑了笑，推開大門，走了進去。大門打開時，凱蒂聽到裏面傳來更加恐怖的叫聲，她朝後退縮了一下。過了片刻，聖約瑟芙修女回來了。

「他不在。前面剛來過，可能還會再來。」

「六號病人怎麼樣了？」

「可憐的孩子，她已經死了。」

院長雙手合十，嘴唇翕動着，默默地祈禱了幾下。

她們穿過庭院時，凱蒂看到地上並排放着兩具屍首，上面只蓋着一塊藍布。院長朝維丁頓轉過身去。

「床位十分短缺，我們只好讓兩個病人睡一張床。一旦有病人去世，我們就立刻騰出床位，安排其他病人。」她衝凱蒂微微一笑，說道，「現在，我帶你去看看我們的小禮拜堂，這是我們最引以為豪的地方。前不久，一位法國朋友贈送了一尊真人大小的聖母馬利亞塑像。」

43

禮拜堂只是一間狹長、矮小的屋子，牆壁被粉刷成白色，裏面擺放着一排排的松木板櫈。禮拜堂的末端是聖壇，聖壇上矗立着那座塑像。塑像是用熟石膏做成的，表面漆成天然的色彩，油光鋥亮，簇新耀眼。塑像背後是一幅耶穌受難的油畫，十字架的底端有兩位馬利亞[1]，她們的神情極度悲傷。油畫技法不佳，黑色顏料隨意潑灑，作畫之人對色彩之美毫無眼光。四周的牆壁上貼着一整套耶穌受難的油畫，它們都出自同一個作畫人的拙劣之手。教堂粗陋難看，俗不可耐。

兩位修女走進禮拜堂後，跪下祈禱，隨後站了起來。院長又和凱蒂拉起了家常。

「易碎品運到時，全都碎了，可施主捐贈的這尊塑像，從巴黎一路運到這兒，沒有一絲兒破損。這真是人間奇蹟啊！」

維丁頓居心叵測的眼睛眨動了一下，但他管住了自己的嘴巴。

「聖壇上的裝飾物，牆上的耶穌受難畫，都是我們的姐妹聖安塞米爾畫的。」院長用手畫了個十字，隨後說道，「她是一個真正的畫家，很不幸，她染上疫病升天了。你不覺得這些油畫很漂亮嗎？」

凱蒂在遲疑中勉強點頭稱是。聖壇上佈滿了一束束的紙花，一座座燭台華麗耀眼。

「我們在這兒做祈福聖禮，就有得天獨厚的條件了。」

「嗯？」凱蒂支應着，但沒聽明白。

「面對眼下這場可怕的災難，它給我們帶來了莫大的安慰。」

她們離開禮拜堂，重新回到他們剛才見面的客廳。

「走之前，你想看看我們今天早上收容的棄嬰嗎？」

「很想看。」凱蒂說。

院長領着他們走進過道另一側的一個小房間。桌子上蒙着一塊布，布的下面有活物在蠕動。照看嬰兒的修女把布揭開後，四個赤身裸體的嬰兒露了出來。她們通體發紅，四肢舞動着，甚是有趣，小小的中國臉擰成了怪模怪樣的表情。她們看上去不像是人類，更像是某個不為人知的古怪動物。不過，此情此景頗有點兒令人動容。院長面帶微笑，津津有味地看着她們。

「她們非常活潑可愛。有時候，棄嬰被送進來的時候，幾乎只剩下一口氣了。她們一到修道院，我們就給她們施洗禮。」

「要是您丈夫見到這些孩子，一定會很高興的。」聖約瑟芙修女說，「我想，他會跟孩子玩上一個小時。要是小傢伙們哭了，他就把她們抱起來，在胳膊中搖來晃去，哄得她們舒舒服服，到末了，這些孩子都會開心地笑起來。」

不知不覺間，凱蒂和維丁頓來到了修道院的大門口。凱蒂對院長領他們參觀深表感謝，院長畢恭畢敬地朝她躬身施禮，作出了既高貴又謙和的姿態。

「這是我的莫大榮幸。你可不知道啊，你的丈夫仁慈善良，一直對我們鼎力相助，他可是上天惠賜給我們的大禮啊。我很高興你和他夫唱婦隨，結伴同來。他每天下班回家後，能得到你的愛心，能看到你的甜美笑容，將獲得巨大的精神慰藉。你一定要好好照顧他，別讓他太辛苦了。為了我們所有的人，你可要好好地照顧他。」

凱蒂滿臉緋紅，一下子不知道說甚麼好。院長伸出手，凱蒂與她握手時，能感覺到一雙冷靜、深思的眼睛注視着自己。院長帶着若即若離的超然神態，露出了心領神會的表情。

聖約瑟芙修女關上修道院的大門，凱蒂邁步登上了轎子。他們穿過狹長、曲折的街道，踏上了回程。維丁頓漫不經心地說着甚麼，凱蒂沒有吱聲。他回頭看了一眼，只見兩側的轎簾已放了下來，轎子裏的凱蒂看不見了。維丁頓一言不發地朝前走去。他們來到河邊的時候，凱蒂從轎子裏走了出來，維丁頓不無吃驚地看到她淚流滿面。

「怎麼回事？」他問，滿是皺紋的臉上露出驚慌的表情。

「沒甚麼，」她強做微笑道，「有點犯傻唄。」

註釋：

[1] 指聖母馬利亞和抹大拉的馬利亞。

44

已故傳教士的粗陋客廳裏，又只剩下凱蒂孤零零一個人了。她躺在長椅上，面對着窗戶，神情恍惚，注視着河對面的那座寺廟（傍晚時分，小河迷濛，景色秀麗）。她盡力平復內心複雜的情緒，難以置信的是，修道院之行竟讓她深受震撼。她來這兒後無事可做，本是出於好奇才去修道院的。很多日子裏，她隔着小河，眺望着這座高牆環繞的城市，也頗想去看一看那些神秘的街道。

可是一旦走進修道院，她似乎被帶到另外一個世界，一個在空間與時間上都很陌生的世界。那些空蕩蕩的房間，以及白色的走廊，既莊嚴又簡樸，似乎擁有某種遙不可及、神秘莫測的精神。那個小小的禮拜堂，是那麼醜陋，那麼粗俗，但是它的簡陋不堪卻隱含着悲天憫人的情懷，它所擁有的內涵是那些氣勢恢宏的大教堂所付之闕如的。與大教堂的彩色玻璃及其精美圖畫比起來，這個禮拜堂顯得相當寒磣，然而，它卻擁有美好的信仰，心懷仁善、慈愛之心，由此呈現出了精緻優雅的靈魂之美。在瘟疫肆虐時期，這家修道院仍然有條不紊地忙活着，面對死亡的威脅鎮定自若，腳踏實地，儘管太過實用而不免有點可笑，但卻令人印象深刻。聖約瑟芙修女打開醫務室的大門時，凱蒂在一瞬間所聽到的可怕叫聲仍然在耳邊回響。

她們對瓦爾特的評價太出乎她的意料了。首先是聖約瑟芙修女，隨後是院長，都對他讚賞有加，尤其是院長在誇獎他時，語氣溫和，聲調柔婉。説來也真奇怪，聽到她們不斷稱讚瓦爾特，她在內心深處也浮現出了一絲自豪感。維丁頓跟她講過瓦爾特的工作，但是這兩位修女津津樂道的不僅僅是瓦爾特聰明能幹（在香港時，她就清楚大家都覺得他很睿智），而且還有他的細心周到與溫柔體貼。説真的，瓦爾特確實是個非常溫柔體貼之人。當你生病時，他對你的關懷無微不至。他睿智過人，從不動輒惱怒。他在診治病人時，和顏悦色，冷靜淡定，能教人心寧氣定。他的身上似乎具有某種魔力，只要現身眼前，立馬就能祛病解痛，妙手回春。她心裏清楚，她將再也看不到他那柔情似水的目光了。此前，她對這樣的眼神熟視無睹，還曾一度見之必惱。如今，她開始明白，他的內心包蘊着如此巨大的博愛情懷。不可思議的是，他正將滿腔的仁愛之心傾注在這些可憐的病人身上，對他們關懷備至，照料有加。她的心中並無任何妒意，而是湧上了一陣空蕩的失落感。那情形彷彿是早就習以為常、不以為意的一根精神支柱，卻在突然之間被撤走了，她頓感頭重腳輕，如同失去重心一般，開始腳步不穩、搖搖晃晃起來。

以前，她壓根兒都不把瓦爾特放在眼裏。眼下，她只能對自己心生鄙夷了。當初，她對他不屑一顧，他定是心知肚明，但卻欣然接受，毫無怨言。她是個傻女人，可他心裏一清二楚，卻毫不介意，因為他愛她。現在，她對他已不再怨恨，也不再憎惡，而是感到無比敬畏，心中茫然困惑。她不得不承認，他身上具有卓越不凡的品質。有時候，她甚至覺得他身上還有某種奇怪的、不為人知的偉大之處。說來匪夷所思，她竟然沒能愛上瓦爾特，而是愛上一個顯然不值一提的負心男。這些漫長的日子以來，她不斷作出反思，終於對查爾斯．唐森的人品作出了準確的評估：他就是一個碌碌平庸的傢伙，一個人格猥瑣的二流貨色。她對他的愛意仍滯留心間，要是能把它徹底清除出去，那該多好啊！她想永遠忘掉他。

維丁頓也給予瓦爾特高度的評價，只有她本人對瓦爾特的優點視而不見。這是為甚麼呢？這是因為瓦爾特愛她，而她卻不愛瓦爾特。一個人因為愛你，你卻因此鄙視他，人的內心世界究竟是怎麼回事？不過，維丁頓曾坦言相告，他並不喜歡瓦爾特，男人們一般都不太喜歡他。但兩位修女卻對他懷有某種深情厚愛，那可是一目了然。對女人來說，他是個與眾不同的男人。雖說他為人靦覥，但卻有一顆至誠至善之心。

45

不過，最讓凱蒂深受觸動的還是修道院裏的那兩位修女。先是聖約瑟芙修女，她活潑快樂，臉色紅潤，十年前與院長等人結伴同行，千里迢迢來到中國。她親眼目睹同伴們或因病而亡，或是在赤貧、思鄉中死於他鄉，但仍然保持着樂觀向上、無憂無慮的精神狀態。究竟是甚麼力量驅使她變得如此豁達，如此其樂陶陶呢？還有修道院院長。凱蒂想像着自己又一次站在她的面前，又一次感到相形見絀，措顏無地。她為人樸素，不苟言笑，但身上卻透着一股與生俱來、令人敬畏的高貴氣質。可以想像，這樣的人任誰見了都會肅然起敬的。聖約瑟芙修女的站姿，每一個細微的動作，還有她回話時的語調，無一不表明她對院長畢恭畢敬，俯首帖耳。維丁頓雖然灑脱不羈，口無遮攔，但是與院長説話時，卻低眉順眼，不敢造次。其實，無須維丁頓告訴她院長出身法國名門大家，凱蒂也能從她的一舉手一投足中看出她的顯赫家世來。她的身上有一種説一不二、不容違拗的威嚴氣度。她既像大家閨秀那樣雍容高貴，又如同聖人一般謙遜低調。她堅毅端莊、飽經滄桑的臉上透着冷靜克制的神態，但同時又飽含着殷切關懷，顯得和藹可親，怪不得那些孤兒們圍攏在她的身旁，吵吵鬧鬧，毫不害怕，感受着她的博愛情懷。院長看着那四個剛送來的女嬰，臉上掛着甜美而又意味深長的微笑，那微笑如同一縷陽光，照耀在野性而孤寂的荒原上。聖約瑟芙修女無意間提到瓦爾特喜歡孩子時，凱蒂的內心莫名其妙地為之一動。她知道，瓦爾特非常渴望她能生個孩子。瓦爾特雖然沉默寡言，但是在哄逗孩子方面算得上得心應手，盡顯可愛、善良與溫情。他在這方面的能力，她從來都沒有懷疑過，而大多數男人在照看孩子時都傻頭傻腦、笨手笨腳的。瓦爾特真是個奇特之人！

不過，她在棖觸甚深的同時，心頭又掠過一絲陰影（猶如銀白色的天空閃過一片暗影），清晰可見，卻揮之不去，於是頓感忐忑。她從嚴肅而活潑的聖約瑟芙修女身上，更多地從端莊優雅的院長身上，感受到了某種令她壓抑的隔膜。她們待人友好，甚至熱情洋溢，但同時又在遮掩着甚麼，但她不知道被遮掩的究竟是甚麼。她意識到，自己只不過是個素不相識的普通來客而已，她與兩位修女之間存在着巨大的障礙。她們説着各自不同的語言，不僅説法有別，而且想法迥異。當修道院的大門對她關上後，她覺得修女們也將她從腦海中徹底清除出去了。隨後，她們又馬不停蹄地投入到剛才被耽擱的工作中去。對她們來説，這個世界彷彿根本不存在她這個人似的。她覺得，自己不僅被關在了那個小小的修道院的門外，而且也被關在了她的靈魂苦苦追尋的某個精神花園的門外。突然之間，她的心頭湧現出了從未有過的落寞與孤獨感。此前她失聲痛哭，其原因也正在於此。

她疲憊不堪地靠在椅子上，仰頭長嘆道：「唉，我真是個卑微無用之人！」

46

那天，瓦爾特回來得比平時稍早，凱蒂正躺在窗戶前的長椅上，天色已近黃昏。

「要不要把燈點上？」瓦爾特問。

「晚飯做好後，他們會把燈端進來。」

談起這樣的家常瑣事，瓦爾特說話的語氣總是十分輕鬆隨意，彷彿他們倆是親密無間的朋友似的。從他的言談舉止中，絲毫都看不出他對凱蒂存有怨懟之情。他從不與凱蒂正眼相視，也從不衝凱蒂笑臉相待，但是對她卻謙恭有禮，態度溫和。

「瓦爾特，瘟疫結束後，你覺得我們該怎麼辦呢？」她問。

他沉默片刻後才回答。凱蒂看不清他的臉。

「我沒想過。」

以前，凱蒂總是不假思索地說出心中所想，從未意識到說話前要深思熟慮。可是現在，她對瓦爾特心存忌憚，一開口就覺得嘴唇顫抖，心臟在劇烈跳動。

「今天下午，我去修道院了。」

「聽說了。」

凱蒂沒想好怎麼措辭，只能硬着頭皮問道：

「你把我帶到這兒來，是不是真想讓我去死？」

「我要是你的話，就好自為之，凱蒂。我覺得，與其討論將來的打算，還不如把它忘掉為好。」

「可是你忘不了，我也忘不了。自從來這兒後，我翻來覆去想了很多，你願意聽聽我的想法嗎？」

「當然願意。」

「我以前對你很過份，我在外面出軌了。」

他紋絲不動地站在那兒，凱蒂感受到了某種莫名的恐懼。

「我不知道你是否明白我的意思。對女人來說，那檔子事一旦結束了，就沒有任何意義了，可女人永遠搞不懂男人的態度。」說這話時，凱蒂語氣急促，聲音生硬。她甚至覺得這聲音都不是自己說出來的。「你知道查理的為人，你也知道他的所作所為。是的，你說得對！他就是個卑鄙齷齪的小人。如果我和他不是同類，我也不會被他欺騙。我不奢求你原諒我，更不奢求你一如既往地愛我，可是，我們難道不能以朋友相待嗎？每天都有成千上萬的人被瘟疫奪走生命，那些修道院的修女們……」

「她們和這事有甚麼關係呢？」瓦爾特打斷了凱蒂的話。

「我也說不清，我今天去那兒的時候，產生了一種奇特的感覺。她們所做的一切都很有意義，情況雖然相當糟糕，但她們的自我犧牲精神令人欽佩。我反倒覺得自己是個荒唐可笑、不可理喻之人。我想說，一個傻女人對你不忠，你卻因此而痛苦不堪。其實，我就是個微不足道、無足輕重的女人，根本不值得你如此勞神費心。」

瓦爾特沒有吱聲，但也沒有抬腳離開，似乎在等待她的下文。

「維丁頓先生和修女們把你的善行義舉都告訴我了。瓦爾特，我為你感到自豪。」

「你過去可不是這樣，總對我嗤之以鼻，現在依然如此吧？」

「難道你不知道我很怕你嗎？」

他又沉默無語。

他終於開口說道：「我不明白你的意思，不知道你到底想怎樣？」

「我不想怎麼樣，只希望你能更快樂一些。」

凱蒂感到瓦爾特挺直了身體，他說話的聲音冷冰冰的。

「倘若你覺得我不快樂，那麼你誤會我了。我每天都忙得不可開交，根本無暇顧及你。」

「我在想，要是我去修道院幫忙，修女們會同意嗎？她們現在正缺人手。如果能讓我盡綿薄之力，我會對她們感激不盡的。」

「在那兒幹活可不輕鬆，也不快樂，恐怕幹不了多久，你就嫌它枯燥乏味了。」

「你就這麼瞧不起我嗎，瓦爾特？」

「那倒不是，」他遲疑了一下，聲音裏透着古怪，「我是瞧不起我自己。」

47

晚飯後，瓦爾特照例坐在油燈下看書。每天晚上他都如此。凱蒂躺下後，他就去實驗室，這個實驗室是用一個空房間改造而成的。瓦爾特要在那兒工作，直到深夜。他每晚都睡得很少，凱蒂也不知道他究竟在做甚麼實驗。關於自己的工作，瓦爾特隻字不提。其實，他以前對工作也不肯吐露詳情。他是個天性不愛張揚的人。凱蒂對瓦爾特剛才所說的話反覆揣摩，他們的談話沒有達到任何目的。她對他仍然知之甚少，甚至搞不清瓦爾特所說的話，究竟是真還是假。既然她都成了瓦爾特的災星禍害，那麼在他眼裏，她是不是已經完全不存在了？曾幾何時，瓦爾特還愛着她的時候，一聽她說話，就感到心曠神怡。現在，他已不愛她了，無論她說甚麼，瓦爾特都會覺得索然無味。心念至此，她頓感羞愧不已。

凱蒂仔細端詳着丈夫。在燈光的映照下，他的側影棱角分明，猶如雕塑一般。他五官端正，長得眉清目秀，但神情莊重嚴肅，透着冷峻之氣。他的眼睛隨着書頁翻動而移動着。除此以外，他全身凝然不動，隱約中讓人感到惶恐不安。誰能想到，這張硬朗的臉會因為激情而變得柔情蜜意起來呢？這個想法讓凱蒂心生厭惡，竟忍不住打了個寒戰。雖說他外表英俊，為人誠實可靠，又很有天份，但凱蒂就是無法愛上他，說起來真有點兒費解。不過，從此以後，她將不再屈從於瓦爾特的愛撫了。想到這兒，她感到釋然。

他強迫自己來到這個地方，是不是真想要了她的性命？凱蒂追問這個問題時，他總是避而不答。想到這個謎團，凱蒂又是沉迷其中，又是惶恐不安。瓦爾特宅心仁厚，真的難以相信，他竟會如此居心叵測，心懷惡意？他肯定只是想嚇唬嚇唬她而已，旨在報復一下查理（這倒符合他喜歡冷嘲熱諷的秉性）。或是出於固執，或是擔心被人當作傻瓜，瓦爾特還是固執地將她帶到這個險惡的地方。

的確，他剛才說甚麼他瞧不起他自己。他說這話是甚麼意思呢？凱蒂再次端詳那張平靜、冷峻的臉龐。此時此刻，瓦爾特似乎並沒有意識到她的存在，好像屋子裏根本沒她這個人似的。

「你為甚麼瞧不起你自己呢？」凱蒂脫口問道，好像剛才的談話壓根兒就沒有中斷過。瓦爾特放下手中的書，若有所思地看着凱蒂，彷彿正把思緒從某個遙遠的地方拉回來。

「因為我愛你。」

凱蒂滿臉燃起一片緋紅，眼睛朝別處看去。瓦爾特凝視着她，目光冷峻而堅毅，讓她不堪忍受。這會兒，她明白了瓦爾特的意思。過了好一陣子，她才說道：

「我覺得，你這樣對我有失公平。因為我愚蠢、輕浮和粗俗，就對我大加指責，這很不公平！我成長的環境就是這樣，我認識的女孩子也都是這樣。好比一個人沒有音樂鑒賞力，覺得交響樂枯燥乏味，你就不能責怪他。因為我並不具備某些品質，你就指責我，你覺得公平嗎？我從來都沒有偽裝過自己，故意欺騙你。我就是一個長相漂亮、生性快樂的女孩子。你不會到集市的貨攤上去買珍珠項鏈或貂皮大衣，在那種地方，你只能買到錫製的小喇叭，或者玩具氣球甚麼的。」

「我並沒有指責你。」

他的聲音裏透着疲憊，凱蒂開始有點不耐煩了。難道他就不能像她一樣恍然明悟，在恐怖與死亡陰影的籠罩下，與那些在修道院裏令人敬畏的美麗心靈相比，他們之間的是非恩怨是多麼微不足道啊！一個愚蠢的女人紅杏出牆，真有那麼重要嗎？面對治病救人的崇高事業，他怎麼能對這些凡塵瑣事費心勞神、耿耿於懷呢？說來也真奇怪，聰明睿智的瓦爾特竟如此輕重不分！他給布娃娃穿上了華麗的禮服，把她擺進神龕，頂禮膜拜，結果卻發現，布娃娃只不過是塞滿木屑的玩偶而已。

正因為如此，他無法原諒自己，也難以原諒凱蒂。他的身心備受摧殘，一度活在自欺欺人的幻覺中，可是當幻覺在真相面前摔得粉碎，他以為現實也被摔碎了。沒錯，他不能原諒她，實際上是因為他無法原諒自己。

凱蒂隱約聽到瓦爾特發出一聲嘆息，迅速朝他瞟了一眼。忽然間，凱蒂心中閃過一個念頭，連呼吸也變得急促起來。她努力克制着，差一點兒就要叫出聲來。

他如此痛苦不堪，是不是人們常説的「傷心欲絕」？

48

接下來的一整天，凱蒂都在想着修道院。第三天早上，瓦爾特走後沒多久，凱蒂就帶着女傭，坐上一頂轎子趕往河對岸。天還沒大亮，一群中國人蜂擁着登上渡船。他們有的穿着鄉下人常穿的藍色布衣，有的穿着體面的黑色長袍。他們的臉上透着怪異的表情，猶如一群殭屍穿越水面，正奔向黑暗的冥府。上岸後，他們在碼頭上呆立片刻，神情茫然，彷彿不知道究竟要去哪兒。隨後，他們各自散開，三三兩兩朝山坡上走去。

凌晨時分，小城的街道上空蕩冷清，比往常更像是一座死亡之城。零星路人行色匆匆，心不在焉，讓人誤以為撞見了四下遊蕩的鬼魂。天空沒有一絲兒雲彩，初升的太陽正灑下溫暖的柔光。很難想像，在這個舒心愉悦、清新迷人的早晨，這座城市正被可怕的瘟疫扼住了命門，倒臥在地，奄奄一息，如同一個人被一隻魔爪卡住了脖子，性命危在旦夕。更讓人難以置信的是，人們痛苦掙扎着，充滿恐懼地走向死亡，而周圍的世界竟然無動於衷（藍天猶如童心一般清澈純淨）。轎子在修道院的門前停下，一個乞丐從地上站起來，向凱蒂乞討。他身上的衣衫破爛不堪，顏色早已褪去，也看不出原來的式樣，彷彿是從垃圾堆裏撿回來似的。衣服的破爛處露出了粗糙、堅硬的皮膚，黑黢黢的，猶如加工過的山羊皮。他的雙腿赤裸在外，看上去瘦弱不支。他眼窩凹陷，目光狂亂，一頭灰髮亂蓬蓬的，看起來就像是個瘋子。凱蒂被嚇得立馬轉過身去。轎夫們厲聲呵斥，命令他趕緊走開，可那乞丐糾纏不休。為了盡快脱身，凱蒂只好給了他幾文錢。

修道院的門打開了，女傭上前説明來意：凱蒂想要拜見院長。隨後，凱蒂又被領進那間狹小的會客廳。廳裏有一扇窗戶，好像從來都沒打開過似的。她在會客廳裏坐了很久，心中嘀咕，究竟有沒有人進去通報過？後來，院長終於來了。

「請你務必原諒，讓你久等了，」她說，「沒想到你今天會來，我剛才手頭很忙。」

「真對不起，打擾您了，我恐怕來得不是時候。」

院長衝她微微一笑，神情既嚴肅又親切。她招呼凱蒂坐了下來，凱蒂發覺她雙眼紅腫，顯然是剛剛哭過，心中吃驚不已。在她心目中，院長是不會因為紅塵俗事而輕易大動感情的。

「出甚麼事了？」凱蒂吞吞吐吐地問，「要不我先回去，改天再來拜訪您？」

「不，不用。告訴我，我能為你做甚麼嗎？剛才只是，只是——昨晚有個姐妹去世了。」她說話時，聲音顫抖，眼裏噙着淚水。「我本不該感到悲傷難過，因為我知道，她的善良、純潔的靈魂一定會進入天堂，她是個聖徒。人要克服軟弱，並非易事，要讓我一直保持理智，我恐怕無法做到。」

「聽到這消息，我也感到難過，真的非常難過！」凱蒂說。

凱蒂一向富有同情心，一邊説着，一邊抽噎起來。

「十年前，這個姐妹和我一起從巴黎來到這兒。我們同來的那批人中，現在只剩下三個了。記得輪船駛出馬賽港，我們幾個人站在船尾（或是你們所說的船頭），對着聖母馬利亞的金身塑像，向她禱告。自從皈依我主後，我最大的心願就是能被派到中國來，可是當我看到陸地漸漸遠去，還是忍不住流下了眼淚。我是院長，卻沒給她們樹立好榜樣。昨晚離世的姐妹——她的名字叫聖弗朗西斯．澤維爾——她拉住我的手，反而勸我不要悲傷難過。她對我說：無論我們身在何處，法國與我們同在，上帝與我們同在！」

院長端莊嚴肅的面容因為悲傷而扭曲變形。她擰不過人性中的悲憫之心，可是理智和信仰又要她必須控制住眼淚。如此窺探院長內心深處的痛苦掙扎，凱蒂感到甚為不妥，於是便把目光轉向了別處。

「我和她父親一直有書信往來。她和我一樣，都是家中的獨生女。她的家鄉在布列塔尼，父母以打魚為生。他們聽到噩耗後，一定很難過。唉！這可怕的瘟疫，甚麼時候才能結束啊？今天早上，又有兩個女孩病倒了，除非有奇蹟發生，否則誰也救不了她們。這些中國人對瘟疫沒甚麼抵抗力。聖弗朗西斯修女走了，這對我們來說是一個巨大損失。眼下，還有這麼多的活兒要做，我們的人手比以往任何時候都少。在中國其他地方的修道院，有不少熱心的姐妹們很想過來幫忙。只要我們一聲召喚，她們可以拋棄一切——其實，她們甚麼也沒有——趕過來幫忙。可是，讓她們到這兒來，簡直等於送死。所以，只要我們這些姐妹還能撐得住，我可不想讓其他人再做犧牲了。」

「您的話讓我備受鼓舞，院長。」凱蒂說，「你們遭遇如此不幸，我還以為來得不是時候呢。那天您說，姐妹們事務繁忙，應接不暇，我當時就想，能否讓我過來幫忙呢？只要我能派上點用場，您讓我做甚麼都行，就算您讓我去擦地板，我都會感激不盡的。」

院長被凱蒂的話給逗樂了。她的情緒變化竟然如此迅速，凱蒂略感驚訝。

「怎麼能讓你擦地板呢？這活兒一向是這些孤兒們做的。」院長停頓片刻，用慈祥的眼神看着凱蒂。「親愛的孩子，你能陪丈夫一起來，就足夠了。很多妻子都不如你這麼勇敢呢。還有，瓦爾特忙碌一天回家，讓他享受家的安寧與舒適，那可是你最勝任的工作了。相信我，他需要你付出全部的愛，需要你給予無微不至的關心。」

院長用超然與審視的眼光看着凱蒂，親切中似乎隱含着嘲諷的意味，凱蒂不敢輕易對視她的目光。「每天從睜眼到閉眼，我都無所事事，百無聊賴，」凱蒂說，

「我總覺得，你們忙得不可開交，而我卻遊手好閒，無所作為，真有點兒無地自容啊。我不想給你們添麻煩，也不應該拒絕您的好意，浪費您的時間。可我真心實意想來幫忙，倘若您能讓我盡一份綿薄之力，那可是對我莫大的恩賜啊。」

「你的身子骨看上去有點弱。前天你來看望我們，我們非常高興。不過，我發現你的臉色甚是蒼白，聖約瑟芙修女還以為你懷孕了呢！」

「不，沒有！」凱蒂大叫着否認，臉一下子紅了。

院長發出銀鈴般清脆的笑聲。

「這沒甚麼好害羞的，親愛的孩子，這樣的推測也不是沒有可能。你結婚多久了？」

「我的臉色雖然蒼白，但身體卻十分結實。我向您保證，不管幹甚麼累活，我都不怕。」

這時，院長完全恢復了往日的神態，不經意間又露出常見的威儀。她朝凱蒂上上下下打量着，凱蒂感到一陣無可名狀的緊張。

「你會說中文嗎？」

「不會。」凱蒂回答道。

「唉，那就有點遺憾了。要是你會中文，我就讓你負責管理那些大孩子。現在事情倒有點兒難辦了，恐怕她們不太好——不太好『管教』，是用這個詞嗎？」院長用試探的語氣問道。

「我能幫修女們護理病人嗎？我對霍亂一點都不怕，我來照顧那些染病的小女孩或士兵吧。」

院長表情嚴肅起來，若有所思地看了看凱蒂的臉，隨後搖了搖頭。

「你可不知道霍亂有多嚇人。真的很可怕！醫務室由那些士兵照應，我們只需派個姐妹在那兒盯着。至於照看那些小女孩……不，不！我想你丈夫不會讓你去的。說實在的，那兒的場面觸目驚心。」

「我慢慢就習慣了。」

「不，這個肯定不行！這些都是我們的職責，也是我們的份內之事，毫無必要把你給牽扯進來。」

「聽您這麼說，我覺得自己很不中用，一無是處。我竟然一點忙也幫不上，真是難以置信。」

「你跟你丈夫談過嗎？」

「談過了。」

院長盯着她看，似乎看透了她的心思。凱蒂露出一臉焦急而誠懇的神色，院長看在眼裏，忍不住笑了。

「你是新教徒吧？」她問。

「是的。」

「這倒沒關係。沃森先生——就是故世的那位傳教士——也是新教中人。在我們看來，這沒有甚麼大不了的。他對我們十分關心，我們非常感激他。」

一絲笑容在凱蒂臉上掠過，但她沒有說話。院長想了一會兒，隨後站起身來。

「你真是個熱心腸的好人。我想，我會找點事情讓你來做。弗朗西斯修女去世後，我們的確應付不了這麼多的活兒。你甚麼時候能來？」

「現在就行！」

「你真是雪中送炭啊！聽你這麼說，我很高興。」

「我向您保證，我會竭盡全力工作！您能給我這個寶貴的機會，我真的非常感謝。」

院長拉開會客室的門，正待出門時，猶豫了一下，又用睿智的目光朝凱蒂審視了一番。隨後，她把手輕輕搭在凱蒂的胳膊上，說道：

「你知道嗎，親愛的孩子，無論在凡塵俗世，還是在修道院，無論是工作還是休息，人都不可能獲得安寧。只有在靈魂深處，人才能找到安寧。」

凱蒂心裏一驚，但院長已迅速轉身離去。

49

在修道院裏工作，凱蒂感到精神振奮。每天旭日東升，她就趕往修道院。夕陽西下，當金色晚霞染遍那條窄窄的小河以及河面上密密麻麻的帆船時，她才回到平房的家中。院長安排她去照看那些年幼的孤兒。當年，凱蒂的母親從家鄉利物浦來到倫敦，她可是做家務活的行家裏手。凱蒂雖說為人輕佻，但在這方面盡得母親真傳。她精通廚藝，更是擅長針線活。每逢提及此事，她都會用玩笑的口吻自嘲一番。她的專長嶄露頭角後，院長做出專門安排，讓她指導那些做針線活的年輕女孩。這些女孩子會說一點兒法語，凱蒂每天跟她們學幾句中文，所以管理起來倒也沒甚麼困難。有時候，她還去管管年齡更小的孤兒，防止她們調皮搗亂。她的主要任務就是幫她們穿衣脱衣，需要休息時，就張羅着她們休息。修道院裏還有很多被遺棄的嬰兒，主要由奶媽們負責照看。凱蒂遵照吩咐，也時不時去關照一下。在凱蒂看來，她做的都是些瑣碎小事，她很希望能承擔一些更艱巨的工作。她多次提出請求，但院長並沒有同意。出於對院長的敬畏，她也沒有糾纏不休。

起初幾天，凱蒂對這些小女孩略有嫌惡，不得不設法加以克服。她們都身穿醜陋難看的制服，長着一頭硬邦邦的黑髮，圓圓的黃色臉蛋，猶如黑李子般的眼睛直勾勾地看人。她記得第一次到訪修道院時，院長目光柔和，面色慈祥親切，那些醜陋的小傢伙們圍住她依依不捨。她可不允許自己的內心屈從於一己好惡。現在，不管哪個孩子摔倒在地，或是磕痛了牙齒，凱蒂都會把這些嚎啕大哭的小傢伙們摟在懷裏，溫言軟語地安慰他們。雖然小傢伙們聽不懂她在説甚麼，但是她用雙臂摟摟拍拍，用溫柔的臉頰摩挲掛滿淚水的小臉，能給她們帶來慰藉與安撫。凱蒂最初的生疏感很快消失了，那些小傢伙們一點兒都不怕她，一有甚麼事就跑來找她。能夠獲得孩子們的信任，凱蒂自然特別高興。那些年歲稍大的孩子也是如此。凱蒂教她們針線活，她們報之以輕鬆愉快、乖巧伶俐的微笑。説上一句讚美的話，能給她們帶來歡欣和快樂，凱蒂的情緒也會受到感染。她覺得孩子們喜歡她，心中自是欣喜與自豪，也打心眼裏喜歡這些孩子。

不過，有一個孩子卻讓凱蒂感到難以適應。這個女孩大約六歲，罹患嚴重的腦積水，智力低下，矮小的身軀頂着一個晃悠悠的大腦袋，長着一雙空洞無神的大眼睛，嘴巴裏不停地流着口水，嘶啞的喉嚨裏時不時吐出幾個含混不清的字眼來。這個女孩讓凱蒂感到噁心欲吐，忌憚不已。可是不知出於甚麼原因，這個癡呆的孩子對凱蒂產生了強烈的依戀之情。凱蒂在大房間裏來回走動，照料孩子，她總跟在身後，如影隨形。她用手緊緊抓住凱蒂的裙子，把臉貼在她的膝蓋上來回磨蹭着。她還想拉住凱蒂的雙手撫弄，凱蒂感到噁心不止，渾身一陣哆嗦。她知道小女孩渴望得到愛撫，可是無論如何，她都無法向她伸出雙手。

有一次，凱蒂向聖約瑟芙修女提起這個女孩，感嘆這孩子活在世上真是遭罪。聖約瑟芙修女聽了後，帶着微笑向這個殘疾的孩子招手示意。那孩子走到她的身旁，把高聳突起的額頭在修女的手上磨蹭着。

「可憐的小東西，」修女說，「她被送到這兒的時候，已經奄奄一息了。當時，我恰好就在門口，這真是天意啊！我一分鐘也沒耽擱，立刻給她施了洗禮。你可不知道，我們費了九牛二虎之力，才把她救活呢。有三四回，我們都覺得，一顆幼小的靈魂就要飛向天堂了。」

凱蒂沉默不語，嘮叨不已的聖約瑟芙修女又轉談其他話題。第二天，那個癡呆的小女孩走到凱蒂的身旁，拉住她的手撫弄着。凱蒂鼓足勇氣，用手摸了摸小女孩光禿禿的大腦袋，臉上盡力擠出一絲兒微笑。不過，那癡呆的孩子一反常態，突然轉身離去，好像對凱蒂興趣全無。打那天起，她對凱蒂就再也不理不睬了。凱蒂不明白個中的緣由，仍然笑容滿面，向她招手示意，試圖把她吸引過來，可是那孩子總是扭頭走開，好像根本沒看見她似的。

50

修女們百事纏身，一整天都忙得不可開交。她們在簡陋不堪的禮拜堂做聖事時，凱蒂才有機會見到她們。第一天，她來到禮拜堂，只見那些女孩子按年齡大小，依次坐在長櫈上，她便坐在她們身後。院長看見坐在後排的凱蒂時，便停下腳步跟她說話。

「我們到教堂做禮拜，你大可不必過來，」她說，「你信奉的是新教，有自己的信仰。」

「我是心甘情願來的，院長！我覺得這兒能讓我內心安寧。」

院長神情凝重，朝她看了一會兒，微微頷首。

「當然，你怎麼選擇都可以。我只想告訴你，到這兒來做禮拜，並不是你的義務。」

沒過多久，凱蒂就和聖約瑟芙修女打成了一片，雖然算不上親密無間，但彼此已熟識相知。聖約瑟芙修女掌管着修道院的財務，負責整個大家庭的吃穿用度，整天忙活得腳不沾地，不得閒暇。她說，只有在禮拜堂做禱告時，她才能夠小憩片刻。傍晚時分，凱蒂正陪着孩子們做活，聖約瑟芙修女高高興興地跑過來，說她快累倒了，壓根兒沒空休息。隨後，她便坐下來，喋喋不休，與凱蒂閒聊起來。院長不在場，聖約瑟芙修女滔滔不絕，眉飛色舞。她喜歡講講笑話，也樂於傳播一些流言蜚語，凱蒂在她面前毫無拘束。聖約瑟芙修女的教袍藏不住她心地善良、平易近人的天性。因此，她們倆總是相談甚歡，樂此不疲。凱蒂毫無顧忌地說着糟糕的法語，一旦出現錯誤，兩人便相視大笑，不以為意。聖約瑟芙修女每天還教她幾個漢字。聖約瑟芙修女出生在農民家庭，骨子裏還保持着農民的秉性。

「我小時候養過幾頭牛呢，」聖約瑟芙修女說，「跟當年聖女貞德[1]一樣。不過，我是個壞孩子，沒見過天使顯靈。幸虧我沒有見過，否則，父親會用鞭子抽我的。他以前經常這麼幹，不過他可是個好人，只是我那時候太淘氣了。我鼓搗出不少惡作劇，現在回想起來，真感到羞愧。」

眼前這個中年修女長得胖墩墩的，幼年時卻是個任性不羈的小頑童，心念至此，凱蒂忍俊不禁。即使現在，她的身上還殘存着一些孩子氣，能讓人親近不疑。她渾身散發着秋日田野的芳香氣息——猶如果園裏的蘋果樹碩果纍纍，原野裏的莊稼收割完畢，已安全歸倉。她可不像院長，沒有聖徒般的悲愴與莊嚴，而是淳樸簡單，無憂無慮，心中充滿快樂。

「你從來沒想過返回故鄉嗎，我的好姐妹？」凱蒂問。

「嗯，沒想過，如果回家，再回來就太難了。我喜歡這兒的生活，喜歡和這些孤兒們朝夕相處。人生快事，莫過於此了。她們內心善良，招人喜歡。雖說做了修女甚好，可我也有母親，她把我哺育養大，讓我終生難忘。現在，母親年事已高，要說以後再也不能見她一面，心裏真感到難過。幸好，母親很喜歡她的兒媳婦，我哥哥對母親也很孝順。我侄兒已長大成人，農場裏又多了一個壯勞力，我想我的哥嫂一定非常開心。我離開法國時，侄兒還是個孩子呢，不過當時就能看出來，他長大後一定身強力壯，可以把一頭牛摔倒！」

在這個安靜的房間裏，凱蒂聽聖約瑟芙修女閒談家事，幾乎忘了圍牆外的世界裏，霍亂正在那兒肆虐咆哮。約瑟芙修女對瘟疫毫不在意，凱蒂深受感染。

聖約瑟芙修女對其他國家的人帶有某種天真的好奇心。她向凱蒂了解倫敦，了解英國，問了各種各樣的問題。照她看來，大霧籠罩英國時，即使到了正午，也是伸手不見五指。她問凱蒂是否參加過舞會，是不是住在豪華的大宅子裏，她有幾個兄弟姐妹，等等。她還經常提到瓦爾特。她說，院長對瓦爾特嘖嘖稱讚，修女們每天都要為他祈禱，凱蒂能有這樣一位善良勇敢、聰明睿智的丈夫，真是福分不淺啊。

註釋：

[1] 聖女貞德（一四一二—一四三一），法國民族英雄，天主教聖人，聲稱十六歲時遇見天使，得到「上帝的啓示」。

51

她們倆在閒聊嘮嗑時，聖約瑟芙修女總不免把話題扯到院長身上。從一開始，凱蒂就意識到，這個說一不二的女人主宰着整個修道院。修道院裏的每個人都對她熱愛有加，無比欽佩，但同時又充滿敬畏之心。雖說她寬厚善良，但凱蒂總覺得，在她面前，自己就像個小學生，每次見到她，都感到很不自在，心中懷着莫名而又尷尬的崇敬之情。聖約瑟芙修女心直口快，急不可耐地談着院長的家世，希望凱蒂能對她刮目相看。院長出身豪門望族，祖上出過很多歷史名人，歐洲半數國王都與她沾親帶故，西班牙的阿方索國王去過她父親的封地狩獵，家族屬下的莊園遍佈法國各地。院長能夠捨棄家族的榮耀，的確很不容易。凱蒂面帶微笑聽着，內心深受觸動。

「還有，你只要看她一眼，」聖約瑟芙修女說，「就能發現，如此端莊賢淑，自然是名門望族之後了。」

「她的雙手真是太美了，我以前從未見過。」凱蒂說。

「是啊。你知道嗎，她是個心靈手巧之人，髒活累活都不怕。她可是我們的好院長！」

她們來到這個城市後，一切從零開始。她們修建修道院時，院長親自設計，親任監工。她們一到此地，就開始拯救那些可憐的棄嬰——她們有的被父母扔進了棄嬰塔，有的被接生婆直接丟到野外。想當初，她們的房子沒有安枕而臥的床榻，窗戶上沒有遮風擋雨的玻璃。（「一切從零開始，」聖約瑟芙修女說，「情況真是糟糕透了。」）她們囊空如洗，身無分文，不能支付工人工錢，甚至連基本生計都難以維持。她們的日子過得就像農民——法國的農民。院長是怎麼說來着？她說，她們吃的那些東西啊，替她父親幹活的農民只會用來餵豬。困難時候，院長就把這些入教女孩召集起來，一起跪下來虔誠禱告，祈盼仁慈的聖母馬利亞解救危難。到了第二天，郵遞員真就送來了一千法郎的匯單，就有陌生人，或是英國人（還是新教徒呢），甚至是中國人，主動上門捐贈來了，可她們仍跪在那兒祈禱呢。還有一次，她們實在走投無路了，就對着仁慈聖母馬利亞莊嚴起誓：只要能保佑她們渡過難關，她們就熟背《九連禱》[1]，以示感恩，表達敬意。你能相信嗎？就在第二天，那個風趣幽默的維丁頓先生來了，說甚麼我們飢腸轆轆，食不果腹，看來急需一大盤子烤羊肉，隨手就捐給我們一百美元。

這個小矮人可真有趣！你看他那腦袋光禿禿的，一雙精明的小眼睛滴溜溜亂轉，很會講笑話，逗悶子。我的上帝，他簡直在糟踐法語啊！不過，我們經常被他逗得哈哈大笑。他總有一副好心情，發生了可怕的瘟疫，卻悠閒自在，活像是在度假似的。他跟法國人一樣，樂天無憂，詼諧睿智。要不是口音濃重，你都很難相信他是個英國人。不過，聖約瑟芙修女時常認為，他是故意把音發錯，就是想逗人一樂。他的某些做法有點問題，不過那是他的私事（聖約瑟芙修女嗟嘆了一聲，聳聳肩，搖了搖頭），更何況他還是個單身漢，年紀又不大。

「他的哪些做法有問題？」凱蒂笑着問。

「難道你不知道嗎？從我嘴裏說出來，簡直就是罪過，我本不該在背後嚼他的舌根。他跟一個中國女孩同居了，確切地說，不是漢族人，是滿族人。那個女的好像是個公主，愛他愛得神魂顛倒的。」

「真是太不可思議了！」凱蒂說。

「的確如此，我敢向你保證，這可是千真萬確的事兒。他可壞着呢，不會跟你說的。你們倆第一次來修道院時，他不願品嘗我精心製作的瑪德琳蛋糕。院長不是說，滿人的飯菜把他的胃口都給敗壞了嗎？這可是你親耳聽到的。她說的就是這件事唄。也該讓你知道這事兒的來龍去脈，說起來令人嘖嘖稱奇。爆發革命[2]的時候，他正好在漢口工作。滿人遭到屠戮，維丁頓這個好心的小矮人救了一戶貴族全家人的命，這戶人家和皇室沾親帶故。從此，這個滿人女孩癡情地愛上了他——嗯，後來怎麼回事，你就自己想像吧。維丁頓離開漢口後，這個女孩竟離家出走，一路相隨。眼下，她跟着維丁頓，如膠似漆，形影不離，維丁頓只能聽之任之，不得不收留她。可憐的傢伙啊！我想，他一定很喜歡這個女孩。要我說，這些滿族女孩還是十分迷人的。哎呀，我手頭還有上千件的活兒要做，我卻坐在這兒閒聊，我不是個好教徒啊，說起來真慚愧！」

註釋：

[1] 聖誕節前連續九日祈禱的禱告詞。

[2] 指辛亥革命。

52

凱蒂有一種奇怪的感覺：自己正變得成熟起來。這種感覺佔住心田，時常令她分心走神。看看他人的生活，聆聽不同的人生見解，能激發她的想像力。她重新振作起來，精神面貌煥然一新，內心變得更加強大。此前，她心煩意亂，不知所從，只能哭哭啼啼，可是眼下，無論面對何種境況，她都能開懷大笑，不以為意。她自己也感到驚訝，甚至困惑。遇到了這場可怕的瘟疫，發生一些變化，倒也十分正常。她知道，身邊那些染病的人奄奄待斃，但是她已放下了包袱，不再胡思亂想了。院長不准她踏足診療室，可是那道緊閉的大門卻激發了她的好奇心。她很想尋機偷窺，可是要做到不為人知，卻十分困難。一旦被發現了，她不知道院長會怎麼處罰她，要是被趕出修道院，那就糟糕透了。她現在全身心撲在孩子們的身上，倘若被攆走了，這些孩子保準會想她的。其實，她也不清楚，要是真的走了，這些孩子們究竟會怎麼樣。

有一天，她突然意識到，已有一個星期沒有想過查理·唐森，夢裏也沒了他的身影。她的心臟咯噔一下撞在肋骨上：她的相思病不治而癒了！現在想起查爾斯，心中已毫無感覺，她已不再愛他。啊，她終於解脫了！身心解放了！往事真是不堪回首。當初，她對查爾斯愛得癡情迷狂，簡直不可思議！她還生出執念：他如此薄情寡義，自己寧可一死了之。她總覺得，情感一旦破滅，人生就會索然無味，唯有痛苦相伴始終。默念至此，她啞然失笑。查理，一個卑鄙齷齪的傢伙！當時，她真是蠢透了！此時此刻，她冷靜自問：她究竟看中他甚麼了？幸虧維丁頓對此一無所知，否則，她永遠都受不了他的鄙視與嘲諷。她獲得了解脫，徹底的解脫，最終的解脫！她忍不住縱聲大笑。

孩子們蹦蹦跳跳，正在做遊戲。平時，她都習慣性地站在一旁，滿臉微笑，寬容地看着她們。如果她們過於鬧騰了，就適當管束一下，保證她們在嬉笑玩耍時，不至於受傷。今天，她也興高采烈，與孩子們打成一片，彷彿自己又回到了童年時代。有她參與遊戲，這些小女孩十分開心。她們在房間裏追逐打鬧，尖叫聲此起彼伏，高興異常，近乎瘋狂。由於極度興奮，她們歡騰雀躍，發出了震耳欲聾的吵鬧聲。

突然，門打開了，院長站在了門口。凱蒂頓覺尷尬不已，從十幾個狂喊亂叫、糾纏不放的小女孩中間掙脫出來。

「你就是用這個方法管孩子的嗎？」院長問道，嘴角掛着微笑。

「我們在做遊戲，院長，她們非常興奮。都是我不對，是我帶着她們瞎胡鬧的。」

院長走進房間，孩子們照例圍到她的身旁。她用雙手摟住孩子們精瘦的肩膀，開玩笑地揪一揪她們黃色的小耳朵。她用柔和的目光注視着凱蒂，凱蒂滿臉羞紅，呼吸變得急促起來。她的一雙眼睛水靈靈，亮晶晶，一頭靚麗的秀髮在嬉戲打鬧中變得蓬鬆凌亂，卻仍然不失俊俏迷人。

「你真漂亮，可愛的孩子，」院長說，「任誰看你一眼，都會感到賞心悅目，怪不得這些孩子都喜歡你。」

凱蒂羞得滿臉通紅。她也不知道為甚麼，眼淚突然在眼眶裏打轉，她趕緊用雙手掩面遮擋。

「哎呀，院長，您真讓我羞愧難當。」

「好了，別再犯傻了。美麗也是上帝惠賜的禮物，它是人間最為珍貴的禮物之一。如果有幸擁有美麗，就應該開心快樂，對上帝的恩惠感恩不盡。如果美麗不屬我們，別人的美麗帶給我們快樂，我們也應該心懷感激。」

院長又面帶微笑，輕輕地拍了拍凱蒂柔軟的臉蛋，彷彿她也是個孩子。

53

自從來修道院工作後，凱蒂就很少見到維丁頓了。有幾次，他曾趕到渡口來接她，兩人一起去山坡上散步。他時不時過來喝杯威士忌加蘇打水，但是卻很少留下來吃飯。不過，有一個星期天，維丁頓提議，他們倆帶上午飯，乘坐轎子，去一家寺廟遊覽。這座廟宇位於城外十英里處，是佛教徒們燒香拜佛的名剎聖地。院長硬是讓凱蒂每週休假一天，星期天不用去修道院工作。瓦爾特仍然一如既往，忙得不可開交。

她和維丁頓一早出發，希望在炎熱的中午前趕到寺廟。他們坐着轎子，穿行在狹窄的田埂上，四周是一片片的稻田。他們時不時經過竹林環抱、友好親切的農舍。凱蒂盡情享受着這悠閒自在的郊遊。此前被禁錮在喧囂的城市中，眼下飽覽着廣闊的田園風景，她感到心曠神怡。他們來到寺廟後，只見錯落有致的低矮房屋沿河而立，樹林掩映，景致旖旎。在僧侶們的引領下，他們穿過幾座空寂人稀、莊嚴肅穆的院落，參觀了幾個寺廟殿堂，殿堂裏供奉着面相各異的佛教眾神。大雄寶殿裏矗立着一尊佛陀塑像，佛面幽遠，神情悲憫，若有所思，嘴角邊掛着若有若無的淡淡微笑。整體來看，這座寺廟破敗蕭索，往日的輝煌氣勢早已衰萎湮滅。一座座佛像積滿了塵垢，久無信徒頂禮膜拜了。這些和尚們似乎逆來順受，他們逗留在寺內，彷彿正在等候一紙辭退文書，然後便棄廟而去。方丈主持對客人彬彬有禮，他那一臉的微笑，隱含着行將離職的自嘲。過不了幾日，廟裏的和尚們就將離開這座綠蔭掩映的宜人聖地，各自散去。搖搖欲墜、無人打理的廟堂將遭遇狂風暴雨的摧殘，經受大自然的肆意侵擾。野生的藤蔓將爬滿死氣沉沉的神像，庭院裏將雜樹叢生，荒草密佈。此後，這兒不再是神聖的神靈居所，將成為黑暗的魑魅魍魎之地。

54

凱蒂和維丁頓來到一座小亭，在台階上坐下。亭子由四根紅漆柱子支撐，青瓦鋪頂，高懸着一口黃銅大鐘。他們俯瞰着河面，只見河水緩緩流淌着，拐過幾道彎，奔向了瘟疫肆虐的城市。他們能看見城牆上密佈的垛口。天氣異常酷熱，猶如一道裹屍布，籠罩在城池的上方。小河的流淌極其緩慢，但動感清晰可見，讓人慨嘆世事易逝，心生悲涼。逝者如斯，水過無痕，何處能尋覓到蹤跡？在凱蒂眼裏，世間萬物，包括芸芸眾生，猶如大江小河中的水滴，在奔瀉流淌中，既親密無間，又相隔遙遠，共同匯成一股無名的洪流，最終注入汪洋大海之中。既然萬事萬物皆是轉瞬即逝，無以足觀，世人為何還要對瑣屑小事斤斤計較，導致彼此間齟齬不斷，愀然不樂呢？這可真是荒唐可笑，堪堪可悲啊！

「你知道哈立頓·加頓斯那個地方嗎？」凱蒂問維丁頓，一雙美麗的眼睛含着微笑。

「不知道，怎麼啦？」

「沒甚麼。那個地方遠在萬里之外，我的家人就在那兒。」

「你想家了？」

「不是。」

「再過兩個月，你就能離開這兒了。瘟疫發病的勢頭正在減緩，天氣轉涼後，這場災難就徹底結束了。」

「我還有點兒捨不得走呢。」

有一會兒，凱蒂想到了將來的打算。她還不清楚瓦爾特有甚麼計劃，他對此閉口不談。他依然冰冷如水，謙恭有禮，沉默寡言，顯得不可捉摸。他們倆就像河中的兩滴水，悄無聲息，不知道會流到哪兒去。在他們眼裏，或是在旁人看來，這兩滴水雖說個性十足，但置身在這滔滔洪流中，就泯然眾人矣。

「當心這些修女讓你改信天主教。」維丁頓說道，一副嬉皮笑臉的模樣。

「她們太忙了，沒時間勸人信教呢，她們可都是一等一的大好人。不過——我不知道該怎麼說——我和她們之間仍然隔着一堵牆，但我不清楚這堵牆是甚麼。她們好像擁有某種神秘的力量，能讓生活變得更有意義，而我卻沒有這種力量。這不是信仰問題，而是某種更加深層的東西，更有價值的東西。她們生活在另一個世界，跟我們完全不同。在她們眼裏，我們都是陌路人。每天傍晚，我一走出修道院的大門，就有一種感覺，對她們來說，我已經不復存在了。」

「我明白，這股神秘的力量傷了你的自尊心吧？」他語帶譏諷地回應道。

「是的，傷了我的自尊心。」

凱蒂聳了聳肩膀，隨後面帶微笑，慢慢轉頭看着他。

「你和滿族公主同居的事，怎麼對我閉口不提呢？」

「這些多嘴多舌的老婆子，她們都跟你胡説些甚麼了？我敢説，修女們嚼舌海關官員的私生活，也算是一種罪過。」

「何必這麼神經過敏嘛？」

維丁頓的眼珠滴溜溜亂轉，那樣子十分狡黠。他微微聳了聳肩膀。

「這種事沒甚麼好張揚的。我想，它對我的仕途晉升不會起到加分的作用。」

「你很喜歡她嗎？」

他抬頭看了看，一張醜陋的小臉露出淘氣男孩的神情。

「為了跟着我，她拋棄了生活中的一切。她背井離鄉，離開家人，四處漂泊，不顧自尊。這麼多年來，她義無反顧地跟着我。有那麼兩三回，我都把她送走了，可她還是跑了回來。有一次，我從她身邊溜掉，可她還是把我給找到了。現在，這種白費力氣的事兒，我再也不想做了。我這後半輩子只好跟她過了。」

「她定是癡情地愛着你。」

「要我説，這種情感真是十分古怪。」他支應着，困惑不解地皺起了眉頭。「如果我拋棄她，她保準要尋短見，對於這一點，我毫不懷疑。這倒不是因為她憎恨我，而是因為沒有我，她就不想活了。這種情感真是十分古怪，卻又不能置之不理，它常在人的內心掀起波瀾。」

「不過，愛而不是被愛，才是最重要的。有些人被人愛着，卻不知道心懷感激，而被愛的人不愛她們，只會招人厭煩。」

「我可沒有被『她們』愛過，」他回應道，「只被『她』愛過。」

「她真是一位公主嗎？」

「才不是呢。修女們添油加醋，誇大其詞罷了。她出身名門世家，革命期間，這個家族遭遇滅門之災。雖說她不是公主，但頗有大家閨秀風範。」

他的語氣裏帶着自豪，凱蒂的眼裏閃過一絲微笑。

「那麼，你打算後半生待在這兒嗎？」

「待在中國？是的，離開中國，那她怎麼辦呢？退休後，我就在北京置辦一處四合院，在那兒了此殘生。」

「你有孩子嗎？」

「沒有。」

凱蒂用好奇的眼神看着他。奇怪得很，一個異族女孩竟然如此死心塌地，愛上了這個禿頂猴臉的矮男人。維丁頓説起這個女孩子，顯得漫不經心，口無遮攔。儘管如此，凱蒂卻能強烈地感受到這個女孩濃烈而忠貞的愛情，內心深處蕩起了波瀾。

「哈立頓．加頓斯似乎遙不可及啊。」她微笑道。

「怎麼説起這個來了？」

「我也不知道為甚麼。生活是多麼奇妙無比啊！我感覺自己先是在池塘邊生活了大半輩子，卻在突然間看到了汪洋大海。它讓我激動得喘不過氣來，更讓我感到欣喜若狂。我可不想死，我要活下去，我的內心鼓足了重新生活的勇氣。我覺得自己很像是揚帆遠航的老水手，正在探尋一片不為人知的海域。我的內心強烈渴望着探尋未知的世界。」

維丁頓看着凱蒂，若有所思。凱蒂一雙出神的眼睛凝望着平坦如鏡的河面。兩個小水滴悄無聲息地流淌着，悄無聲息地流向了黑暗而永恆的大海。

「我能拜訪那位滿族女孩嗎？」凱蒂突然抬頭問道。

「行，可她不會講英文。」

「你真是太好了。你為我做了那麼多的事，興許我能用我的方式向她問好致意。」

維丁頓的臉上浮現出略帶嘲諷的微笑，但他卻用詼諧的方式答道：

「改天我親自接你過來，我讓她敬你一杯茉莉香茶。」

凱蒂不想告訴維丁頓，打一開始，這個跨國戀故事就不可思議地激發了她的好奇心與想像。這個滿族公主已經變成了某個聳然而立的標識，隱隱約約並堅持不懈地向她招手示意。這位公主用捉摸不透的手勢指向了一個神秘莫測的精神國度。

55

然而，一兩天後，凱蒂有了一個意外的發現。

那天，她照舊來到修道院工作，所做的第一件事就是給孩子洗漱、穿衣。修女們覺得夜晚的冷風傷人，很喜歡緊閉門窗，致使宿舍內的空氣污濁窒悶。凱蒂從空氣清新的早晨走進孩子們的宿舍，總感到些許不適，每次都急不可耐地開窗通氣。可是那天，她卻突然感到頭暈目眩，噁心不已。她佇立在窗戶旁，盡力讓自己恢復鎮定。以前從未出現過如此糟糕的狀況。不一會兒，她感到一陣強烈的反胃，便大口嘔吐起來。她發出一聲大叫，把孩子們都給嚇壞了。一個大孩子跑過來，想扶一扶凱蒂，但看到她臉色煞白，渾身發抖後，突然止住腳步，大聲驚呼：霍亂！染上瘟疫的念頭在凱蒂的腦海中一閃而過。隨後，瀕臨死亡的感覺傳遍全身，她不禁感到萬分恐懼。死神在她的血管裏奔騰咆哮，她竭力掙扎着。一陣頭昏眼花襲來，她的眼前一片漆黑。

凱蒂睜開眼睛的時候，起初不知道自己身在何處，她似乎正躺在地板上。她輕輕地動了動腦袋，覺得自己枕着一個枕頭。她記不清剛才發生了甚麼。院長跪在她的身旁，把溴鹽舉到她的鼻子前。聖約瑟芙修女站立一旁，正注視着她。這時，染病的念頭又浮現在腦海中：霍亂！她在修女們的臉上看到了驚恐的神色。聖約瑟芙修女顯得身形高大，輪廓一片模糊。恐懼再次襲上心頭。

「唉，院長，院長，」她抽噎着說道，「我是不是快要死了？我不想死。」

「別緊張，你不會死。」院長說。

院長顯得鎮定自若，眼睛裏甚至帶有幾分歡快的神色。

「可是我染上了霍亂，瓦爾特在哪？派人去叫他了嗎？啊，院長，院長。」

凱蒂放聲大哭起來。院長把手伸了過來，凱蒂一把抓住，彷彿抓住一根救命稻草似的，死死不放。

「好了，好了，親愛的孩子，千萬別犯傻了，你沒有染上霍亂，也沒有生病。」

「瓦爾特在哪兒？」

「你丈夫正忙得不可開交，不用打擾他了。再過五分鐘，你就全好了。」

凱蒂用疲憊不堪的眼神注視着院長。面對霍亂，院長竟能如此鎮定自若？這未免太冷漠無情了吧。

「再靜靜地平躺一會兒，」院長說，「你甚麼事都沒有，無須感到驚慌。」

凱蒂覺得心跳一陣狂亂。她早已對霍亂習以為常，見怪不怪，總覺得自己是不可能染上瘟疫的。唉，她真是蠢透了！她知道自己就快死了，心中十分恐懼。孩子們搬來一把長長的藤條椅，把它放在窗戶旁。

「好了，我們扶你起來，」院長說，「躺到藤條椅上，你會更舒服些。你能站起來嗎？」

院長用雙手托在凱蒂的腋下，聖約瑟芙修女扶着她站了起來。她躺到藤條椅上，渾身疲乏無力。

「我還是把窗戶關上吧，」聖約瑟芙修女說，「清晨的空氣吹過來，對她身體不好。」

「不要，不要，」凱蒂說，「請不要關窗。」

看到窗外的藍天白雲，她感覺有了信心。她雖然渾身還在顫抖，但心情好多了。兩位修女默默無語地看了她片刻後，聖約瑟芙修女對院長說着甚麼，凱蒂沒有聽懂。隨後，院長坐到椅子旁，拉住她的手。「聽我說，親愛的孩子……」

院長問了一兩個問題，凱蒂做了回答，但不知道她的用意何在。她的雙唇顫動着，幾乎連話都說不清。

「這是毋庸置疑的，」聖約瑟芙修女說，「這種事瞞不過我的眼睛。」

聖約瑟芙修女輕輕地笑了起來，凱蒂察覺到她神色興奮，心情激動。院長依然握住凱蒂的手，臉上露出柔和慈祥的微笑。

「這檔子事，聖約瑟芙修女比我更有經驗，親愛的孩子，她一眼就看出是怎麼回事。顯然，她的判斷是正確的。」

「究竟是怎麼回事？」凱蒂焦急地問道。

「這是再清楚不過的事情了，難道你從來都沒有想到過嗎？你懷孕了，親愛的孩子。」

凱蒂聽後大吃一驚，渾身為之一顫。她雙腳朝地上一蹬，彷彿要跳起來。

「躺着別動，躺着別動。」院長說。

凱蒂滿臉一陣羞紅，隨即用雙手捂住胸口。

「這不可能，這不是真的。」

「她說甚麼？」聖約瑟芙修女問。

院長替她翻譯，聖約瑟芙修女寬大的臉上泛起了紅光，露出喜悅的神情。

「不可能出錯，我可以用名譽擔保。」

「你們結婚多長時間了，我的孩子？」院長問，「甚麼？我嫂子結婚這麼長時間，都生過兩個孩子了。」

凱蒂躺回到長椅上，死亡之心重新升起。

「我感到十分羞愧。」她咕噥着。

「難道是因為懷孕嗎？為甚麼？還有甚麼比結婚生孩子更自然的事情嗎？」

「費恩醫生聽到喜訊後，一定很高興。」聖約瑟芙修女說。

「是的，想想看，對丈夫來說，這可是天大的喜事啊，他保準喜出望外。你看看他平時與孩子們在一起的樣子，與孩子們玩耍時臉上的神情，你就應該明白：如果有了自己的孩子，他定會欣喜若狂。」

有一會兒，凱蒂沒有說話。兩位修女用溫柔專注的目光凝視着她，院長在她的手上摩挲起來。

「以前從沒想到過，我真是太傻了，」凱蒂說，「不管怎麼說，沒有染上霍亂，也算是萬幸。我現在感覺好多了，我要繼續工作。」

「今天就不用了，親愛的孩子。你剛才暈倒過，最好回家好好休息。」

「不，不，我寧可待在這兒工作。」

「那可不行，萬一你出了甚麼意外，我怎麼向我們優秀的費恩醫生交代呢？如果你想要工作，那就明天或後天再來，但是今天，你必須乖乖地休息。我會派人僱頂轎子過來，要不要讓做針線活的大女孩陪你回去？」

「不，不用了，我一個人回家能行。」

56

凱蒂躺在床上，百葉窗已經關上。午飯後，僕人們都去午睡了。早上，她得知自己懷孕（眼下可以肯定是真的），心中感到驚慌。回家後，她一直想理清頭緒，但腦子裏一片空白。她思維淩亂，難以聚精會神。突然，她聽到一陣腳步聲，那是皮靴走路的聲音，不可能是男僕。她意識到這個人只能是她丈夫，心頭一陣恐慌。瓦爾特走進起居室，凱蒂聽見他叫了自己一下，但沒有吱聲。片刻沉默後，她聽見了敲門聲。

「誰呀？」

「我能進來嗎？」

凱蒂從床上爬起來，悄悄穿上了一件晨衣。

「進來吧。」

瓦爾特推門而入。百葉窗幸好關上了，她的臉籠罩在陰影中，看不清。

「我想我沒把你吵醒吧，我敲門敲得很輕很輕。」

「我沒有午睡。」

瓦爾特走到窗戶邊，隨手將百葉窗打開，一股溫暖的陽光照進了房間。

「有甚麼事嗎？」凱蒂問，「怎麼這麼早就回來了？」

「修女們說，你身體很不舒服，我想，我最好回家一趟，看看你怎麼樣了。」

一陣憤怒掠過她的全身。

「如果我染上了霍亂，你會說甚麼呢？」

「如果染上了霍亂，今天早上你就不可能回家了。」

凱蒂走到梳妝枱旁，拿起梳子，梳着自己的亂髮，她想多一點時間贏得主動。頭髮梳好後，她坐了下來，點上一支煙。

「今天早上，我身體很不舒服，院長認為我最好回家休息。現在，我的身子完全恢復了。明天，我還要照常去修道院工作。」

「究竟出甚麼事了？」

「她們沒告訴你嗎？」

「沒有，院長說，讓你親口告訴我。」

瓦爾特雙眼凝視着她的臉，以前他很少這樣。這樣的注視是出於職業本能，而不是出於個人情感。凱蒂的目光躲躲閃閃，隨後她強迫自己與他正眼相視。

「我懷孕了。」凱蒂說。

她對瓦爾特的稟性早已習慣。你對他說出一件事後，本以為他會發出感嘆，但得到的反應卻是沉默。這一次，凱蒂再也無法忍受了。瓦爾特一聲不吭，身體一動不動，他的臉色毫無變化，一雙黑色眼睛凝然不動——這些都說明他已聽見了。凱蒂突然覺得很想大哭一場。如果丈夫愛他的妻子，妻子也愛丈夫，那麼在這個激動人心的時刻，夫妻倆定會深情地擁抱。他的沉默讓凱蒂忍無可忍，她率先打破沉默。

「我以前從未朝這方面想過，我也不知道為甚麼。我真是太愚蠢了，但是……出於這樣或那樣……」

「懷孕多久了？估計甚麼時候分娩？」

這些話似乎是從牙縫裏艱難擠出來的。凱蒂覺得，他的嗓子與自己的嗓子一樣乾澀。可惡的是，她在說話時，雙唇不停地顫抖着。只要他不是鐵石心腸之人，這事兒一定能引起他的同情。

「我想有兩三個月了吧。」

「我是孩子的父親嗎？」

她倒吸了一口冷氣。瓦爾特的聲音隱隱發顫。他一向冷靜而克制，一絲一毫的情感流露反倒讓人感到心悸。這可不是甚麼好事啊。不知為甚麼，她突然想到自己在香港見過一件儀器，上面有一根指針。據説，這根指針稍有移動，就説明千里之外發生了地震，成千上萬的人已經在天災中喪生。她看着瓦爾特，只見他臉色煞白，陰森可怕，這樣的臉色凱蒂領教過一兩次。瓦爾特低頭向下，目光左右游移。

「嗯？」

凱蒂握緊了雙手。她心裏清楚，如果説「是」的話，對他來説就有千鈞之重（意味着他擁有了世界），那麼，她就會重獲瓦爾特的信任。毫無疑問，她會重獲他的信任，因為這是他一直以來的願望。此後，瓦爾特就會寬恕自己。她心裏明白，瓦爾特愛她愛得如此情深意篤，儘管那麼靦覥羞澀，但時刻準備着傾情表白。她也明白，瓦爾特不是那種睚眦必報的小人，只要提供一個藉口，一個讓他深受觸動的藉口，他定會原諒她，徹底地原諒她。她完全相信，瓦爾特定會既往不咎，對過去絕口不提。雖説他冷漠無情，性格怪僻，但他既不是卑鄙無恥之人，也不是小肚雞腸之人。如果説「是」的話，一切都會發生徹底的改變。

再説，她內心急切渴盼着得到同情。她意外地獲悉自己懷孕，心中湧起各種莫名其妙的希望以及未曾起過的念頭。她內心感到軟弱，又夾雜着恐懼。她覺得孤立無援，親朋好友遙不可及。儘管她對母親已毫無牽掛，但那天早晨，她卻突然充滿渴望，想回到她的身邊。她急需幫助，急需安慰，可她不愛瓦爾特，她心裏明白，自己永遠都不會愛他。然而，此時此刻，她卻全身心地渴望瓦爾特能用雙臂擁抱自己。她可以將頭貼在他的胸前，只要偎依在他的懷中，她就能痛痛快快地大哭一場。她真希望瓦爾特能熱吻自己，真希望自己能用雙臂勾住他的脖子。

凱蒂開始抽泣起來。她已經多次説謊，説起謊來易如反掌，如果説謊能讓你受益，那就再説一次謊，又有甚麼要緊呢？謊言，謊言，謊言究竟是甚麼？説一個「是」字，是多麼輕而易舉的事啊。她看見了瓦爾特柔情似水的眼睛，他張開的雙臂朝自己伸了過來。可是她説不出口，她也不知道為甚麼，自己就是説不出口。在已經過去的痛苦不堪的幾個星期裏，她見識了那麼多的人和事：查爾斯冷漠無情，霍亂奪人性命，修女們兢兢業業，更加奇怪的是，還有那滑稽可笑的矮個子酒鬼維丁頓。所有這一切都使她發生了徹底的改變，甚至連她都不認識她自己了。儘管她的內心受到了深深的觸動，但是她的靈魂深處有一位旁觀者，正用驚慌與愕然的眼神注視着她。她必須把真相説出來，隨意撒謊似乎好不值當。她的思緒在不可思議地飄蕩着。突然，她想到了牆角下死去的那個乞丐。她怎麼會想到那個乞丐呢？她不再抽泣，可是眼淚卻止不住，正順着臉頰汩汩地流下來。最後，她終於回答了瓦爾特的問題：他是不是孩子的父親。

「我不知道。」她說。

瓦爾特勉強一笑，凱蒂渾身一震。

「挺尷尬的，對吧？」他說。

他的回應符合他的性格，這與凱蒂的預判完全吻合，但也讓她的心猛地一沉。她想知道，瓦爾特是否意識到，對她來說，說真話多麼困難啊（與此同時，她也意識到，說真話一點兒也不困難，而且勢在必然）；瓦爾特是否對她的話深信不疑？她的回答是：我不知道，我不知道。這個回答回蕩在她的腦海中，眼下要想收回來，已經不可能了。她從手提包裏掏出手絹，擦乾了眼淚。他們倆誰都沒有說話。她的床頭櫃上有一個熱水壺，瓦爾特替她倒了一杯水，把水遞給她，端着杯子讓她喝水。她留意到瓦爾特的手顯見消瘦，這雙手曾是那麼雅致，修長，手指纖巧，可是眼下，看上去瘦骨嶙峋的。他的手微微顫抖着，他能控制住臉上的表情，但他的手洩露了他的內心。

「我剛才哭了，你不必放在心上，」她說，「真的沒甚麼，眼淚不停地往外流，我遏制不住。」

她喝完水後，瓦爾特把杯子放了回去。他坐到一把椅子上，點上一根煙，隨後輕輕嘆了口氣。曾有一兩次，瓦爾特發出過同樣的嘆氣聲，每次都讓她揪心不已。看看他現在的樣子，出神發楞的目光凝視着窗外。凱蒂感到驚訝，在過去幾個星期裏，他變得如此瘦弱不堪，而她竟然毫無察覺。他的太陽穴凹陷了下去，顴骨在臉頰上高高地凸了起來。他身上的衣服鬆鬆垮垮地垂下來，彷彿穿上了尺碼大一號的衣服。他的臉曬得黑黑的，蒼白中透着青綠。他廢寢忘食、含辛茹苦地工作着，看上去疲憊不堪。儘管她心中悲戚，焦躁不安，但是卻對他充滿同情。她幫不上瓦爾特的忙，她不忍心繼續想下去。

瓦爾特用手捂住額頭，彷彿腦袋正在疼痛。凱蒂能感覺到，瓦爾特的腦海中也瘋狂地回蕩着這句話：我不知道，我不知道。奇怪的是，這個鬱鬱寡歡、冷漠而靦覥的男人竟然會喜歡孩子，而大多數男人對自己的親生骨血都毫無興趣。那些修女們曾不止一次提到過此事，不僅深受感動，而且津津樂道。既然他對這些古怪的中國女嬰都如此喜愛，要是換成他自己的親生骨肉，那又會怎麼樣呢？凱蒂咬緊嘴唇，以免又一次哭起來。

瓦爾特看了看手錶。

「恐怕我得回城裏去了，我今天有很多工作要做，你自己在家能行嗎？」

「嗯，能行，不用為我擔心。」

「我想，今天晚上你最好不要等我吃飯，我要很晚才能回家。我會在虞上校那兒吃點東西。」

「好的。」

他站了起來。

「如果我是你的話，今天甚麼事都不做，你最好放鬆自己。我走之前，你需要我做甚麼嗎？」

「不用了，謝謝你，我會沒事的。」

他停頓片刻，彷彿心中遲疑不決，隨後，他突然拿起帽子，眼睛沒有看她，徑直走出房間。她聽見他穿過庭院的腳步聲，一陣可怕的孤獨感襲上她的心頭，眼下再無必要自我克制了。頃刻間，她淚流滿面，任由自己釋放情緒。

57

那天晚上，天氣悶熱。凱蒂坐在窗戶前，雙眼凝望着那座金碧輝煌的中國廟宇，在星光的掩映下，只見廟宇的屋頂灰濛濛一片。瓦爾特終於下班回家了。凱蒂哭過的眼睛感到沉甸甸的，但她卻顯得鎮靜自若。儘管所發生的一切讓她飽受煎熬，或許是因為心力交瘁，她反倒變得出奇地平靜。

「我以為你已經睡了。」瓦爾特進屋後說道。

「我沒有睡意，我覺得坐着會更涼快些。你吃過晚飯了嗎？」

「吃過了。」

瓦爾特在狹長的房間裏來回踱步。凱蒂知道，他有話要說，但神色尷尬，不知道如何開口。凱蒂並不着急，而是耐心等待着。最終，瓦爾特突然說道：

「你下午和我說的事，我一直在思考，我覺得你最好離開這個地方。我已經和虞上校打過招呼了，他會派人護送你離開。你可以把女傭帶上，路上很安全的。」

「我能去哪兒呢？」

「回到你媽媽身邊。」

「你覺得，她見到我會很高興嗎？」

他沉默了一會兒，顯得猶豫不決，一副若有所思的樣子。

「那你到香港去。」

「我去香港做甚麼呢？」

「你需要得到悉心照料，要是硬讓你留在這兒，那是很不公平的。」

一絲微笑掠過她的嘴唇，這是苦澀的微笑，也是坦誠愉悅的微笑。她朝瓦爾特瞥了一眼，差一點笑出聲來。

「我不明白，你為甚麼如此擔心我的健康呢？」

他走到窗戶邊，佇立在那兒，看着窗外的夜色，繁星在清澈無雲的夜空中閃爍着。

「你的情況特殊，此地不宜長留。」

她注視着瓦爾特，只見他衣着單薄，在夜色的反襯下，全身發白。他的優雅側影透着凶險，但說來奇怪，此時此刻她並不感到害怕。

「當初你硬逼着我到這兒來，是不是想要我的命？」她突然問道。

過了良久，瓦爾特都沒有回答，凱蒂以為他對自己的問題充耳不聞。

「起初是的。」

她的心頭猛然一凜。瓦爾特第一次承認了他的真實意圖，可是她並不記恨他，此刻的心情也令她吃驚不已。他對瓦爾特由衷欽佩，同時又覺得他有點兒可笑。不知為何，她卻突然想到了查理．唐森。眼下看來，這個傢伙只是一個卑鄙無恥的大混蛋。

「你冒這種危險，真有點兒可怕，」她回應道，「我在想，要是我真的死在這兒，你那脆弱的良心能原諒你自己嗎？」

「可是你沒有死，而且活得很好。」

「是的，這是我一生中過得最開心的一段日子。」

她在內心深處十分渴望能得到他的寬恕。無論怎樣，他們倆都還活着。生活在這個恐怖與蕭索的環境中，竟然還對出軌這類荒唐事耿耿於懷，顯然是不合時宜的。可怕的死神近在咫尺，隨時能奪人性命，猶如農夫挖出土豆一般容易。此時此刻，如果還在乎別人的身體是否清白，那真是愚蠢之至啊。她多麼希望瓦爾特能夠明白，查理這種人何足掛齒。眼下，她的腦海中已勾勒不出他的模樣來了。她對查理的癡愛早已灰飛煙滅，心中不剩一絲一毫的感情！他們倆所幹出的那檔子事早就失去了意義。她已經洗心革面，悔不當初，曾經委身求歡的荒唐之舉，如今已無關緊要。她很想對瓦爾特說：「喂！難道你不覺得，我們犯傻的時間還不夠久嗎？我們彼此鬥氣，互不相讓，跟個孩子似的。難道我們就不能重歸於好、以友相待嗎？即使我們做不成相愛的鴛鴦，難道就不能成為要好的朋友嗎？」

瓦爾特一動不動地站着，在燈光的映照下，臉色發白，面無表情，模樣嚇人。她對瓦爾特沒有信任感，如果言語不當，他就當面擺出一副冰冷嚴肅的面孔來。她現在總算明白了，他之所以極度敏感，那是因為尖酸刻薄與冷嘲熱諷是他的自我保護手段。一旦他的情感受到傷害，他就迅速把內心封閉起來。曾幾何時，瓦爾特的木訥遲鈍讓她不勝惱怒。毫無疑問，他感到最窩火最鬧心的還是虛榮心所遭受的創痛。她隱隱約約地感到，這是世上最難醫治的創痛。也真奇怪，男人把妻子的忠貞看得比甚麼都重。當初，她與查理私會交往，希望能獲得全然不同的感覺，讓自己變成另外一個女人，可是她卻依然如故，毫無改變。如今，她只覺得生活安寧，精神比以前更加飽滿。她多麼希望自己能對瓦爾特說：這個孩子是他的！這句謊言對她來說已無關緊要，但是對他而言將無疑是巨大的安慰。或許，這樣說也不算是甚麼謊言。可笑的是，她的某個心結使她不願正視這個能使她受益的推斷。男人們真是愚不可及！在繁衍生命的過程中，他們所發揮的作用是多麼微不足道啊。倒是女人們身懷六甲，飽受漫長的艱辛，最終還要在劇痛中臨盆生產。然而，男人們僅僅與女人有過短暫的房事，就要提出如此荒唐可笑的要求。這麼短暫的行為與他對孩子的情感之間，真有那麼重要的關係嗎？凱蒂的思緒開始飄移到了將要誕生的孩子身上。她想着這個孩子，既不是因為心存憐愛，也不是發自身為人母的天性，而是出於毫無來由的好奇心。

「我想，你還是把這事兒再考慮一下吧。」瓦爾特打破長時間的沉默說道。

「甚麼事？」

他微微側過身子，彷彿感到吃驚。

「考慮一下甚麼時候走啊。」

「可我不想走。」

「為甚麼不想走？」

「我很喜歡修道院裏的工作，我也在發揮着一點作用。你打算在這兒待多久，我也願意待多久。」

「我應該告訴你，以你目前的身體狀況，很有可能染上疫病的。」

「你的一片好意我心領了。」她微笑着說道，語帶譏諷。

「你想留在這兒，不會是因為我吧？」

她遲疑片刻。瓦爾特並不知道，他在她此刻的心中所激起的最強烈、最始料未及的情感竟然是憐憫。

「當然不是，因為你不愛我了，我經常在想，我讓你厭煩透了。」

「為了幾個古板乏味的修女和一群中國孤兒，你倒是挺賣力的，沒想到你會變成這樣。」

他的嘴角掠過一絲微笑。

「你這麼鄙視我，我認為是很不公平的，你對我的判斷實在是大錯特錯。你如此愚不可及，那就不是我的問題了。」

「倘若你執意要留下來，那我當然悉聽尊便了。」

「很抱歉，沒能給你一次展示雅量的機會。」要與他一本正經地對話，她感到甚是困難。「其實，你說得很對。我想留下來，不僅僅是為了那些孤兒。你看，我處在一個十分尷尬的位置，這個世界上，我竟然無人可以去投奔。我知道，所有的人都把我當成了累贅。我也知道，沒有人在乎我的死活。」

瓦爾特皺起了眉頭，但他並沒有生氣。

「我們把事情弄得一團糟了，是吧？」他說。

「你還想和我離婚嗎？我早就無所謂了。」

「你一定知道，我帶你到這兒來，就已經寬恕了你的過失。」

「我不知道，你看，我對出軌這類事沒有研究。將來離開這兒，我們該怎麼辦呢？我們還會生活在一起嗎？」

「你不覺得，將來的事情只能順其自然嗎？」

他的聲音暗啞疲倦，死氣沉沉的。

58

兩三天後，維丁頓到修道院去接凱蒂（因為她不願在家休息，所以又立刻投入了工作）。他兑現此前的諾言，帶着凱蒂同他的滿族情人把盞品茗。凱蒂不止一次在維丁頓的家中吃過飯。這是一棟方方正正、富麗堂皇的白色樓房，這樣的樓房遍佈中國各地，都是給海關官員專門建造的。這幢樓房的餐廳與客廳，都裝飾着整潔、厚實的家具。它們看上去既像是辦公室，又像是賓館，但怎麼看都不像是住所。不難理解，房客們來了一批，又走了一批，只是把這兒當作臨時住處。可是你永遠都不會想到，這裏的二樓悄然演繹着神秘的浪漫愛情故事。他們登上一段樓梯後，維丁頓打開一扇門。凱蒂走進一個大房間，裏面家具不多，四周的白色牆壁上掛着各式各樣的書法卷軸。屋子裏有一張黑檀木八仙桌和幾把黑檀木扶手椅，上面都雕刻着大量花飾。那位滿族女孩正端坐在一把高背扶手椅上。凱蒂和維丁頓進屋時，她起身站了起來，但沒有朝前走動半步。

「來客了。」維丁頓說完後，又用中文說了幾句。凱蒂與她握手問好。她身穿一件長長的繡花旗袍，顯得亭亭玉立，個頭比凱蒂熟悉的中國南方人明顯要高。她的上身套着一件淡綠色的絲綢短衣，緊繃繃的袖子蓋住了手腕。她的一頭黑髮梳得精緻整潔，上面戴着滿族婦女的頭飾。她的臉上打着粉底，臉頰上塗着一層厚厚的胭脂，修剪過的眉毛宛如一條細長的黑線，嘴唇上抹着濃重的口紅。她戴着這副面具，微微斜視的黑色大眼睛熠熠發光，猶如兩塊液態的黑玉。她的樣子更像是一尊偶像，而不是一個尋常女子。她舉止舒緩有致，顯得沉穩鎮定。在凱蒂的眼裏，她略帶羞澀，卻又充滿強烈的好奇心。維丁頓在引介的時候，她用眼睛看着凱蒂，一連點了兩三次頭。凱蒂注意到了她的雙手，這雙手異乎尋常，十分纖細修長，膚色猶如象牙般潔白，指甲上還塗畫着精美的圖案。凱蒂覺得自己從未見過如此柔美、如此優雅的雙手，其可愛之狀無與倫比，而千百年來的文化與教養都寫在這雙手上。

她說話不多，但聲音高亢，如同果園裏清脆悅耳的鳥鳴聲。維丁頓為凱蒂做着翻譯，說她很高興見到凱蒂，問凱蒂芳齡多大，育有幾個孩子，等等。他們坐在八仙桌旁的三張高背椅子上。男僕端上來幾碗沁着茉莉花香的淡茶，那位滿族女孩遞給凱蒂一聽綠色包裝的三炮台牌香煙。除了那張八仙桌和椅子外，房間裏的家具相當稀少。一張寬大的床鋪上，有一隻繡花枕頭，還有兩個檀木櫃子。

「她整日在家，都做些甚麼呢？」凱蒂問。

「她喜歡畫畫，有時候也寫寫詩，但大部份時間裏，她閒坐無事。她偶爾抽點大煙，但很有節制。也幸虧如此，因為我的職責之一就是禁止鴉片貿易。」

「你抽大煙嗎？」凱蒂問。

「很少抽。不瞞你說，我更喜歡威士忌。」

房間裏瀰漫着一股淡淡的苦澀味，一點兒也不難聞，而且別有味道，帶着異域情致。

「告訴她，我很抱歉不能和她直接交談，否則，我們倆會有說不完的話。」

滿族女孩聽過翻譯後，迅速朝凱蒂投來一瞥，眼神裏透着一絲微笑。她穿着那身漂亮的衣服，大大方方地坐在那兒，顯得端莊迷人。在那張精心化妝過的臉上，一雙機敏的眼睛望着前方，鎮定自若，顯得高深莫測。她的樣子似夢似幻，如同一幅淑女畫像。她的典雅高貴讓凱蒂感到自慚形穢。此前，凱蒂對中國從不關注，即使偶爾有所留意，但內心滿是鄙夷不屑。眼下，命運之手將她拋到了中國，讓她旅居此地，身不由己。此時此刻，她似乎突然明白了甚麼叫「遙遠」與「神秘」。這兒就是那個古老的東方，幽暗晦明的東方，高深莫測的東方。她對這個優雅女子驚鴻一瞥，就能發現相對於東方而言，西方人所追求的信念與理想頓顯粗鄙不堪。這裏的人們生活在一個截然不同的空間，過着迥然有別的生活。看見這尊粉白黛黑、目光機警的偶像時，凱蒂產生了奇怪的感覺。與她相比，芸芸眾生整日裏忙忙碌碌，含辛茹苦，就有點兒荒誕可笑了。在這個五彩繽紛的面具背後，似乎隱藏着豐富、深邃、意味深長的人生奧秘。她修長精緻的雙手與纖纖玉指，則掌控着那把打開人生奧秘的鑰匙。

「她每天坐在那兒，都想甚麼呢？」凱蒂問。

「甚麼都沒想。」維丁頓笑道。

「她真是人間尤物，告訴她，我從未見過如此優美的雙手。我很納悶，她到底看中你甚麼了？」

維丁頓面帶着微笑，翻譯了她的問題。

「她說我是個大好人。」

「看樣子，她是因為男人的美德而墜入愛河的。」凱蒂帶着譏諷説道。

那個滿族女孩只笑過一次。當時，凱蒂為了尋找話題，對她佩戴的玉鐲嘖嘖稱讚。滿族女孩把鐲子摘了下來，凱蒂試着戴到自己的手腕上，儘管她的手很小，但手鐲就是戴不進去。滿族女孩見此情景，如同孩子般咯咯地笑了。她用中文對維丁頓説着甚麼，然後把家裏的女傭叫了過來，對着女傭吩咐了幾句。不一會兒，女傭就拿來一雙十分漂亮的滿族女鞋。

「要是這雙鞋合你的腳，她就送給你，」維丁頓説，「它們在臥室裏很好用。」

「我試了，很合腳。」凱蒂滿意地説道，但是她卻注意到維丁頓一臉壞笑。

「她穿在腳上很大嗎？」凱蒂又立馬問道。

「大得像條船。」

凱蒂大笑，維丁頓翻譯後，滿族女孩和女傭也都哈哈笑了。

稍後，凱蒂和維丁頓一起上山散步。凱蒂面帶微笑，扭頭看着維丁頓。

「你從來都沒跟我說過，你對她情深意篤啊。」

「你憑甚麼認定，我對她情深意篤呢？」

「我從你的眼神裏看到的。說來奇怪，這樣的愛倒像是愛着一個幽靈，愛着一個夢境。男人們總是不可捉摸。我原以為，你跟其他男人沒甚麼不同，現在看來，我對你一點兒也不了解。」

他們快到凱蒂家的平房時，維丁頓突然問道：

「你怎麼會想到要見她呢？」

凱蒂猶豫了片刻，隨後作出了回答。

「我一直在尋找某樣東西，但我不知道是甚麼。可是我覺得，把它搞清楚，對我來說至關重要，如果能找到它，我的人生將大為改觀。也許那些修女們知道，可是我與她們相處時，她們都把秘密藏得嚴嚴實實，不願意與我一道分享。我也不知道我是怎麼想到的。我總覺得，見到這位滿族女孩後，我對我所追尋的東西會略有所知。如果她知道是甚麼，興許會告訴我。」

「你憑甚麼認定，她一定知道呢？」

凱蒂斜着腦袋瞥了他一眼，沒有回答，卻反過來問他。

「你知道那是甚麼嗎？」

他笑了笑，聳了聳肩。

「那就是『道』。為了尋找『道』，有些人吸食鴉片，有些人信仰上帝，有些人沉湎於威士忌，有些人寄希望於愛情。這就是那一成不變的『道』，人對『道』的追尋永無止境。」

59

凱蒂又愉快地投入到修道院的日常工作中。儘管每天早上，她都感到身體不適，但她精神抖擻，情緒飽滿。修女們對她關心備至，這讓她大感驚訝。以前，她在走廊裏遇到那些修女們，她們僅僅道一聲早安而已，可是現在，她們隨便找個理由，就走進凱蒂的房間，專門看望她，跟她聊上幾句，興奮得跟個孩子似的。聖約瑟芙修女更是絮叨不止，時時叫人膩煩。她對凱蒂說，過去這些天，她是如何推斷出她懷孕的事兒。起初，她「有點兒懷疑」，後來「並不感到意外」，凱蒂暈倒後，她更是「確定無疑，一眼就能看出」。她對凱蒂詳盡描述她嫂子當年分娩時的情形，幸虧凱蒂生性樂觀，機敏豁達，聽完後並無一絲兒心驚肉跳的感覺。聖約瑟芙修女興高采烈，還跟她講起她早年的成長環境（父親有座農場，綠草茵茵，一條小河蜿蜒流過，堤岸上，挺拔的白楊樹在微風中輕輕搖曳），其中摻雜了許多迷人而親切的宗教內容。在她眼裏，像凱蒂這樣的異教徒，對分娩之事是懵懂無知的。因此，有一天，她就對凱蒂講起了天使報喜的故事。

「每次讀到《聖經》上的這段話，我都不免喜極而泣，」她說，「我也不知道為甚麼，但它能給我帶來奇妙的感受。」

隨後，聖約瑟芙修女說起了法語，那些字句聽在耳中甚是陌生。她平靜而準確地背着經文：「天使進去，對她說：『蒙大恩的女子，我問你安，主與你同在了！』」[1]

凱蒂懷孕的消息傳遍整個修道院，猶如一陣微風吹過滿眼白花的果園。一想到凱蒂懷上了孩子，這些不能生育的女人們既心神不寧，又興奮不已。她們對凱蒂又是擔心，又是掛念。她們都是農民或漁民的女兒，總是直截了當地打量着凱蒂的身體變化，但一顆顆童真未泯之心充滿敬畏。她們對凱蒂的妊娠症狀甚是擔憂，卻又感到高興，甚至不可思議地欣喜不已。聖約瑟芙修女告訴凱蒂，大家都在為她祈禱呢。聖馬丁修女說甚麼很遺憾，凱蒂不是天主教徒，卻受到了院長的批評。院長說，誰都能成為優秀的女人（用她的原話來說，美妙的女人），即使是新教徒，這世間的萬物，上帝早有安排。

修女們如此關心，凱蒂既深受感動，又覺得有趣。然而，讓她異常驚訝的是，連嚴肅莊重的院長也對她殷勤有加。平日裏，她對凱蒂彬彬有禮，卻總是保持着某種距離。眼下，她對凱蒂的態度帶有某種母性的溫柔，聲音裏多了一份柔和的語氣，眼神裏突然透出了笑意，彷彿凱蒂還是個孩子，剛剛做了一件機靈有趣的事兒——凱蒂心中感動不已。院長的心靈猶如一片灰暗的海洋，水面上平靜無波，水底下卻劇烈翻騰，其深沉與廣袤令人敬畏，然而在一縷陽光的照耀下，剎那間又變得機敏異常，顯得友好而歡快。院長常在傍晚時分到凱蒂的房間裏坐坐。

「我得隨時留意你呀，別讓你累壞了身子，我的孩子。」她說。隨後，她為自己找了個一眼就能看穿的藉口，「否則，費恩醫生永遠都不會原諒我的。哼，英國人真是太能裝了！他明明心裏高興得不得了，可別人一提這事兒，他臉都白了。」

她拿起凱蒂的手，深情地摩挲着。

「費恩醫生跟我説，他希望你離開這兒，但是你拒絕了，因為你捨不得離開我們。你很善良，親愛的孩子。我想讓你知道，我們非常感謝你的幫忙。不過，我覺得你也不想離開他。這樣反倒更好了，你可以陪在他身邊，他很需要你。費恩醫生真是令人欽佩！唉，要是沒了他，我們真不知道該怎麼辦呢。」

「我很高興，他能為你們做一點事情。」凱蒂説。

「你一定要全心全意地去愛他，親愛的，他真是了不起啊！」

凱蒂莞爾一笑，心中卻發出了一聲長嘆。現在，她只想為瓦爾特做一件事，卻不知道如何去做。她希望能得到瓦爾特的寬恕，不是為了她，而是為了瓦爾特。寬恕能給瓦爾特的內心帶來安寧，如果主動去求他，那肯定是不管用的。倘若他心中起疑，發現她這樣做，不是自求心安，而是想讓他釋懷，那麼在自尊心的驅使下，他定是執拗不已，無論如何都不會答應的（説來奇怪，她對他的自尊心已不再氣惱，反而覺得情有可原，心中對他又多了一層憐惜）。唯一可能的是，抓住某個意外的契機，讓他丟掉戒備之心。她覺得瓦爾特也希望以昂揚的激情，來消除怨懟之心，擺脫夢魘，從而獲得自救。凱蒂心想，可憐的瓦爾特迂腐透頂，若是激起他強烈的逆反情緒，只會讓他在自閉中越陷越深。

唉，人世煩惱多多，人生轉瞬即逝，竟然還要如此折磨自己，豈不是太可悲了嗎？

註釋：

[1] 引文出自《聖經．新約．路加福音》第一章第二十八節。

60

院長和凱蒂只交談過三四次，其中一兩次還不到十分鐘，但凱蒂對她印象至深。院長猶如一片原野，第一眼看去，恢宏壯闊，卻難以親近，但時隔不久，你就會發現，在巍巍群山的掩映下，美麗的河流蜿蜒流淌，草場翠色欲滴，在茂密的果樹林中，零星點綴着笑臉相迎的小村落。儘管你對這些舒心宜人的景色感到驚艷，從中獲得慰藉，然而在這片風吹日曬的黃褐色土地上，卻不會產生賓至如歸的感覺。要想與院長成為至交密友，幾乎是不可能的。她的身上帶有某種超然的品格，凱蒂和其他修女都能感受到。聖約瑟芙修女雖然幽默健談，但她與院長之間也存在着顯而易見的鴻溝。院長與你走在同一塊土地上，共同打理着日常事務，卻生活在一個讓你難以企及的高度。她能給你帶來某種奇怪的感覺，既讓你心生畏懼，又讓你充滿敬意。

她曾對凱蒂說：「信教者對着耶穌不停禱告，那還不夠；信教者應能獨自禱告。」

儘管她的談話總夾雜着她的信仰，但凱蒂覺得，她開口閉口談起宗教，其實很自然，倒不是要存心感化異教徒。在院長眼裏，她自然是個無知的罪人，但她感到詫異的是，院長寬宏大度，竟對此毫不理會，從無不滿。

一天晚上，她們倆並肩而坐，促膝談心。白晝越來越短，美麗的晚霞賞心悅目，卻又帶着些許傷感。院長看上去疲憊不堪，一張悲憫的臉龐憔悴而蒼白，那雙優雅的黑色眼睛也失去了往日的光芒。雖說她很疲勞，但卻難得好興致，主動跟凱蒂說起了知心話。

「對我來說，今天是個值得紀念的日子，我的孩子，」她打破沉思對凱蒂說，「今天是我決定入教的週年紀念日。要不要皈依我主，我整整想了兩年呢。我對主的召喚心存顧慮，內心備受煎熬。我擔心皈依我主後，日後又會被世俗雜念所吞噬。不過，那天早晨，我在領受聖餐時，暗暗發下誓言：天黑前，一定要將我的決定告訴我親愛的母親。聖餐儀式結束後，我祈求我主福澤，賜我靈魂安寧，而我也得到了回應：當汝無欲無求，靈魂自然安寧。」

院長沉浸在對往昔的回憶中。

「就在那天，我們的朋友威爾諾夫人，瞞着親友，不辭而別，去了卡梅爾修道院。她知道，親友對她的做法並不贊成。威爾諾夫人是位寡婦，她覺得有權作出自己的選擇。這位可敬的寡婦離家出走時，我的一位表姐趕去送行，傍晚時分返回，心中頗受感動。之前，我從未向母親談過我的想法，一想到我跟她談話的場面，渾身顫抖不已。然而，我在領受聖餐時所做的決定，絕不會放棄。於是，我就向我的表姐問了很多問題。表面上，母親專心編着繡花罩毯，但我說的每句話，她都聽在耳中。我一邊問，一邊在想：如果今天非說不可，那就一分鐘也不要耽擱。

「奇怪的是，我對當時的場景記憶猶新。我們坐在一張圓桌旁，桌子上鋪着一塊紅布。我們都在綠色枱燈下忙着。兩位表姐都在，大家正給客廳裏的椅子做着罩毯。想想看，打路易十四時代起，這些椅子就沒了罩毯。它們剛買來時，顏色褪盡，破舊不堪。母親說，這些椅子真是太難看了。

「我想好了一套說辭，卻難以啓齒。幾分鐘後，母親卻突然開口。她對我說：『你朋友的行為，我感到很難理解。不辭而別，尤其對親友不辭而別，我很不喜歡，這麼做太過份了，不合我的胃口。有教養的女人，不管做甚麼，都不應該招致別人非議。如果你真想出門遠行，我們心中不免悲傷，可是我希望，你不要落荒而逃，搞得像罪犯一樣。』

「開口的時候到了，但我天性懦弱，最後只能說：『放心吧，媽媽，我可沒那個膽量。』

「母親沒有回應。我後悔不迭，因為我還是不敢把心裏話說出來。我似乎聽見上帝對聖彼得說：『彼得，你愛我嗎？』唉，我真是個懦弱無能之人，真是個忘恩負義之人！我貪圖安逸，不願拋棄世俗生活，捨不得離別家人，喜歡消遣娛樂。我沉湎在這些痛苦不堪的雜念中。後來，母親對我說，彷彿剛才的談話還沒有中斷：『儘管如此，我的奧黛特，我想，你這輩子不做出一番大事來，是心有不甘的。』

「我沉湎在各種顧慮和雜念中，心臟怦怦亂跳，可是我的兩位表姐並不知道，所以還在靜靜地忙活着。突然，母親放下手中的罩毯，目不轉睛地看着我。她說：『哎，親愛的孩子，我敢肯定，你也很想出家修行，當一名修女。』

「『你不是在開玩笑吧，我的好媽媽？』我說，『我心中所想與平生夙願，全被你說出來了。』

「『是的，』還沒等我說完，兩位表姐就大聲說道，『這兩年，奧黛特一門心思想着這事呢。不過，您肯定不會答應的，姨媽，您千萬不能答應啊！』

「『親愛的孩子們，如果這是神的旨意，』母親說，『我們又有甚麼權利阻止呢？』

「這時，我的兩位表姐開始插科打諢，問我怎麼處理那些俗世的小物件，嘰嘰喳喳地鬥起嘴來，爭論着不同的小物件都應該歸誰。快樂的氣氛轉瞬即過，後來我們全都哭了。隨後，我聽見父親上樓的腳步聲。」

院長停頓片刻，接着發出一聲長嘆。

「父親心中十分難受。我是他的獨生女，況且，父親對女兒的感情通常更深。」

「柔腸一寸，未必都是好事啊。」凱蒂微笑着說。

「能將一寸柔腸化作一片慈愛，奉獻給耶穌，那就是天大的好事了。」

這時，一個小女孩跑來，要找院長。她的手裏拿着一個漂亮的玩具，興致勃勃的，要給院長看。院長伸出優美雅致的雙手，摟住小女孩的肩膀，小女孩高興地依偎在她的身上。凱蒂心有所動，留意到了院長臉上的微笑。這微笑是那麼甜美，又是那麼超然。

「孤兒們全都愛戴您，真是令人感動啊，院長，」凱蒂說，「要是我也能收穫一片愛心，我定會感到自豪的。」

院長又一次露出超然而美好的微笑。

「要想贏得別人的愛心，只有一個辦法，那就是，全心全意去愛別人，別人才會愛你。」

61

那天傍晚，瓦爾特沒有回家。通常，他在城裏若是有事耽擱，不能準時下班，總會託人捎個口信回來。凱蒂等了他一會兒，後來只好獨自坐下吃飯，看着桌子上的各色菜餚，卻毫無胃口，敷衍着吃了幾口。瘟疫流行，食品短缺，但中國廚子總能將豐盛晚餐擺在面前。晚飯後，凱蒂蜷坐在窗戶邊那把長長的藤條椅上，陶醉在繁星滿天的美麗夜色中。此刻萬籟俱寂，凱蒂心情放鬆。

她沒有拿本書來讀讀。雜亂的思緒漂浮在大腦的表層，猶如朵朵散碎的白雲倒映在平靜的湖面上。她很累，抓不住那些飄忽的思緒，無法對所發生的事凝神思考。她跟那些修女們促膝談心，所得到的印象各不相同，但究竟有甚麼收穫，心中一片茫然。修女們的苦修生活，讓她深受感動，但奇怪的是，引導她們苦修的信仰，卻讓她無動於衷。她難以想像，自己哪一天也會被她們充滿激情的信仰所俘獲。她發出一聲輕輕的感嘆：要是偉大、聖潔的信念之光能照亮她的心靈，或許她的一切困難就能迎刃而解了。不止一次，她都抑制不住，想把個人的不幸遭遇及其根源向院長傾訴，但她沒那份膽量。她可不想被堅忍克己的院長看成是壞女人。對院長來說，她的所作所為自然是無法饒恕的罪過。可說來奇怪，她本人反倒覺得，這並非甚麼多大的罪惡，充其量只是一樁蠢事或醜事而已。

也許是出於愚鈍的天性，她覺得自己與唐森的私情固然令人遺憾，甚至讓人厭惡，但這種事情應該被遺忘，而不該讓她悔恨終生。就像在宴會上，一不小心舉止失當，雖說無可挽回，令人追悔莫及，但若是過份在意，難以釋懷，也沒有多大意義。一想到查理，她的心為之一顫。她想到了查理魁梧的身材與西裝革履，想到了他的曖昧的下頷，想到了他昂首挺胸、盡收肚腹的站姿。查理顯然是個多血質類型的人，那些細小的紅色血管在他的臉頰上形成網絡狀。她曾經迷戀查理的兩道濃眉，現在看來，那裏面隱藏着肉慾，令人厭惡的肉慾。

將來怎麼辦呢？真奇怪，她對自己的將來漠不關心，她對未來根本看不清。也許，生完孩子後，她就死了。她的妹妹多麗絲身體一直比她健壯，可在臨產時幾乎喪命。（她已盡了女人的本份，為新晉的從男爵家生下了繼承人！一想到母親志滿意得的樣子，凱蒂不禁啞然失笑。）未來的前景如此模糊不清，這就意味着她注定看不到未來。瓦爾特可能會讓她的母親照看孩子——如果孩子能順利生下來。她對瓦爾特太了解了，即使他搞不清是不是孩子的父親，但他一定會善待這個孩子。不管怎麼説，瓦爾特是個值得信賴的人，他行事光明磊落。他身上還有那麼多優秀品質——毫不自私，看重榮譽，智力超群，情感豐富，然而他並不那麼可愛，這是多麼令人遺憾的事啊。現在，她一點兒也不怕他了，而是為他感到惋惜。與此同時，她又忍不住認為，他這人還有點兒荒唐可笑。他對她用情至深，最終把自己弄得脆弱不堪。凱蒂甚至覺得，她可以利用他的這份感情，來引誘他寬恕自己。這個想法時刻縈繞在她的心頭。瓦爾特寬恕別人後，心靈就能安頓下來。唯有這樣，才能彌補她對他所造成的傷害。只可惜，他一點兒幽默感也沒有。她能想像，未來某一天，他們倆回憶各自如何折磨對方時，能夠一起開懷大笑。

她感到睏了，於是便提着油燈走進臥室，脱去衣服，躺到床上，不一會兒就睡着了。

62

她被一陣咚咚咚的敲門聲吵醒了。起初，她還沒有完全從夢中醒來，不敢相信那聲音是真的。但是敲門聲一直沒停，她才意識到聲音是從院門傳來的。院子裏漆黑一片。她拿出手錶，借着表上的夜光看了看，時間是凌晨兩點半。肯定是瓦爾特回來了——他回來得真是太晚了——這個時候，他沒法喊醒僕人。敲門聲還在響着，越來越大，在寂靜的深夜，這聲音聽上去令人心驚肉跳。敲門聲終於停了，她聽到有人拉開了沉重的門閂。瓦爾特從來都沒這麼晚回來過，可憐的人啊，他一定累壞了！她真希望他能理智一些，直接上床休息，別再像往日那樣，又一頭鑽進實驗室了。

凱蒂聽見好幾個人在說話，接着，這些人進了院子。她感到奇怪的是，以前瓦爾特回來晚了，為了避免打擾她，盡可能躡手躡腳，不弄出一點兒響動。有兩三個人快速登上木質樓梯，走進了隔壁的屋間。凱蒂被嚇了一跳，她在心底裏一直害怕當地人製造的排外暴亂。不會出甚麼事了吧？她的心跳開始加速，但她還沒有把事情弄清楚，就有人穿過走廊，敲起了臥室的門。

「費恩太太。」

她聽出來了，是維丁頓的聲音。

「嗯，甚麼事啊？」

「你能馬上起床嗎?我有重要的事跟你說。」

她從床上爬起來，穿上一件晨衣。她打開門鎖，拉開了門。她打量着維丁頓，只見他下身穿着一條中式褲子，上身披着一件絲綢外套。僕人站在他的身後，手裏提着一盞馬燈。僕人後面還有三個身穿卡其布軍裝的中國士兵。看見維丁頓臉上驚慌失措的神色，凱蒂着實嚇了一跳。維丁頓的頭髮蓬亂不堪，彷彿剛從床上爬起來似的。

「出甚麼事了?」她屏住呼吸問道。

「你一定要保持鎮靜。現在一刻也不要耽擱，趕緊穿好衣服，馬上跟我走。」

「到底出甚麼事了?是不是城裏出亂子了?」

看到那幾個士兵，她馬上明白過來。一定是城裏發生了騷亂，這些士兵是來保護她的。

「你丈夫病了，我們想讓你馬上去看看。」

「瓦爾特病了?」她大叫道。

「你不要緊張，我也不知道是怎麼回事。虞上校派這位長官來通知我，讓我馬上帶你去官衙一趟。」

凱蒂盯着維丁頓發楞，心裏陡然感到一股冷意襲來，片刻後才轉過身去。

「我兩分鐘就好。」

「我也是剛剛被叫起來的，」維丁頓回應道，「是在夢中被叫醒的，我只披了件外套，隨便穿了一雙鞋就趕來了。」

凱蒂沒聽清他在說甚麼。她借着點點的星光，隨手抓了幾件衣服，匆匆忙忙穿上。她的手指忽然變得笨拙起來，費了老半天也扣不上扣子。她拿起一條晚間常用的粵式披肩，圍在肩膀上。

「我還沒有戴帽子，那就不用戴了吧？」

「不用戴。」

僕人提着馬燈，走在前面引路。他們幾個人匆匆下了台階，走出了大門。

「當心別摔倒了，」維丁頓提醒道，「你還是挽住我的胳膊吧。」

幾個士兵緊緊地跟在他們身後。

「虞上校派來了轎子，他們在河對岸等着我們。」

他們步履匆匆，下了山。凱蒂的嘴唇瑟瑟發抖，想問話，卻開不了口，她害怕聽到那個可怕的答案。他們很快來到岸邊，一條小船停在那兒，船頭亮着一線微弱的燈光。

「他是不是得了霍亂？」她還是忍不住問道。

「恐怕是的。」

她失聲叫了起來，突然止住了腳步。

「我想，我們還是抓緊趕路吧！」

維丁頓伸手扶她上了小船。河面不寬，河水幾乎凝滯不動。他們幾個人站在船頭，一個身背孩子的女人在用力搖槳，小船緩慢地向對岸駛去。

「他是今天下午犯病的，」維丁頓說道，「不對，應該是昨天下午。」

「為甚麼不派人來叫我呢？」

他們倆小聲嘀咕着，其實聲音大了也沒有關係。黑暗中，凱蒂能感到維丁頓十分焦躁不安。

「盧上校本想通知你，但瓦爾特不讓。盧上校一直在他身旁陪着。」

「雖說如此，他也應該派人來叫我。太不近人情了！」

「你丈夫知道，你從未見過霍亂病人。那個樣子很嚇人，很恐怖，他可不想讓你看到。」

「但他畢竟是我的丈夫啊。」她哽咽着説道，維丁頓沒有答話。

「為甚麼現在又派人叫我去呢？」

維丁頓伸手挽住了她的胳膊。

「親愛的，你一定要挺住，一定要做最壞的打算。」

她心中一陣悲痛，失聲大哭。她發現那三個中國士兵正看着她，便稍稍側過身子。這一瞬間，她瞥見了他們帶着驚恐的白色眼神。

「他快要死了嗎？」

「我只知道這位長官帶來的口信，是虞上校派他過來找我的。根據我的判斷，他的病情可能很嚴重吧。」

「難道一點希望都沒有了嗎？」

「非常抱歉，如果我們不快點趕到那兒，恐怕都見不到他最後一面了。」

她渾身顫抖着，眼淚順着臉頰撲簌簌地流了下來。

「我就説嘛，他工作勞累過度，身體沒有抵抗力了。」

她十分生氣地把胳膊從他的手中掙開。維丁頓竟然還能用低沉、痛苦的聲音説話，她心中惱怒。

他們抵達河對岸，兩名中國苦力站在岸邊，攙扶她下了船。轎子備好了，她坐上去，維丁頓又安慰她說：

「你要盡力保持鎮靜，千萬要克制。」

「讓轎夫們走快點。」

「都吩咐過了，他們會以最快速度趕路的。」

那位報信的長官已坐上轎子，從凱蒂的轎子旁經過時，對幾個轎夫大聲吆喝了幾句。轎夫們乾淨利落地起轎，把轎杠穩穩地壓在肩膀上，隨後步履矯健地出發了，維丁頓的轎子緊緊地跟在後面。他們在山路上一路小跑，每頂轎子前，都有人打着燈籠領路。他們路過哨卡時，只見守衛高舉着火把等候着。那位長官朝守衛大喝了一聲，守衛打開一扇門讓他們通過。這時，守衛高聲叫嚷着甚麼，轎夫們大聲呼應着。在這個死寂的夜晚，他們用陌生的語言發出來的吼叫聲神秘難懂，令人膽戰心驚。他們踩着巷子裏又濕又滑的鵝卵石路面一路疾行。那位長官的轎夫們不小心踉蹌了一下，凱蒂聽見他發出憤怒的斥責，轎夫們大聲辯解着。隨後，前面的轎子又繼續向前，穿行在蜿蜒曲折的街道上。夜半時分，整個城市寂靜無聲，宛如一座死城。他們急匆匆走過一條狹窄的小巷，轉過一道彎，隨後又小跑着爬過一段台階。

轎夫們大步流星，快速前行，無人説話，一個個累得氣喘吁吁。有一個轎夫滿頭大汗，汗水不斷流進眼裏。他掏出一塊破舊的手帕，一邊走着，一邊擦汗。他們左拐右轉，彷彿在一個迷宮裏急速地繞來繞去。在商店百葉窗的陰影下，有時會躺着一個人影，你無法斷定的是，這個熟睡的人是否會在清晨醒來，或是永遠都沉睡不起。狹窄的街道上空蕩蕩的，悄無聲息，甚是瘆人。冷不丁，傳來一陣狗的狂吠聲，神情緊張的凱蒂被嚇得心驚肉跳。她不知道他們要去哪兒，路似乎永遠沒有盡頭。他們就不能再快點嗎？再快點！再快點！時間不斷在流逝。刻不容緩啊，否則就太晚了。

63

他們沿着一段長長的、光禿禿的院牆走了一陣子，突然來到兩側設有崗亭的大門前。轎夫們將轎子輕輕放下來，維丁頓趕緊跑過來，凱蒂已邁步下了轎子。那位長官用力敲着門，大喊了幾聲，一道側門打開後，他們走了進去。這是一座四四方方的大宅院，牆根處和屋檐下，一群士兵裹着毯子，緊貼着牆根，蜷縮成一團。他們停下腳步，那位長官和一個像在站崗的衛兵説了幾句，然後轉過頭來，對維丁頓説着甚麼。

「他還活着，」維丁頓低聲説道，「腳下當心。」

那幾個提燈籠的人仍然走在前面，他們跟在後面。他們穿過那座大院，上了一大截台階，進了另一道大門，來到另一個大院子。這座院子的一側有一個長長的廂房，裏面有燈，燈光從窗戶紙上透出來，映襯出窗格上雕琢精美的圖案來。提燈籠的人帶着他們穿過這座院子，朝這個廂房走去。那位長官敲了敲門，門立刻被打開了。他朝凱蒂看了一眼，然後退到一邊。

「你進去吧。」維丁頓説。

這座廂房又矮又長，屋子裏點着幾盞冒煙的油燈，光線晦暗不明，氣氛陰森不祥，三四個勤務兵四下裏站着。正對着大門的牆根，有一張小床，床上躺着一個人，他的身上蓋着被子，一名軍官紋絲不動地立在床頭。

凱蒂急匆匆走了過去，趴到小床邊。瓦爾特躺在那兒，緊閉着雙眼，昏暗的燈光下，他的臉色猶如死人般蒼白。他全身毫無動靜，模樣嚇人。

「瓦爾特！瓦爾特！」她急切地叫道，聲音低沉，充滿驚懼。

瓦爾特的身體微微一動，也許只是影子動了一下。這一次的動靜十分微弱，如同一縷輕風無聲地飄過，你感覺不到它的存在，但頃刻間，平靜的水面泛起了層層漣漪。

「瓦爾特！瓦爾特！跟我說話。」

瓦爾特慢慢睜開眼睛，彷彿費了九牛二虎之力，才抬起那沉重的眼皮。他沒有朝床邊的凱蒂看去，只是盯着幾寸之遙的那面牆壁。他開口說話了，但聲音很小，氣若游絲，臉上隱隱帶着一絲微笑。

「真是糟糕透了。」他說。

凱蒂趕緊屏息靜氣地聽着，可是他再也沒有說話了。他的身體也毫無動靜，只見一雙冰冷的黑色眼睛死盯着那面粉刷一新的白牆（難道他看到甚麼神秘的東西了嗎？）。凱蒂轉身站了起來，神色黯然，對站在床頭的那位軍官說：

「肯定能找到辦法救他，你們可不能光站在那兒袖手旁觀吧？」

她雙手緊緊地握了起來。維丁頓跟站在床頭的軍官說了幾句。

「他們竭盡全力進行了搶救。軍醫一直對他悉心治療，他是你丈夫一手教出來的疫病醫生。你丈夫教給他的所有辦法，他都嘗試過了。」

「就是那位醫生嗎？」「不，他就是虞上校，一直陪護在你丈夫身邊，寸步未離。」

凱蒂心亂如麻，她朝虞上校瞅了一眼。虞上校身材高大，體型粗壯，身穿卡其布軍裝，顯得焦慮不安。他的眼睛在看着瓦爾特，凱蒂發現那雙眼睛裏噙着淚水後，心口不禁一陣絞痛。這個扁鼻黃臉的男人，竟然還有臉傷心落淚？凱蒂不由得火冒三丈。

「就這麼眼睜睜地看着他等死，真是太殘酷了！」

「眼下，他起碼不再痛苦了。」維丁頓說。

她再次趴到丈夫的床邊，那雙瘮人的眼睛依舊呆呆地盯着前方。她不知道他的眼睛是否還看得見，也不知道他的耳朵是否還聽得見。她把嘴唇湊到了他的耳邊。

「瓦爾特，難道我們就沒有辦法可想了嗎？」

她心想，肯定能找到某種續命靈藥，只要及時服下去，就能挽救他那正在可怕地枯萎的生命。這時，她的眼睛能更好地適應室內的昏暗光線。她不無恐懼地發現，瓦爾特的臉頰已深深地凹陷下去，幾乎都認不出來了。真是不可思議，僅僅過了幾個小時，他就面目全非，判若兩人了。或者說，他就已經不像是活人，看上去更像是死人了。

凱蒂覺得他好像有話要說，就把耳朵湊得更近一些。

「用不着驚慌，大風大浪都過去了，我現在好多了。」

凱蒂等了一會兒，但他沒再說話。他悄無聲息地躺着，讓她感到撕心裂肺般的痛苦。他就這麼直挺挺地躺在那兒，也讓她感到恐懼。他似乎擺好了裝殮入棺的姿勢，就等着入土為安了。這時，有一個人——不知道是醫生，還是殮妝師——走了過來，他抬手示意凱蒂讓開。他趴到這個垂死病人的床邊，用一塊骯髒的破布抹濕他的嘴唇。凱蒂站直了身體，用絕望的目光朝維丁頓看去。

「難道就毫無希望了嗎？」她低聲問道。

他搖了搖頭。

「他還能支撐多長時間？」

「不好說，也許一個小時。」

凱蒂朝空蕩蕩的屋子裏掃視了一遍，目光落在虎背熊腰的虞上校身上。

「能讓我和他單獨待一會兒嗎？」她說，「只要一分鐘。」

「當然可以，如果你願意。」

維丁頓走到虞上校身旁，跟他說了起來，虞上校輕輕鞠了一躬，隨後低聲發出指令。

「我們在門外的台階上等你，」大家往外走的時候，維丁頓對她說，「有事你就叫我們。」

凱蒂對所發生的事感到難以置信。她精神恍惚，意識混亂不清，猶如一劑麻醉藥迅速流遍全身。她知道瓦爾特馬上就要死了，但她心存一個念頭：消除那些荼毒他靈魂的積怨，讓他平靜安詳地離開人世。值此彌留之際，倘若他能對她釋然無怨，就會心安意適，瞑目而逝了。這當口，凱蒂念茲在茲的不是她自己，而是瓦爾特。

「瓦爾特，我懇求你原諒我。」她趴在他的身旁說道。由於擔心他的身體不堪承重，她小心翼翼，沒有去碰他。「我背叛過你，我要向你賠罪道歉。我對此痛心不已，追悔莫及。」

他甚麼也沒說，好像根本沒有聽見似的，她只好又重複剛才的道歉。她有一種奇怪的感覺，他的靈魂猶如一隻振翅拍打的飛蛾，一雙翅膀因負載仇恨而變得沉重不堪。

「親愛的。」

一片陰影掠過他那蒼白而凹陷的臉頰。他的臉看上去絲毫未動，但卻產生了令人恐懼的痙攣效果。她以前從來都沒有用「親愛的」一詞來叫過他。也許，他的行將死滅的大腦中閃過一個混亂不清、困惑不解的念頭：這個詞語只是她用來稱呼小狗小貓、襁褓中的嬰兒、摩托車的慣用語罷了。這時，令人揪心的事情發生了，她看見兩滴眼淚從他乾癟的臉頰上緩慢流了下來。她攥緊了雙拳，使盡渾身力氣，控制着自己的情緒。

「啊，親愛的，我的寶貝，如果你愛過我——我知道你愛過我，而我卻十分可恨——那麼，我請求你寬恕我。我想悔過自新，痛改前非，可是卻沒有機會了。希望你大發慈悲，我請求你寬恕我。」

她止住話頭，屏聲靜氣地看着瓦爾特，情深意濃地等待他的回應。她看見他想説話，她的心怦然一跳。如果他能在彌留之際，消除內心深處的幽怨，她就能稍稍彌補她對他所造成的傷害。他的嘴唇翕動着，眼睛並沒有看她，仍然空洞洞地看着那面白牆。她朝他俯過身去，想聽清他説甚麼，但他把話説得非常清楚。

「最後死掉的卻是狗。」

她一動不動地僵在那兒，彷彿變成了石頭人。她不明白這話是甚麼意思，一雙驚恐而茫然的眼睛注視着他。他的話沒有意義，譫妄之言而已。她剛才所説的一番話，瓦爾特一個字也沒聽懂。

他紋絲不動地躺在那兒，卻仍然彌留人間，這簡直不可思議。她目不轉睛地看着他，他的雙眼還沒有閉上。她不知道他的呼吸是否已經停止，心頭寒意頓生。

「瓦爾特！」她低聲呼喚着，「瓦爾特！」

突然，她起身站了起來，一陣恐懼瞬間襲遍全身。她轉過身，朝門口跑去。

「你們趕快過來，他似乎不行了……」

大家都進了屋。那位中國醫生來到床前，手裏拿着一個手電筒。他打開手電筒，檢查了瓦爾特的眼睛，隨後又把手電筒關上。他用中文説着甚麼，維丁頓用雙手摟住了凱蒂的肩膀。

「恐怕他已經走了。」

凱蒂深深地吐了口氣，兩行眼淚從眼睛裏流了出來。她感到頭昏目眩，但不是悲痛欲絕。那些中國人站在病床的周圍，束手無策，一個個手足無措，不知如何是好。維丁頓默默無言。片刻後，那些中國人竊竊私語起來。

「我還是先送你回家吧，」維丁頓說，「瓦爾特的遺體也會送過去。」

凱蒂用疲倦的雙手捂住額頭。她走到瓦爾特的床前，俯下身子，在他的嘴唇上輕輕地吻了吻。這時她已不再哭泣了。

「很抱歉，給你們帶來這麼多的麻煩。」

凱蒂離開時，軍官們向她敬禮，凱蒂神色嚴峻地鞠躬回應。他們穿過院子，各自上了轎子。她看見維丁頓點了一支煙，一縷煙霧在空中飄逝。人的生命猶如煙霧！

64

這時，天色已經破曉。街道上，一個中國人正在卸下店舖門板。昏暗不明的室內，一位婦女就着蠟燭的微弱光亮正在洗臉、洗手。街角的一家茶館裏，幾個中國人正在吃着早點。黎明時分，黯淡而陰冷的光線猶如小偷一般，溜進了狹窄的街巷。河面上白霧迷濛，無數帆船的桅杆若隱若現，猶如一支幽靈部隊的長矛。他們在過河時，脊背上一陣寒意襲來。凱蒂裹在色彩艷麗的披肩中，蜷縮成一團。他們來到山坡上，俯瞰着迷霧籠罩的河面。耀眼的太陽已經升起，天空晴朗無雲。太陽明亮晃眼，一如往日，彷彿甚麼都沒有發生過。

「你要不要去睡一會兒？」他們走進平房時，維丁頓問。

「不用，我在窗戶邊坐一坐。」

過去幾個星期，她常常坐在窗戶前眺望，一坐就是很久。她早已對那座宏偉壯觀、美麗神秘的廟宇諳熟於心，一眼望去，便頓感心靜神定。在正午陽光的照耀下，那座廟宇看上去是那麼虛幻而不真實，也把她從現實世界帶入到虛無縹緲中。

「我讓僕人給你倒點茶。我想，今天上午，他就必須下葬了，我會把一切安排好。」

「謝謝你。」

65

三個小時後，瓦爾特的葬禮開始了。他被裝殮在一口中式棺木中，不得不躺在一張怪異的床上，得不到應有的安息，可凱蒂感到無能為力，心中驚懼不安。修女們很快獲悉瓦爾特的死訊（她們對城裏發生的事無所不知），派人送來一個大麗菊紮成的十字花籃。這個花籃顯得莊重而正式，似乎出自花店裏嫻熟技工之手。在中國棺材旁擺放十字花籃，看上去很是怪誕，顯得格格不入。一切準備就緒後，大家等待虞上校的到來。此前，他給維丁頓帶了口信，要親自參加瓦爾特的葬禮。他到達現場時，身邊只帶着一位副官。送葬的人們朝山坡上的墓園走去，六個苦力抬着棺材。他們來到一小塊墓塚旁，那裏安葬着已故的那位傳教士，也就是瓦爾特的前任。維丁頓在傳教士的遺物中找到一本英文祈禱書，低聲朗讀着追悼亡靈的禱文，神情一反常態，臉色十分尷尬。也許，朗讀這些莊嚴而令人生畏的悼文時，他的腦海中閃過一個念頭：要是他也染上瘟疫，追他而逝，那麼在他的葬禮上，就沒有後繼者唸誦悼文了。棺材被放入墓穴中，掘墓人開始揮鍬填土。

這時，光着腦袋站在墓穴旁的虞上校戴上帽子，朝凱蒂莊重地敬了一個軍禮。他對維丁頓簡短地說着甚麼，隨後帶上他的副官走了。苦力們對基督教式的葬禮甚是好奇，一直逗留在那兒觀看。後來他們手提抬杠，三三兩兩，也慢慢地離開了。凱蒂和維丁頓等在那兒，直到墓坑被土填滿，並堆起了墓丘。他們將修女們送來的十字花籃擺放在新起的墳堆上。凱蒂沒有哭泣。當第一鍬土嗖的一聲砸在棺木上時，凱蒂曾感到一陣揪心的劇痛。

凱蒂發現維丁頓正等她一同離去。

「你急着要走嗎？」她不無惱怒地說道，「我現在還不想回家。」

「我沒甚麼急事，隨時聽候你的吩咐。」

66

他們沿着田埂小道緩步而行，最後來到小山上。山頂矗立着那座貞潔寡婦的牌坊。這座牌坊給凱蒂留下了極為深刻的印象。它是一個象徵，但象徵着甚麼，她心裏並不清楚。在她看來，這座牌坊頗具諷刺意味，她也不清楚為甚麼。

「我們坐一會兒吧？我們許久沒在這兒坐過了。」廣袤的平原在她眼前伸展開去，在晨光的映照下，顯得靜謐而安寧。

她說：「我在這兒只待了幾個星期，卻感覺像是過了一輩子。」

他沒有回應。有一會兒，她讓自己的思緒飄散開去，隨後發出一聲嘆息。

「你認為靈魂不朽嗎？」她問。

他似乎對這個問題並不感到驚訝。

「我怎麼會知道呢？」

「剛才，他們在裝殮前，給瓦爾特洗身，我就看着他。他還非常年輕，這麼年輕，不應該死。你還記得你第一次帶我散步時，我們看見的那個乞丐嗎？當時我感到非常恐懼，倒不是因為他已經死了，而是因為他看上去早就不成人樣了，很像是一頭死去的動物。眼下瓦爾特死了，他的樣子更像是一台廢棄停轉的機器。正因為如此，所以才讓人感到害怕。如果僅僅是一台機器，那麼所有這些苦難、傷痛、悲傷，都變得毫無意義了。」

他沒有答話，但是他的雙眼在下方那片風景如畫的田野上逡巡。在這個艷陽高照的早晨，極目遠眺，令人心曠神怡。那一塊塊整齊劃一的水稻田，一眼望不到盡頭。在很多稻田中，身穿藍布衣衫的農民正趕着水牛辛勤耕作。此情此景何等祥和宜人啊！凱蒂率先打破了沉默。

「我真不知道該怎麼跟你說，我在修道院裏的所見所聞，讓我深受觸動。這些修女們真是太偉大了。與她們相比，我覺得自己一無是處，活得毫無價值。她們捨棄一切，捨棄了她們的家庭，她們的祖國，她們的愛情，她們的孩子，她們的自由。我總覺得，最難捨棄的就是那些微不足道的東西，她們捨棄了鮮花與原野，捨棄了秋日漫步，捨棄了讀書與音樂，捨棄了舒適與安逸，她們捨棄了一切，所有的一切。她們之所以如此，是因為她們把生命中的一切都奉獻了出來。她們犧牲自我，甘於清貧，逆來順受，終日勞碌，並在祈禱中度過一生。對她們來說，這個世界就是一個地地道道的流放地。她們心甘情願地背負着生活的十字架，但是在她們內心深處，一直存在着某種期待——是的，比期待還要更加強烈。那就是一種渴望，對死亡急不可待、充滿激情的渴望，渴望死亡能把她們帶向那生命永恆的境界。」

凱蒂雙手扣在了一起，用極度痛苦的目光朝他看去。

「你怎麼看？」她問。

「假如沒有甚麼生命永恆呢？想一想看，要是死亡意味着一切事物都走向終結呢？她們捨棄了一切，可甚麼都沒有得到。她們受到了蒙蔽，都是被愚弄的傻瓜。」

維丁頓沉思片刻後，繼續説道：

「我不知道，不知道萬一她們孜孜以求的只是一個虛幻的目標，是否真有甚麼關係？不過，她們活得很美。我由此想到，我們之所以珍視現世生活，毫不厭倦地活着，恰恰是因為美，是人類不時從混亂中創造出來的美，還有人類的繪畫、音樂、書籍，以及五彩斑斕的生活。所有這些事物當中，最豐富多彩的美就是生活之美，生活是一件完美的藝術傑作！」

凱蒂發出一聲嘆息。他所說的話似乎艱澀難懂，她想聽到更多的解釋。

「你去過交響音樂會嗎？」他問。

「去過，」她微笑道，「我對音樂一無所知，但我十分喜歡音樂。」

「樂隊的每一位樂手都在演奏他自己的樂器。當錯綜複雜的和諧樂曲不斷流出，向空中傳播時，你認為這些樂手們都能瞭如指掌嗎？其實，每位樂手都只關心他們各自演奏的部份，但他們都知道，整首交響樂是優美動人的。儘管沒人能完整地聽到演奏，但交響樂本身是優美動人的，每位樂手都對自己的角色感到心滿意足。」

「那天你提到了『道』，」凱蒂在他停頓片刻後說，「跟我講講甚麼是『道』。」

維丁頓朝她稍稍看了一眼，猶豫片刻。隨後，一絲微笑浮現在他那張滑稽可笑的臉上。他回答說：

「道即是路，即是走路的人。這是一條永恆之道，所有的生命都是行道者，但是道不是創造出來的，因為道本身即是生命。道無處不在，道虛無飄渺；道生萬物，道法自然，萬物歸道；大道無形，大道無聲，大道無象。道是一張恢恢巨網，網眼之大猶如海洋，但是卻疏而不漏；道是一座神殿，能夠庇護天下萬物。大道無跡可尋，無需憑窗苦尋，便可映入眼簾。道家云，摒棄妄念，清心寡欲，順應自然，清靜無為。委屈可以求全，易彎才能求直；災禍中隱含着福祉，福祉中潛藏着災禍，誰能說清它們轉化的極點呢？追求身體柔順者，能如初生嬰兒；弱小戰勝強大，柔和戰勝剛烈；戰勝自我者堅強無比。」[1]

「『道』真的很有意義嗎？」

「有時候有。每當我喝完半打威士忌，再仰望天空的時候，『道』就有意義了。」

兩人沉吟不語，後來又是凱蒂打破沉默。

「跟我說說，『最後死掉的卻是狗』，是從誰哪兒引來的？」

維丁頓的嘴唇露出了笑意，他對這個問題已有答案。不過，此時此刻，他卻一反常態地變得機敏起來。凱蒂沒有看他，但維丁頓瞥見她臉上的表情後，靈機一動，並未立即作答。

「如果是引文的話，我也不知道，」他機警地答道，「為甚麼問起這個來？」

「沒甚麼，我突然想到了這句話，聽起來比較耳熟。」

兩人又沉吟不語。

「你和你丈夫單獨相處時，」維丁頓過了片刻後說道，「我在同那位軍醫說話，我想了解你丈夫染病的具體細節。」

「是嗎？」

「他當時情緒異常激動，我也鬧不明白，他說這話是甚麼意思。我能弄清楚的是，你丈夫是在做實驗時染上瘟疫的。」

「他總是躲進實驗室做實驗。其實，他並不是醫生，只是一位細菌學家，這也是他渴望到這兒來的原因。」

「軍醫講了很多情況，但我還是沒搞清楚，他究竟是意外地染上瘟疫，還是在自己身上做實驗造成的。」

凱蒂的臉色刷的一下全白了，這番話讓她渾身戰慄不止。維丁頓握住她的手。

「很抱歉，我又說起這事兒了，」他輕聲說道，「我本想安慰你一下——我知道，在這個時候，說任何安慰的話都沒有意義。瓦爾特恪盡職守，為了科學研究，獻出了生命，我本以為你會感到自豪的。」

凱蒂有點不耐煩地聳了聳肩。

「瓦爾特是因為傷心而死的。」她說。

維丁頓沒有回應。她慢慢轉過身，朝他看去，臉色一片煞白。

「他臨終前說『最後死掉的卻是狗』，那是甚麼意思？是從哪兒引來的？」

「這是哥爾斯密[2]《輓歌》[3]中的最後一行。」

註釋：

[1] 毛姆原作的最後幾句出自小翟里斯（Lionel Giles）的英譯本《老子語錄》（*The Saying of Lao Tzu, 1905*）。查核《道德經》原文，可大致對應如下：「曲則全，枉則直。禍兮福所倚，福兮禍所伏，孰知其極，其無正也？專氣致柔，能如嬰兒。弱之勝強，柔之勝剛。勝人者有力，自勝者自強。」此處並未採用回譯法。

[2] 哥爾斯密（一七三〇至一七七四），十八世紀英國詩人、小說家、劇作家。

[3] 詩歌全名是《瘋狗輓歌》（*An Elegy on the Death of a Mad Dog*）。

67

第二天早上，凱蒂來到修道院。開門的女孩見到她，似乎很驚訝。凱蒂工作幾分鐘後，院長走了進來。她來到凱蒂身旁，握住她的手説：「很高興見到你，親愛的孩子。你能強忍巨大悲傷，一轉眼又回到這兒工作，顯示出了無與倫比的勇氣，還有睿智。可以肯定，你到這兒做一點事情，就不會感到鬱鬱寡歡了。」

凱蒂垂頭朝地面看去，臉微微地紅了。她不想讓院長看穿她的心思。

「不用説你也知道，我們都對你的遭遇深表同情。」

「謝謝你們。」凱蒂低聲説道。

「我們會永遠為你祈禱，永遠為你丈夫的亡靈祈禱。」

凱蒂沒有吱聲。院長鬆開她的手，然後用冷靜而威嚴的口氣給她安排了更多工作。她拍了拍兩三個孩子的腦袋，朝她們露出超然但很動人的微笑，隨後離開，去處理更加要緊的事情。

68

一個星期過去了。凱蒂正在做着針線活，院長走進屋子，在她身旁坐下。她朝凱蒂機敏地瞥了一眼。

「你的針線活做得很好，親愛的。現在的年輕女孩子當中，手藝如此嫻熟之人真是難得一見啊。」

「這都是我媽媽教給我的。」

「我相信，你媽媽見到你，一定很高興。」

凱蒂抬頭看着她。從院長的處事風格來看，她剛才所說的話，是不能當成隨口而說的客套話的。她繼續說道：

「你可敬的丈夫去世後，我還允許你到這兒來，是因為我覺得，工作能讓你散心解悶。在當時那種情況下，我覺得讓你長途跋涉，一個人回到香港，是很不合適的。讓你獨自一人枯坐在家，無所事事，終日憂戚悲傷，那也很不合適。不過，事到如今，已經過去八天了，你應該離開這兒。」

「我不想走，院長，我還想待在這兒。」

「你沒有理由再待在這兒了。你來這兒是陪你丈夫的，可他已經去世了。你現在有孕在身，過不了多久，就應該由別人來照料，可是在這兒，卻很難做到。親愛的孩子，上帝將這個生命托付給你，你就應該竭盡全力保護好，這可是你的職責所在啊。」

凱蒂沉默片刻後，垂下了目光。

「在這兒工作，我覺得自己是個有用的人。一想到自己是個有用的人，我心裏就非常開心。我很希望您能讓我繼續在這兒工作，直到這場瘟疫結束為止。」

「你為我們所做的一切，我們都深表感謝，」院長說着，臉上露出一絲微笑，「可是現在，疫情開始好轉了，到這兒來的風險已經不大，有兩位姐妹正從廣東趕來，她們很快就要到了。只要她們一來，我們就不想麻煩你了。」

凱蒂的心猛地一沉，院長說話帶着不由分說的威嚴口氣。她對院長的性格十分了解，若是再三向她懇求，那也無濟於事。院長覺得有必要對凱蒂曉之以理，說話時雖然沒有慷慨激昂，但卻帶着不容置辯的口吻。

「維丁頓先生心地非常善良，是他向我提出來的。」

「我倒希望他不要多管閒事呢。」凱蒂插話說道。

「如果不是他提出來，我也有義務把這事提出來。」院長輕聲說道，「眼下這種情況，你不應該留在這兒，而應該和你媽媽在一起。維丁頓先生已經和虞上校安排好，派得力人員護送你離開，並保證整個旅途的絕對安全。維丁頓先生找好了轎夫和苦力，你的女傭會陪着你，你們經過的城鎮都已安排妥當。其實，為了讓你旅途舒適，大家都已竭盡所能。」

凱蒂抿緊了嘴巴。她心想，這個與她息息相關的事情，至少事先和她商量一下吧。她努力克制內心的情緒，盡量不要說出過激的話來。

「我甚麼時候動身？」

院長依然顯得平靜安詳。

「你回到香港後，立刻啓程回國，越快越好，親愛的孩子。我們希望，後天一早你就動身。」

「這麼快？」

凱蒂差一點兒就要哭了。可事實是明擺着的，修道院雖好，終非久留之地。

「你們大家急着趕着，都想把我打發走。」她傷心地說道。

凱蒂察覺到院長神態放鬆，認為她已接受了回國的安排。她在不知不覺中，說話的語氣更加輕柔溫和。凱蒂具有敏鋭的幽默感，她心裏想着，即便是天主聖徒，也有自行其是的時候，於是眼睛裏不無狡黠地眨了眨。

「親愛的孩子，你有一顆善良的心，説起來我們都非常讚賞。你還有值得欽佩的慈悲胸懷。正因為如此，你才不願放棄你的志願者職責。」

凱蒂直勾勾地看着前方，微微聳了聳肩。她心裏清楚，自己身上哪有這些高尚的品格啊。她很想留在這兒，那是因為她無處可去。她的內心升起一種莫名的惆悵，在這個世界上，幾乎無人在乎她的死活。

「我鬧不明白，你為甚麼不願回國？」院長和藹可親地説道，「在這個國家，很多外國人會不惜代價覓此良機呢！」

「但你們不是這樣，對吧，院長？」

「呃，我們的情況不同，親愛的孩子。我們來這兒的時候，就知道要與故鄉生離死別了。」

凱蒂覺得自尊受到了傷害，於是便產生了某種不良的衝動，想要在修女們嚴密堅實的信仰支柱上找到縫隙。這些篤信天主的修女們，如此超然恬淡，竟能抵禦人類一切俗世情感的侵襲。凱蒂倒想看一看，院長身上是否還存在人性的弱點。

「我總在想，要是永遠都看不到自己的親人，看不到生你養你的故鄉，有時候是很不好受的。」

院長猶豫了片刻，凱蒂一直注視着她，但是從她安詳、美麗、嚴厲的臉上看不到任何變化。

「我的母親年紀大了，對她來說，確實難以承受，因為我是她唯一的女兒。她在去世前，當然很想再見到我一面。我希望我能滿足她的心願，可是這已經不可能了。我們只能期待着將來在天堂裏相見了。」

「儘管如此，但一個人在想到父母雙親時，難免會捫心自問，如此這般背井離鄉，音信全無，究竟是不是正確的選擇呢？」

「你是在問我，我對自己所做的選擇是否後悔過？」院長突然滿臉紅光起來，「從來都沒有後悔過。從來沒有。我放棄了碌碌無為、平庸瑣碎的生活，選擇了自我犧牲與祈福求安的人生。」

短暫沉默後，院長面露微笑，神態更加輕鬆地說：

「我想託你幫忙帶個小包裹，船到馬賽的時候寄出去。我不想在中國的郵局裏寄。我馬上就拿過來給你。」

「不急，你明天給我也行。」凱蒂説。

「明天你會很忙，沒空再到這兒來了，親愛的。今天晚上，我們就分手道別，對你來説會更方便些。」

院長起身離開房間，寬鬆的修道袍難以遮掩她的優雅與高貴之氣。片刻後，聖約瑟芙修女走了進來，她是來送別的。她祝願凱蒂旅途愉快，一路平安。她説虞上校派出了最得力的護衛。她説姐妹們經常獨自旅行，但從來都沒有受到過傷害。她問凱蒂是否喜歡大海。她説，上帝啊，上次在印度洋遇到暴風雨，她暈船暈得很厲害。她説凱蒂的母親見到女兒後一定很高興。她説凱蒂一定要照顧好自己，因為她身上懷着孩子，眼下也需要她照顧呢。她説大家都會為她祈禱，她本人也會為她、為她可愛的小寶寶以及可憐而勇敢的費恩醫生祈禱。聖約瑟芙修女説了很多，充滿善意，情真意切，可是凱蒂深深地覺得，聖約瑟芙修女所關注的只是靈魂不朽。在她眼裏，自己只是一個沒有血肉之軀的虛空的魂魄。她在心裏產生了強烈的衝動，很想抓住這個胖胖的、善良的修女的肩膀，使勁搖晃，大聲告訴她：「難道你不知道，我只是一個不幸而孤獨的女人嗎？我想要得到安慰、同情與鼓勵。唉，難道你就不能暫時不談你的上帝，對我動一點惻隱之心嗎？暫時不談上帝對人間苦難的大慈大悲，對我動一點凡夫俗子的惻隱之心嗎？」想到這兒後，她不禁微笑起來：聖約瑟芙修女保準會愕然失色！她本來就懷疑英國人個個都是瘋子，如果自己這麼一來，她就更加堅信不疑了！

「幸運的是，我坐船旅行，感覺很好，」凱蒂回應道，「我從來都沒暈過船。」

院長帶着一個乾淨的小包裹回來了。

「這是我親自做的手帕，紀念我母親的命名日，」她說，「她的教名的開頭字母，都是我們的小女孩繡出來的。」

聖約瑟芙修女建議凱蒂看一看那些美麗的刺繡和做工。院長毫不猶豫，面帶微笑打開了包裹。包裹裏的手絹都是用優質細麻布做成，開頭字母用複雜的字體繡成，形成一個拱頂狀的草莓葉王冠。凱蒂對做工嘖嘖稱讚後，院長又將手絹包了起來，隨手把包裹遞給她。聖約瑟芙修女說：「好了，夫人，我得走了。」她彬彬有禮，重複一些客套話後，轉身離去。凱蒂意識到，她與院長告別的時刻已經到了！她對院長的寬厚善良表達了謝意。兩人沿着空蕩蕩的白色走廊並肩離開。

「船到馬賽港的時候，能不能給這個包裹掛號郵寄？」院長說。

「當然可以！」凱蒂說。

她瞥了一眼包裹上的姓名與地址，姓名似乎是名門大姓，但地址卻引起了她的格外注意。

「這地方是個城堡，我以前去過，我和幾位朋友曾在法國開車旅行過。」

「那倒是很有可能的，」院長說，「城堡每週開放兩次，供來客參觀遊覽。」

「要是我生活在如此美麗的城堡，我永遠都不會有勇氣離開的。」

「這座城堡確實是一處名勝古蹟，但它缺少親切感。如果說，要有甚麼遺憾的話，倒不是因為這個城堡，反倒是另外一個小城堡，我在那兒度過了我的童年。它坐落在比利牛斯山中，我是在大海的濤聲中降臨人世的。我不會否認，我多麼還想再次聽到海浪拍打礁石的聲音啊。」

凱蒂意識到，院長揣測出了她的心思，以及自己說話的用意，所以在隱晦地譏笑她。這時，她們倆已經來到修道院那道不起眼的小門。凱蒂沒有想到的是，院長伸出雙手，擁抱了她，在她的臉頰上吻了吻。院長吻了左側，又吻了右側，凱蒂大感意外，內心激動，差點兒就要哭出來。

「再見，親愛的孩子，上帝會保佑你的。」她把凱蒂擁抱了好一會兒，然後說道，「你要記住，做好本職工作是一件十分平常的事情，也是不值得誇耀的，就好比手髒了，就應該去洗手一樣。而熱愛本職工作才是最最重要的。當愛與責任融為一體時，人就會擁有高貴的精神，就會獲得無與倫比的幸福感。」

修道院的門在她身後最後一次關上了。

69

維丁頓和凱蒂徒步登臨小山，繞到瓦爾特的墓地祭拜片刻。他們站在牌坊底下揮手告別。凱蒂最後一次凝望那座牌坊，覺得它看上去頗具反諷意味。與之呼應的是，她本人看上去同樣具有反諷意味。她抬步上了轎子。

旅途漫漫，日復一日。路旁的景色不斷變換，凱蒂的思緒紛繁複雜。就在短短的幾個星期前，她走的是這同一條線路，只不過方向完全相反。在她的眼裏，周圍景色猶如複製一般，又彷彿是從立體鏡中看到的那樣立體豐滿。凱蒂撫今追昔，觸景生情，頓感物是人非。挑着行李的苦力隊伍，稀稀拉拉拖得很長，走在最前面的有兩三個，後面一百碼的地方，只有孤零零一個人，落在後面的又有兩三個。護衛兵們步履緩慢，躑躅而行，每天只走二十五英里的路程。女傭坐着兩人抬的轎子，凱蒂坐着四人抬的轎子，這倒不是因為她的身體更重，而是尊卑有別。他們時不時遇到一小隊苦力，肩挑着重擔，排成一行，蹣跚而行，或時不時看見中國官員坐在轎車中，用充滿好奇的眼睛打量着凱蒂這個白種女人。有時，他們邂逅身穿褪色藍衣、頭戴大草帽的村夫去趕集；有時，他們遇見一位老太或年輕女子，正邁着纏足的小腳，顫巍巍地一路走去。他們這群人翻山越嶺，穿過一片片齊整的稻田，路過竹林掩映的溫馨農舍。他們在破落不堪的村莊與人口稠密的城市穿行，城池大多高牆環繞，如同天主教彌撒書中描寫的那些古城。早秋季節，陽光明媚，天高氣爽。黎明將至，粼粼的微光給平整無垠的田野蒙上一層童話般的迷幻色彩。清晨時分，寒氣襲人，但隨之而來的和煦陽光卻十分宜人。凱蒂被溫暖包圍着，心中感到愜意幸福，美不勝收。

沿途的景物生機盎然，色彩繽紛，變化莫測，帶着異域風情，猶如一幅阿拉斯掛毯。面對這幅掛毯，凱蒂腦海裏浮出各種幻象，如同掛毯上神秘模糊的圖案，頻頻閃現。這些幻象很不真實。湄潭府高牆環繞，雉堞林立，就像是古戲台上的彩色布景，若隱若現。修道院的修女們，維丁頓，還有愛他的那位滿族女子，都是假面舞劇中的奇幻人物。其他人——大街小巷中行色匆匆的路人，那些染病而死的人們，都是些微不足道的無名角色。當然，每一個角色，所有的角色，都有他們存在的意義，但究竟是甚麼意義呢？他們彷彿是在祭祀的儀式上，表演了一場精心製作、古老久遠的舞蹈。你知道那些錯綜複雜的舞步意味深長，對你而言，理解其深意至關重要，但是你卻毫無頭緒，找不到一點兒線索。

凱蒂感到難以置信（一位老太從田埂上走來。她的一身藍衣，在陽光的照射下，如同天青石一般。她的臉上遍佈無數細小的皺紋，就像是舊象牙刻出來的面具。她彎腰駝背，挪動着一雙小腳，拄着一根長長的黑色拐杖）——凱蒂感到難以置信的是，她和瓦爾特都出演了那場奇特虛幻的舞台劇，還扮演了十分重要的角色。她差一點兒就丟了性命，瓦爾特更以客死他鄉而告終，這難道只是一個玩笑嗎？

也許，這僅僅是一場大夢而已。她從夢中突然醒來，感到如釋重負，唏噓不已。此前所發生的一切，恍如隔世，遙不可及。這齣舞台劇十分奇特，場景是陽光明媚的真實生活，而劇中人的面貌卻是那麼模糊不清，那情形與凱蒂正在閱讀的小說何其相似。更讓凱蒂感到吃驚的是，劇中的故事似乎與她渾不相干。她曾對維丁頓的音容笑貌如此熟悉，眼下卻發現他的面部輪廓都難以記清了。

那天晚上，他們將抵達西江岸邊的那座城市，然後搭乘蒸汽輪船。從那兒出發，只要航行一夜，就能到達香港。

70

瓦爾特死後，她並沒有哭過。起初，她頗感慚愧，如此冷漠無情，實在有點兒可怕。唉，那位中國軍官虞上校還眼含淚花呢。丈夫突然離世，她只覺得頭昏目眩，不知所措。她感到難以接受的是，丈夫再也不會走進那座平房了。丈夫早晨起床後在蘇州浴盆裹洗澡的聲音，她再也聽不見了。他曾經活蹦亂跳地活着，如今卻遭遇不幸，撒手人寰。修女們對她基督徒式的泰然自若嘖嘖稱奇，對她忍受喪夫之痛的勇氣欽佩有加。不過，維丁頓這個傢伙甚是精明。他在一番弔唁慰問後，凱蒂總覺得他——應該怎麼說呢？——惺惺作態，言不由衷。瓦爾特之死，確實讓她感到震驚。她不想他死，可是話說回來，她並不愛他，也從未愛過他。悲痛慟哭，自然是合乎情理的得體表現。倘若被別人看透了內心，那真是醜陋得很，可鄙得很。然而，她這一路走來，裝模作樣，不斷地偽裝自己。至少最近幾個星期以來，她已學會了巧言虛飾。如果說，矇騙別人有時是迫不得已的話，那麼矇騙自己總是令人鄙視的。她對瓦爾特的悲慘去世感到難過，但她的難過只是最普通的悲傷而已，就像一位熟人去世了，自己也會感到難過一樣。她承認，瓦爾特有很多值得欽佩的品質，但她一點兒也不喜歡他，瓦爾特總讓她感到乏味。她斷不敢說瓦爾特的死讓她如釋重負，倘若有辦法讓他起死回生，她保準會竭盡全力。可老實說，瓦爾特走了，她反倒覺得有一絲輕鬆自在。他們生活在一起，永遠不會獲得幸福，若想離婚，卻又極其艱難。她對心中的這些想法感到震驚，如果別人知道了這些想法，定會把她看成是無情無義、鐵石心腸的壞女人。還好，沒人知道。她心想，芸芸眾生是不是都有這種羞恥難言的內心隱秘？還得時時提防他人的好奇與窺探？

她對未來一片茫然，心中毫無籌劃盤算。她唯一能確定的，就是在香港作短暫停留。她期望盡早趕到香港，但心中又不無恐懼。在內心深處，她很想坐着她的藤條椅，永遠漫遊在那片笑臉相迎、友好親切的土地上，永遠充當人生萬花筒的中立旁觀者。她願意在不同的屋檐下度過每一個夜晚。可是眼下，她不得不考慮迫在眉睫的事情：到達香港後，她將住進旅館，隨後作出安排，處理好原先的房子，把家具變賣。沒有必要再去找唐森了，他也會顧及臉面，斷不會來找她的。儘管如此，她還是很想見他一次，當面告訴他：他壓根兒就是一個卑鄙小人！

可是，這麼做，又能把查爾斯．唐森怎麼樣呢？

有一個念頭在她的心頭不斷敲打着，彷彿是在一曲複雜而和諧悅耳的交響樂中，一隻豎琴用歡快跳躍的琶音奏出了豐富的旋律。正是這個念頭，賦予那些水網稻田以異域風情之美。正是這個念頭，使她蒼白的嘴唇露出了一絲微笑。她想起一個毛頭小夥坐着馬車，得意洋洋地趕往集鎮，從她身旁一閃而過時，兩眼膽大無禮地瞅了她一眼。她一路上經過無數城鎮，而正是這個念頭，賦予喧囂的生活以無盡的魔力。那座瘟疫之城猶如一處牢籠，但她已經成功逃脱。此前，她從來都不知道，天空原來是如此湛藍！穿行在鄉村小道上，竹林斜影，婀娜多姿，竟會感到如此心曠神怡！重獲自由！正是這個念頭在她的心田高歌。儘管她的前途仍然黯淡不明，但是這個念頭卻光芒四射，如同清晨的陽光，驅散了湄潭府河面的霧靄。重獲自由！她不僅僅是從苦悶的婚姻中獲得自由，不僅僅是從精神壓抑的夫妻關係中獲得自由，也不僅僅是從死亡的威脅中獲得自由，而是從沉淪墮落的婚外戀中獲得自由。這是擺脱一切精神枷鎖後獲得的自由，這是脱離了軀體的靈魂的自由！有了自由，就會勇氣倍增，無所畏懼。今後，無論發生甚麼，她都會毫不在乎！

71

輪船在香港停靠時，凱蒂一直佇立在甲板上，眺望着河面上五彩繽紛、輕快活潑的各色船隻。後來，她走進船艙，發現女傭已整理好行李物品。她朝船艙裏的鏡子照了照。她穿着一件黑色外套——修女們為她染成黑色——但並非為了服喪。她腦子裏突然想到，眼下最要緊的，是要注意衣着。身穿喪服，能有效掩蓋悄然而至的內心情感。這時，有人敲起了艙門，女傭隨手把門打開。

「費恩太太。」

凱蒂轉過身來，看到來客的臉後，一下子沒認出來。隨後，她覺得心臟怦然一跳，滿臉緋紅起來。這個人竟然是多蘿西．唐森！凱蒂從未想過會見到她，頓感手足無措，不知道說甚麼好。唐森太太走進船艙，激動地伸出雙臂，擁抱凱蒂。

「唉，親愛的，親愛的，我為你的不幸感到悲痛。」

凱蒂任由她親吻自己的臉頰。她原本以為，這個女人為人冷漠，不可親近，見她如此熱情洋溢，心中略感驚訝。

「謝謝您的好意。」凱蒂低語道。

「我們到甲板上去，女傭會幫你照看行李的。我們家的男僕都趕過來幫忙。」

她拉住凱蒂的手，凱蒂也任由她領着自己往甲板而去。凱蒂留意到了，她的和藹可親、飽經滄桑的臉上寫滿了關心備至的神情。

「你們這班船提前到了，我差一點兒沒趕上，」唐森太太說，「倘若沒能接到你，我可就無法原諒我自己了。」

「你不會是專程來接我的吧？」凱蒂驚訝地叫道。

「當然是專門來接你的！」

「你怎麼知道我今天到港？」

「維丁頓先生給我發了電報。」

凱蒂轉過身去，感到如鯁在喉。可笑的是，這一出乎意料的小小善意，竟讓她如此感動，可她不想哭泣。她真希望多蘿西．唐森能夠走開，可多蘿西拉住她放下來的手，用力摩挲着。凱蒂感到尷尬的是，這個靦覥的女人竟然如此情真意切。

「我想請你賞我一個薄面，你在香港停留期間，我和查理想邀請你來我們家小住。」

凱蒂用力把手抽了回來。

「非常感謝您的好意，可是我不能去。」

「你一定要來。你孤身一人住在原來的房子裏，肯定不合適，要我說，那也太可怕了。我把家裏都佈置好了。我給你安排獨立的起居室，如果你不願意和我們一起用餐，也可以在房間裏獨自享用。我們倆都希望你能來。」

「我沒打算住到原來的房子裏，我準備在香港賓館短暫落腳，我可不想給你們添麻煩。」

這個邀請既讓凱蒂大感驚訝，又讓她困惑不已，左右為難。如果查理是一個正人君子，就不應該讓老婆來邀請她。她不想對這夫妻二人欠下一筆人情債。

「哎呀，一想到你竟然去住旅館，我真是受不了。這個時候住進香港賓館，你會厭惡不已。賓館裏閒散人多，樂隊還不停地演奏爵士樂。就請你答應下來，住到我們家吧。我向你保證，我和查理絕不打擾你。」

「我不知道你們幹嗎對我這麼好。」凱蒂找不到推辭的理由，很難直接而明確地說出「不」字來。「目前情況下，與陌生人同住，我恐怕不是個很好相處的房客。」

「我們可不是陌生人吧？嗨，我們早就認識了嘛，我很想和你成為好朋友呢。」多蘿西雙手扣在一起，眼睛濕潤，聲音顫抖起來，失卻了冷靜、從容與優雅。「我真希望你能夠答應，不瞞你說，我很想對你進行補償。」

凱蒂鬧不明白她的意思，不知道查理的老婆要對自己補償甚麼。

「想當初，我不太喜歡你，我覺得你太前衛了。說實話，我是個老派人。當時，我太褊狹了。」

凱蒂迅速瞥了她一眼，她的意思是說她當初覺得凱蒂太粗鄙。凱蒂心裏想着這些，並沒有在臉上露出一絲一毫來，反倒哈哈一笑。現在別人怎麼看她，她一點兒也不在乎了！

「你和你丈夫冒險闖入死亡之地，沒有片刻的猶豫，真讓我感到自慚形穢，羞愧不已。你們如此出眾，如此勇敢，讓我們所有的人都顯得那麼廉價，那麼平庸。」這時，眼淚順着她的和善、樸素的臉上汩汩地流了下來。「我很難用語言描述我對你的欽佩，對你的敬重。我知道，無論做甚麼，都難以彌補你所遭受的損失，但我希望你明白，我對你充滿深深的、真摯的同情。如果你能允許我為你做點微不足道的事情，我將感到十分榮幸。我對你有過誤判，請你不要耿耿於懷。你是英雄，我只是一個愚鈍無知的女人罷了。」

凱蒂低頭看着甲板，臉色十分蒼白。她真希望多蘿西不要這樣毫無克制地流露情感。說實話，她倒確實被她的一番話給打動了，但是卻情不自禁地生出一絲煩躁感。這個女人頭腦簡單，竟然相信此類虛假的謊言！

「你們如此盛情，如此真誠，那我就冒昧去貴府小住吧。」她感嘆道。

72

唐森夫婦住在太平山上的一幢宅邸中，那兒視野開闊，可以俯瞰大海的景色。平時，查理都不回家吃午飯。凱蒂剛到香港那天，多蘿西（凱蒂與多蘿西已不再客套，各自直呼對方的名字）告訴她，如果她很想見到查理的話，他準會趕回家表示歡迎。凱蒂心想，既然不可避免地要見到他，那還不如馬上與他見面。有此要求，一定讓他尷尬不已，她正翹首以待，想冷冷地看看他的窘態。她看得非常清楚，邀請她入住府邸，只是他妻子的突發奇想，儘管他本人並不心甘情願，但他還是毫不遲疑地同意了。凱蒂知道，查理在待人接物時，總是渴望做到恰到其分，熱情洋溢地歡迎她的到來，顯然是最恰如其分之舉了。可是，他們最後一次不歡而散的見面情景，他不會恬不知恥地忘了吧。對這個虛榮心極強的人來說，這件事如同一個永不癒合的膿瘡，定會讓他煩惱不止，滋生怨恨。一想到自己對他只有鄙視，沒有怨恨，她心情大好。無論他對自己感覺如何，他都不得不熱情待客。預想到這樣的情景後，她感到心滿意足，又覺得有點兒好笑。那天下午，她從他的辦公室離開後，他必定以為，這輩子再也不會見到她了。

此時此刻，凱蒂正與多蘿西坐在一起，等着查理回家。她覺得這間起居室華而不奢，心中甚是喜歡。她坐在一把安樂椅上，客廳好幾處擺放着可愛的鮮花，牆壁上張貼着暖人的繪畫。房間裏色調黯淡，感覺涼爽，顯得友好親切，舒心宜人。她突然想起傳教士家裏那空蕩蕩的會客廳，身子不禁微微一顫。那座平房裏，只有一張鋪着桌布的餐桌，還有幾把椅子，又髒又舊的書架上放着一些廉價小說，短小的紅色窗簾積滿了灰塵。哎，那個地方真是難言舒適啊！她想，會客廳裏的那幅光景，怕是遠遠超出了多蘿西的想像！

她們聽到汽車發動機的聲音。片刻後，查理大步流星地走了進來。

「我沒有遲到吧？希望沒讓你們久等。我剛才與總督在一起，實在抽不開身。」

他走到凱蒂身前，握住了她的雙手。

「你能來這兒，我非常非常高興。我想，多蘿西都跟你說了，我們真心希望你能把這兒當作自己的家。不過，我還要親口對你再說一遍。如果你需要幫忙的話，我很樂意效勞。」他的眼睛裏流露出真誠而迷人的神情。凱蒂想知道，他是否看見自己眼睛裏的嘲諷目光。「我這個人愚蠢嘴笨，有些事不善表達，我當然不想成為笨嘴笨舌的大傻瓜，但我還是想讓你知道，我對你丈夫的去世深感痛心。他是一個遠近聞名的大好人，這兒的人都很懷念他，這個我就不用說了。」

「別說了，查理，」他的妻子說，「我想凱蒂能明白……雞尾酒送上來了。」

根據在華外國人的奢侈習慣，兩個穿制服的男僕走進房間，手裏端着開胃品與雞尾酒，凱蒂婉言謝絕。

「唉，你一定要喝一杯，」唐森輕鬆、誠懇地勸說道，「對你的身體有好處。上次你離開香港後，保準沒碰過雞尾酒這樣的東西了。如果我沒有猜錯的話，你們在湄潭府是搞不到冰塊的。」

「你說得沒錯。」凱蒂說。

一瞬間，她的腦海裏浮現出那位乞丐的形象：他的頭髮蓬亂不堪，衣衫襤褸，四肢枯瘦如柴，僵硬的身子緊貼着四合院的牆根，人早已死去多時了。

73

他們步入餐廳共進午宴。查理坐在餐桌的首座，輕鬆掌控着話題的方向。在表達完最初的同情後，他對凱蒂侃侃而談，彷彿她不是剛剛遭遇喪夫之痛的孀婦，而是剛剛在上海動完闌尾手術，久病初癒，眼下正在香港散心的遊客。凱蒂目前所需要的就是開心快樂，而他早就準備好了逗她開心快樂的段子。讓她感到賓至如歸的最佳辦法，就是待她如親人一般。他本就是個世故圓滑之人，於是便大談特談甚麼秋季賽馬會、馬球比賽——天哪，如果他還不能把體重降下來，就不得不在馬球比賽中棄權了——他還提到那天早上他與總督的談話。他津津有味地談到海軍旗艦上舉辦的舞會，廣東目前的政局，以及廬山高爾夫球場的狀況。幾分鐘後，凱蒂覺得自己只是週末外出、眼下剛回到香港似的。令人難以置信的是，遙遠的那座城市，那片土地，遠在六百英里之外（相當於倫敦到愛丁堡的距離，是吧？），男男女女，老老少少，如同蒼蠅一般奄奄待斃。沒過多久，她就發現自己開始問東問西了：是誰在馬球比賽中摔斷了鎖骨，某某太太是否已經回國，某某太太是不是正在參加網球聯賽，諸如此類。查理不時講點笑話，凱蒂總是會心一樂。多蘿西帶着些許優越感（眼下這種優越感也傳染到凱蒂身上，不再讓她感到討厭，反倒成了兩人關係的紐帶），對殖民地的各色人等不乏譏諷嘲弄。凱蒂變得輕鬆活潑起來。

「你瞧，她的氣色好多了，」查理對妻子説，「午餐前，她面色蒼白，令人驚訝。現在，她的雙頰泛着紅潤光澤呢。」

凱蒂與他們交談時，雖然還沒達到興高采烈的地步（因為她覺得，不管是多蘿西，還是恪守禮節的查理，都不喜歡她這樣），但已變得輕鬆愉快。她在暗中審視着男主人。過去幾個星期，她對他充滿強烈的報復心理，腦海裏形成了一個立體豐滿的查理形象：他的濃密鬈髮有點兒長，卻梳理得金光鋥亮；為了掩蓋花白的鬢髮，髮油抹得太多；他紅光滿面，臉頰上現出縱橫交錯的紫色血管；他下頜肥大，如果不刻意抬頭掩蓋，就可以看見他的雙下巴；他的兩道濃眉微微發灰，猶如猿猴的眉毛，讓她隱隱感到厭惡；他體型肥胖，動作遲緩；雖說他就餐時節制飲食，還經常參加運動，但並沒有阻止他發胖；他一身骨架為贅肉所包圍，骨骼關節僵硬不便，頗顯龍鍾老態；他的一身時髦衣着緊巴巴的，顯得很不搭調。

不過，午飯時，凱蒂走進起居室，內心感到相當震動（這也許是她臉色十分蒼白的原因）。她猛然發現，她的想像力跟自己開了一個不可思議的玩笑。查理的實際狀態與她的想像大相逕庭，她不由自主地覺得自己好笑。啊，查理的頭髮根本沒有花白，儘管鬢角處略有幾根白髮，但似乎才剛剛露出梢頭；他的臉色並未發紅，而是曬得黝黑；他的腦袋與脖子合轍相配，身體並未發胖，樣子也未老態龍鍾，實際上反倒是上下勻稱，體型優雅——他這人是有點兒躊躇滿志，但犯不上因為這一點來指責他——從外表來看，他整個兒就是一位年輕人。再說，他非常講究衣着，穿得乾乾淨淨，整潔鮮亮。如果連這一點都要否認，那真是太荒唐可笑了。此前，她究竟憑甚麼把他想像成那副糟糕模樣呢？查理是一位儀表堂堂、英俊瀟灑的男人。幸虧她早已知道，他只是個無足掛齒的卑鄙小人。當然，她從來也沒有否認過，他的聲音渾厚深沉，充滿磁性，與她記憶中的聲音完全一樣。正因為如此，他的連篇謊言聽上去，才更加可惱可氣。那渾厚的音色，那暖心的語調，她聽在耳中，覺得很不真誠。她很納悶，當初，她怎麼就輕而易舉被他的聲音所征服了呢？他的那雙眼睛，美麗傳神，顧盼生輝，散發出無窮的魅力。它們如此柔和溫潤，泛出湛藍色的亮光，即使在他胡言亂語、大放厥詞的時候，也使整個面部的表情燦爛迷人。若想不被他的眼神打動，幾乎是不可能的。

僕人將咖啡端了進來。查理點上一支方頭雪茄，看了看手錶，從桌子旁站了起來。

「好了，你們兩位年輕女士好好聊聊。時間到了，我得回辦公室工作。」他稍作停頓，用友好而迷人的眼神看着凱蒂。他說：「今後一兩天，我就不打擾你了，你好好休息。不過，我有點兒小事，回頭跟你談談。」

「跟我談談？」

「我們必須把你的房子安排好，還有房子裏的家具。」

「哦，不用了，我會找律師來處理的，這種事情，我毫無理由麻煩你。」

「我可不想讓你在律師身上花冤枉錢，我會負責處理好所有的事情。要知道，你有權獲得一筆撫恤金，我會和總督大人談一下此事。我會找到相關部門為你陳情，設法為你爭取額外的補助。就把這檔子事交給我來辦吧，你就用不着操心了。現在，我們都希望你好好休息，身體健康。我説得對不對，多蘿西？」

「很有道理！」

他朝凱蒂微微點點頭，從多蘿西椅子旁經過時，拿起她的手吻了吻。大多數英國人行吻手禮時，看上去都有點兒傻，但是他的吻姿卻優雅自如。

74

凱蒂在唐森府邸住下後，陡然覺得身心疲乏。此前，她精神緊張，旅途奔波，眼下卻頗為舒適安逸，反倒不怎麼習慣。但她很快發現，悠閒放鬆的生活讓她舒心，美好的環境令她心曠神怡，受人關注也使她心滿意足。她心中感慨，釋然一嘆，盡情享受着奢侈豪華的東方生活。人們都對她深表同情與關心，顯得小心翼翼，彬彬有禮，她自然感到欣慰。丈夫新亡，喪服在身，人們不能舉辦華宴歌舞來歡迎她。不過，殖民地上層的貴婦們（總督夫人、海軍上將夫人與大法官夫人）紛紛探望，與她酌茶一杯。總督夫人還説，總督很想見見她，倘若她能去總督府吃頓便餐（「當然，算不上甚麼宴請，只有我們幾個人，還有總督助理夫人」），那當然更好了。這些貴婦們待凱蒂猶如一件瓷器，無比珍視，生怕稍碰即碎。在她們眼裏，凱蒂算是個凱旋的英雄了。凱蒂心知肚明，欣然笑納，低調而謹慎地扮演着英雄的角色。要是維丁頓在這兒，那就有意思了。這個精明的壞傢伙，看到這種情況，保準會覺得有趣得很。倘若沒有人在場，他們倆說不定會笑到肚子痛。維丁頓給多蘿西寫過一封信，信中說，凱蒂在修道院裏無私奉獻，面對瘟疫時勇氣十足，丈夫病故後能節哀自制。顯然，維丁頓是在愚弄這些貴婦們。這個陰損的壞蛋！

75

凱蒂從來沒和查理單獨待過，哪怕片刻。她不知道這是碰巧如此，還是精心安排的結果。這個傢伙真是圓滑精明！他一直保持着和藹可親、充滿同情的姿態。沒人會想到，他們倆的關係曾一度親密無間。不過，那天下午，她正躺在臥室外的沙發上閱讀，查理經過走廊時，停住腳步。

「你在讀甚麼？」他問。

「讀書。」

她不無譏諷地看着他，只見他微微一笑。

「多蘿西去了政府大樓，參加花園宴會。」

「我知道。你幹嗎不一起去呢？」

「我不喜歡，很想回來陪陪你。車子就在外面，你想出去兜兜風嗎？」

「不想，謝謝你。」

他在沙發旁的地板上坐了下來。

「你來這兒後，我們還沒機會聊一聊。」

她發出冰冷而睥睨的目光，逼視着他的雙眼。

「你覺得我們之間還有甚麼話可說嗎？」

她把腳步移開，想離他遠點。

「你還在生我的氣？」他問。他的嘴唇邊浮現出一絲微笑，眼神能將人融化。

「一點兒也不生氣。」她哈哈大笑。

「如果你真的不生氣，你是不會大笑的。」

「那你錯了。我十分鄙視你，正因為如此，我才不會生氣。」

他看上去鎮定自若。

「我想，你對我太苛刻了。冷靜地回想一下，難道你不覺得我的觀點是對的嗎？」

「那只是你的觀點而已。」

「現在，你也了解多蘿西了。你不得不承認，她是一位大好人。」

「那當然。她對我那麼友好，我永遠都會感激不盡。」

「她可是百裏挑一的大好人。如果我和她分道揚鑣，我的內心得不到片刻安寧。如果拋下她不管，那真是太卑鄙無恥了。還有，我總得為我的孩子着想，一旦離婚了，就會大大影響他們的健康成長。」

她用若有所思的目光注視他好一陣子，覺得自己完全掌控了局面。

「我來這兒一個星期，我非常仔細地觀察過你，我得出的結論是，你確實非常喜歡多蘿西，可我以前從來都沒有想到過。」

「我跟你說過，我喜歡她。無論做甚麼，我絕不會去傷害她。她是世界上最優秀的賢妻良母。」

「難道你就沒有想過，你可不是一位忠實的丈夫啊？」

「正所謂眼不見，心不煩嘛。」他微笑道。

她聳了聳肩膀。

「你太卑鄙了！」

「我只是一個普通人。我不明白，你為甚麼認為我很卑鄙，僅僅因為我如醉如癡地愛上了你？你也知道，我可是身不由己啊。」

聽到這番話，她感覺內心的琴弦被微微撥動了一下。

「我只是你的情色獵物而已。」她十分苦澀地回應道。

「當然，我也無法預見，我們會走到這般相互傷害的糟糕局面。」

「無論如何，你就是個陰險自私的傢伙，只要自己平安無事，別人飽經磨難，那都與你無關了。」

「我想，你這話說得太重了。話說回來，現在一切都過去了。你一定能看得出來，對我們雙方來說，我的所作所為都是最佳的選擇。你當時很不冷靜，我的頭腦卻十分清醒，你應該為此感到慶幸。如果按照你的意願來處理，你認為真的能成功嗎？我們就像被投入熱鍋中的螞蟻，飽受煎熬。要是被直接投進火爐，那就更加慘不忍睹了。你現在算是毫髮無損地回來了，難道我們就不能握手言歡、重歸於好嗎？」

她幾乎都要縱聲大笑了。

「你當時毫不猶豫，將我推向必死無疑的境地，別指望我把此事給忘了。」

「啊，你這可是瞎說了！我跟你說過，如果你採取合理的防範措施，那是毫無風險可言的。如果我對此毫無把握，難道我會輕易讓你去嗎？」

「你覺得你很有把握，那只是你的想當然罷了。你是個十足的懦夫，見風使舵，自私自利。」

「布丁好不好，不嚐不知道。你安然無恙地回來了！如果你不介意，我要說句不合時宜的話：你這次回來後，變得更漂亮了。」

「那麼瓦爾特呢？」

他想到了一句妙語，忍不住說了出來。他衝她微微一笑。

「黑色喪服穿在身，珠聯璧合真迷人。」

她凝視他片刻，眼淚湧入眼眶，開始大哭起來，一張俊俏美麗的臉因為悲傷而扭曲。她不想掩飾悲痛。她仰臥在沙發上，雙手自然地垂在身旁。

「看在上帝的份上，你就別哭了。我説這話並無惡意，只是開個玩笑而已。你是知道的，我對你丈夫的去世深表同情。」

「呸，管好你愚蠢的舌頭！」

「要是瓦爾特能復活，讓我做甚麼都行。」

「他的死，都是我們倆的錯。」

他拉住她的手，但是她把手抽了回來。

「請你走開，」她抽噎道，「如果你想幫我，現在就滾開。我恨你，鄙視你。瓦爾特比你強十倍，我真是個大傻瓜，以前都沒看出來。滾開！滾開！」

她看見他又想説話，立刻起身，徑自回自己的臥室。他跟在身後，也走了進去。出於天生謹慎，他隨手將百葉窗拉上，兩人幾乎身在黑暗中。

「我不能就這樣丟下你不管，」他一邊用手臂去摟她，一邊説道，「你心裏清楚，我並不想傷害你。」

「別碰我！看在上帝的份上，走開！馬上走開！」

她試圖從他的摟抱中掙脱開，但他緊緊摟住不放。這時，她歇斯底里地大哭起來。

「親愛的，難道你不知道，我一直很愛你嗎？」他用低沉、迷人的聲音說道，「我現在比以前更加愛你。」

「你真是睜着眼睛說瞎話！放開我。去你的，把手鬆開。」

「別對我這麼冷酷無情，凱蒂。我知道，我以前是一個大渾蛋，你就原諒我吧。」

她渾身顫慄不止，抽抽噎噎，想從他的手中掙脫出來。說來奇怪，他的雙手摟得越緊，她越是感到舒服。長期以來，她多麼渴望這雙手能再一次摟住自己，哪怕一次！她的整個身體微微震顫，渾身變得綿軟無力，那感覺就好比身上的骨頭正在融化。她對瓦爾特的悲傷讓位於對自己的可憐。

「當初，你幹嗎對我那麼無情？」她抽噎着。

「我真心實意愛着你，難道你不知道嗎？這世上，我是最愛你的人了。」

「我的寶貝。」

他開始吻她。

「不！不！」她大喊。

他想吻她的臉，但她躲開了，他強吻她的嘴唇。她聽不清他在說甚麼，只聽到斷斷續續、熱情洋溢的情話。他的雙臂緊緊地摟住她，她感覺自己就像是失散多年的孩子，最終安然無恙地回到家中。她發出微弱的呻吟聲，雙眼緊閉，臉上滿是濕乎乎的眼淚。這時，他吻到了她的嘴唇。他用力一吻，一股慾望之火迅速傳遍她的全身。她感到銷魂蝕骨，如醉如癡。她頓時激情四射，猶如脱胎換骨一般。在夢中，在無數個夢中，她早就熟悉了這神魂顛倒的感覺。他想對自己做甚麼呢？她不知道。她已不再是個女人，她的全身已被融化，變成了一團慾火。在他的摟抱下，她的雙腳離開了地面，她覺得自己輕飄如雲。他用雙手把她抱了起來，她也緊緊地偎依在他的身上，不顧一切，心神蕩漾。她的腦袋深深地埋在枕頭中。他的嘴唇一個勁地吻着她的雙唇。

76

她坐在床頭，雙手掩面。

「你想喝點水嗎？」他問。

她搖了搖頭。他走到盥洗台，倒了一杯水，端回來遞給她。

「行了，喝點水吧，感覺會好些。」

他把水杯湊到她的嘴邊，她抿了一口。隨後，她用恐懼的雙眼注視着他。他站在床邊，俯瞰着，眼睛裏閃爍着心滿意足的光亮。

「在你心中，我真是個卑鄙無恥的人嗎？」他問。

她低下了頭。

「是的，但是我知道，我一點兒也不比你好。唉，我真感到無地自容。」

「我覺得你太不識好歹了。」

「你能現在就走嗎？」

「說實話，我想時間差不多了，我立馬就走。多蘿西回家前，我得稍微收拾一下。」

他走出房間，步履輕快。

凱蒂在床頭又坐了片刻，勾着頭，弓着背，活像是癡呆症患者。她的意識裏一片空白，一陣顫慄傳遍全身。隨後，她踉踉蹌蹌地站起來，走到梳妝枱前，跌坐在椅子上。她凝視着鏡中的影像，只見雙眼紅腫，淚水汪汪，滿臉污濁不堪，側躺過的臉頰上出現了一道紅色印痕。看到鏡中的形象，她心中駭然。這同一張臉，眼下卻面目全非，對此，她早有預料。她不知道墮落還會帶來其他甚麼變化。

「下賤！」她對着鏡中的影像破口大罵，「真是下賤！」

隨後，她將臉埋在雙臂中，痛苦不堪地哭了起來。恬不知恥，真是恬不知恥！她不知道自己搭錯了哪根神經。這樣做真是可怕極了。她恨他，也恨自己。銷魂蝕骨。呸，真是可恨之極！她永遠也不想用正眼再看他一次。他竟然那麼義正辭嚴。他不想與她結婚，是順理成章的事情。她就是個一文不值的女人，簡直就是娼妓。呸，真是連娼妓也不如！那些可憐的女人們是為了麵包才賣身的，而她是出於悲傷與可怕的寂寞，就在這幢宅邸裏——多蘿西邀她小住的宅邸中，幹出了下賤的勾當！她的肩膀在嗚咽中晃動着。眼下，所有的一切都化為泡影。她本以為，悔過自新後，意志會更加堅強，回到香港後，會更加冷靜克制。各種人生前景在心田中飛來飛去，猶如陽光下黃色的小蝴蝶在飛舞。她本來對未來充滿更加美好的期待，自由的精靈曾不斷向她揮手致意。整個世界如同一座廣袤無垠的原野，她可以步履輕鬆、昂首挺胸地在其間漫步。她本以為早已擺脫了色念與可鄙情慾的控制，自由自在地生活，過着清白、健康的精神生活。她曾把自己比作是白鷺，黃昏時分從稻田上悠然飛過。這些白鷺酷似平靜的腦海中翱翔不已的思緒。如今她卻成了慾望的奴隸，軟弱啊軟弱！無可救藥，任何努力都是徒勞無益的。她就是一個賤貨！

她不想去吃晚飯。她讓僕人轉告多蘿西，自己頭痛，只想待在臥室。多蘿西來看她，見她眼睛紅腫，和她聊了一會兒，語調溫和，充滿同情。凱蒂心裏明白，多蘿西誤以為她在為瓦爾特的病故傷心慟哭，露出了善良而充滿同情的主婦本色。多蘿西對她大動惻隱之心，勸她節哀自重，不要過份悲傷。

「我知道，你心裏很難受，親愛的。」她離開前對凱蒂說，「但你必須鼓足勇氣，勇敢面對。我想，你丈夫若是地下有靈，也不希望你過度悲傷。」

77

第二天早上，凱蒂起得很早。她給多蘿西留下一張便條，上面寫着她要出門辦事，隨後乘坐纜車下山而去。街道上車水馬龍，小汽車、黃包車、人抬的轎子穿梭不停，歐洲人、中國人熙來攘往。凱蒂踽踽而行，來到遠洋航運公司售票處。有一艘輪船兩天後起航，這是最早離開香港的航班。她已鐵下心來，要不惜一切代價乘船離開。售票員告訴她，所有的臥鋪都已經售完。她立刻提出請求，要拜見票務主管，並把姓名通報了進去。她認識這位主管，只見他走出門外，邀她進了辦公室。他對她的境況比較了解，凱蒂說出要求後，他讓人送來了旅客名單。他翻閱着名冊，面有難色。

「我懇求你設法幫幫我吧。」她焦急地說道。

「我想，殖民地不管是誰，都會竭盡所能，為您效勞的，費恩太太。」他回答道。

他叫來了一位職員，問了他幾句，然後點了點頭。

「我打算調換一兩個人。我知道你很想回家，我們理當竭盡全力幫你。我給你安排一個單人小客艙，希望你能喜歡。」

她向他道謝後，便走出辦公室，心情愉快。遠走高飛，這是她眼下唯一的念頭。遠走高飛！她給父親發了一封電報，告訴他自己馬上回國。此前，她曾電告父親瓦爾特去世的消息。隨後，她返回唐森的府邸，把自己的決定告訴了多蘿西。

「你離港回國，我們大家都會依依不捨，」這位好心人說，「你想與你父母團聚，我十分理解。」

凱蒂自從回到香港後，日復一日地猶豫不決，不想回到原先的住處。她害怕再次走進那個地方，擔心自己觸景生情，睹物思人，可是現在別無選擇。在唐森的安排下，家具已經出售，有人迫不及待地想租賃這幢住宅，但屋子裏還有她的衣物，也有瓦爾特的衣物。他們當時去湄潭府時，甚麼都沒帶。屋子裏還有圖書、照片，以及各種各樣的零散物品。

凱蒂恨不得與過去一刀兩斷，對這些物品毫不在乎，可是她意識到，任由這些物品流入拍賣行，將會在神經脆弱的殖民地激起眾怒。這些東西必須裝箱封包，托運回國。因此，午餐後，她打算回家一趟。多蘿西很想幫她，主動提出陪她一起去，但凱蒂推辭再三，只想獨自前往。她最後同意，讓多蘿西派兩個僕人，協助她打包裝箱。

那座房子一直由管家看護。他打開大門後，凱蒂走進自己的住處，心中產生了奇特的感覺，彷彿自己就是個陌生人。室內乾淨整潔，一切物品都原封未動，似乎正等着她回家使用。儘管天氣溫暖，陽光明媚，但房間裏顯得冷清沉寂，瀰漫着寒意與荒涼。一件件家具一如從前，仍舊呆板地保持在原位未變。本應插滿鮮花的花瓶，一個個還擺放在原來的位置上。凱蒂記不清甚麼時候反放着的一本書，依然正面朝下擱在那兒。這一切看上去就像一分鐘前，整個住宅才人去樓空似的，而這短暫的一分鐘卻意味着永恆。再也無法想像，這座房子裏還會出現人聲雜沓、語笑喧闐的景象了。鋼琴上放着一本打開的狐步舞曲譜，似乎正翹首以盼某位演奏者的到來。不過，你總覺得，如果真有人彈下琴鍵，鋼琴是不會發出任何聲音的。瓦爾特的臥室整潔如故，櫥櫃上擺放着兩張凱蒂的相片，一張是禮服照，另一張是婚紗照。

兩個僕人從儲藏室裏搬出行李箱，開始給物品裝箱，他們的動作麻利迅速。她一邊看着他們，一邊想着，再過一兩天，一切都會變得輕鬆自如。眼下不容她多想，她也無暇多想。突然，她聽到身後傳來一陣腳步聲，扭頭一看，原來是查理．唐森，一陣寒意襲上心頭。

「你來幹甚麼？」她問。

「你能到起居室來一下嗎？我有話要和你說。」

「我眼下正忙。」

「只要五分鐘。」

她沒再說甚麼，只好向正在打包的僕人交代幾句，便領着查理走進隔壁的房間。她沒有坐下，借此向他表明，希望他不要耽擱自己的時間。她心裏清楚，自己臉色蒼白，心跳加速，但是她用充滿敵意的眼睛冷冷地看着他。

「你究竟想要幹甚麼呢？」

「我剛從多蘿西那兒得知，你打算後天回國。她跟我說，你來這兒收拾東西，她讓我打個電話，看看能不能幫到你。」

「你的好意我心領了，我一個人完全能打理好。」

「我也這麼想，但我到這兒來不是問這事。我想問，你突然啓程回國，是不是因為昨天的事情？」

「你和多蘿西對我都非常好，我不想讓你們覺得，我是在利用你們的善心蹭吃蹭住。」

「你沒有直接回答我的問題。」

「這個問題對你真的很重要嗎？」

「當然重要。我不希望是因為我做了甚麼事，逼得你不得不離開的。」

她站在桌子旁，低頭看去，一份畫報映入眼簾，那是幾個月前的舊報紙。就是這份畫報，瓦爾特曾在那個可怕的傍晚久久凝視過，可是現在，瓦爾特……她抬起頭。

「我覺得我徹底墮落了，我對自己的鄙視無以復加，不容你再來鄙視我了。」

「可是我並沒有鄙視你，我昨天對你說的話都是真心話。你就這樣揚長而去，對你又有甚麼好處呢？我不知道，我們為甚麼就不能成為知心好友呢？你總以為，我對你薄情寡義，對此我是不敢苟同的。」

「不要對我糾纏不休了，好嗎？」

「你怎麼能這麼說呢？我不是木頭人，也不是鐵石心腸之人。你看問題的方式，真是不合情理，真是太不正常了。我原以為，打昨天開始，你會對我更友好一些。畢竟，我們都是人。」

「我覺得我不是人，而是動物，是一頭豬，是一隻兔子，是一條狗。哦，我並不是在譴責你，我自己也很壞。我對你投懷送抱，是因為我也需要你。可是，那個人不是真正的我。真正的我，不是那個面目可憎、刻薄寡情、好色貪慾的女人，我與那個女人分道揚鑣了。我的丈夫屍骨未寒，你的太太待我寬厚仁義，她的寬厚仁義真是難以言表，而那個女人卻在床上與你縱慾求歡。那個女人絕不是真正的我，而是我心中的一頭野獸，黑暗而可怕的野獸，猶如一個惡魔。我與這頭野獸一刀兩斷，我憎恨牠，我鄙視牠。從今以後，只要一想到牠，我的胃就會翻江倒海，我就會噁心欲吐。」

他皺了皺眉頭，一臉尷尬地笑了笑。

「我是個心胸寬闊的人，但是你說的這些話讓我感到震驚。」

「那我就深表歉意了，你現在最好走人。你就是一個微不足道的小人。我還正兒八經地跟你費盡口舌，我真是太愚蠢了。」

他一時沒有答話。他的藍色眼睛閃過一絲陰影，他被她的一番話給激怒了。當他最後圓滑老練、彬彬有禮與她分手後，必定會如釋重負，長舒一口氣。他們在握手道別時，他會祝她旅途愉快，而她對他的盛情款待頻頻致謝——一想到這個客套虛禮的場景，她暗自感到好笑。不過，她卻發現他的臉色倏然一變。

「多蘿西跟我說，你懷孕了。」他說。

她感到自己的臉紅了，但身體卻紋絲未動。

「是的。」她鎮定自若地說道。

「孩子的父親會不會是我？」

「不是，絕對不是，它是瓦爾特的骨血。」

她說話時不由自主地加重了語氣。即便如此，她也知道自己聲調失諧，缺乏不容置疑的質地。

「你能肯定嗎？」他嬉皮笑臉地説道，露出一副無賴相。「別忘了，你和瓦爾特結婚兩年，都沒有懷上孩子。從時間上看，倒十分吻合呢。我想這孩子更有可能是我的，而不是瓦爾特的。」

「我寧可自尋短見，也不會懷上你的孩子。」

「哦，得了吧，別胡説八道。如果是我的孩子，我會感到欣慰，會引以為豪。我希望是個女孩，我和多蘿西生的都是男孩。用不了多久，你就會確定無疑的。我那三個兒子，活脱脱就是我的翻版。」

他又恢復了往日的風趣幽默，她知道這其中的原委：如果這個孩子是他的孩子，即使以後他們再也不會見面，她都永遠無法擺脱他的陰影。他的影響將無遠弗屆，雖然模糊不清，但確定無疑，會波及到她生命中的每一天。

「你這個自命不凡、愚蠢透頂的大渾蛋！遇到你，我真是倒霉透了。」

78

輪船鳴響汽笛，徐徐駛進了馬賽港。凱蒂朝陸地眺望着，那崎嶇蜿蜒、美麗迷人的海岸線在太陽的照耀下璀璨生輝。一瞬間，聖母馬利亞的鍍金塑像映入眼簾，它矗立在聖母嘉德大教堂[1]的頂端，成為航海者出入平安的保護神。她還記得，湄潭府修道院的修女們遠離故土時，一邊目睹聖母像慢慢遠去，最後變成藍天上的一點金色火苗，一邊在甲板上長跪不起，默念禱告，以減輕與家人訣別後的痛苦。凱蒂雙手合十於心，向自己一無所知的神靈祈願求福。

在漫長而平靜的旅途中，她反反覆覆回想着那樁可怕的事，簡直無法理解自己。發生這樁事，完全出乎她的意料。她究竟着了甚麼魔怔，竟然在鄙視查理、極端鄙視查理的情況下，又激情難耐，向這個卑鄙骯髒的傢伙投懷送抱？她對自己的行為感到怒不可遏，對自己的輕賤噁心欲吐。如此自取羞辱，她一輩子都忘不掉。她感到痛心，眼淚撲簌簌地流下來。不過，當輪船離香港越來越遠，她的滿腔忿恨也在不知不覺中冰消雪融了。過去的一切，似乎都發生在另一個世界。她彷彿是一個突發瘋癲症的病人，康復的過程痛苦不堪。回想此前種種荒唐可笑的行為，她感到措顏無地。過去的經歷在她的腦海中若隱若現，彷彿不是她本人親身所為。既然都不是她本人所為，那麼她理應能得到寬容。凱蒂心想，寬宏大度之人應該憐憫她，而不是譴責她。然而，一想到自信心遭遇令人痛心疾首的打擊，她不禁長吁短嘆。在她的面前，原本是一條平坦筆直的康莊大道，眼下卻變成了蜿蜒曲折、崎嶇難行的狹窄小路，小路上還密佈無數陷阱。航行在煙波浩渺的印度洋，遠眺那淒美的落日景觀，她感到心寧神靜。她感覺自己正駛向某個遙遠的國度，在那兒可以讓自己的靈魂獲得自由。要是在飽受痛苦的煎熬後還能重獲自尊，她必定會鼓足勇氣，坦然面對。

未來是孤獨而艱難的。在賽義德港，她收到母親的來信，是對她電報的回覆。這是一封長信，字號很大，字體華麗。在母親的青年時代，閨閣淑女們都練習過這種字體。它雍容華貴，乾淨整齊，卻給人以矯揉造作的感覺。賈斯汀太太對瓦爾特的去世深表哀悼，對女兒的悲痛給予應有的同情。她雖然擔心凱蒂以後的生計沒有保障，但殖民地管理局自然會提供一筆撫恤金。得知凱蒂即將返回英國，她感到非常高興。毫無疑問，她必須回家與父母同住，直到她的寶寶降臨人世。隨後，她還就分娩一事，對凱蒂千叮萬囑，對妹妹多麗絲妊娠細節詳加介紹。小外孫出生時，體胖身大，他的祖父嘖嘖稱讚，這麼健康的寶寶難得一見啊。眼下，多麗絲又懷孕了。他們都希望家裏再添一位男丁，爵位世襲就萬無一失了。

凱蒂發現，理解這封信的關鍵還在於邀請她入住的時間期限。賈斯汀太太彬彬有禮地表明，她無意讓這位喪夫的女兒給自己增加累贅。當年，母親對自己百般寵愛，眼下卻對她大失所望，最終把她看成是討厭的累贅。每念至此，凱蒂都覺得世事詭異無常。父母與子女之間的關係竟然變得如此冷漠！孩子年幼時，父母視為掌上明珠，略有小病微恙，便寢食難安，心急如焚，而孩子對父母更是眷戀不捨，敬愛有加。幾度春秋後，孩子們長大成人，沒有血緣關係的人決定着他們的幸福，其重要性遠大於父母。過去那種盲目的本能之愛，讓位於相互間的漠不關心。彼此之間交往起來，反倒令人不勝膩煩，或心生惱恨。曾幾何時，一月不見，就感到朝思暮想，情深意切，到後來，即使離別經年，仍能心平氣靜，兩廂守望。其實，她的母親無需憂心忡忡，但凡有一絲可能，她都會盡快找到立足之處的。不過，她必須留一點兒時間，周轉過渡一下。眼下，一切情況尚不明朗，她對未來仍然無法清晰勾畫。也許，她會在難產中死去，屆時一切煩惱就不復存在了。

輪船停駐港口後，她又收到兩封來信。看到父親的親筆書信後，她感到驚訝。在她的記憶中，父親從未給她寫過信。父親的筆端並未飽含深情，開頭只是稱呼她「親愛的凱蒂」。他在信中說，給她寫信，是因為母親身體不好，需要做手術，不得不住進醫院。凱蒂心裏並沒有感到擔心，仍然打算乘船回國。橫穿內陸腹地旅行，花費將十分昂貴。母親離家住院，凱蒂住在哈里頓花園府邸就很不方便。另一封信是多麗絲寫來的，信中稱她「凱蒂，我親愛的」，這並不是因為多麗絲對她有深厚的姐妹之情，而是因為她對每個熟人都是如此。

凱蒂，我親愛的，

我想父親已經寫信告訴你，母親即將接受手術治療。看樣子，過去一年，她的身體每況愈下，但是你知道，她這人諱疾忌醫，一直在服用各種時興藥物。我不知道，她的身體究竟得了甚麼病，因為她從頭到尾都在隱瞞自己的病情。只要別人一問起她的健康，她就勃然大怒，她的情況看上去十分糟糕，如果我是你的話，我就在馬賽港下船，快馬加鞭趕回來。我讓你盡早回家的事情，千萬別告訴她。她總是佯裝自己身體沒啥要緊，希望在你到達前能病癒回家。她已經讓醫生做出保證，讓她一個星期內出院。

愛你的

多麗絲

又及：我對瓦爾特的去世深感悲痛。這段日子，你一定過得十分艱難。我真想很快見到你。我們倆都要生孩子了，真是有意思。我們一定要攜手同心。

凱蒂陷入沉思。她在甲板上站了一會兒，仍然想像不出母親病況如何。在她的記憶裏，母親向來是個生氣勃勃、剛毅果斷之人，對別人的病弱不振一向難以容忍。這時，乘務員走上甲板，把一封電報遞給了她。

沉痛唁告你母今晨病故。父。

註釋：

[1] 聖母嘉德大教堂建於一百五十米高的山丘上，主體建築上方有一座高達九點七米的鍍金聖母像。

79

凱蒂摁響了哈里頓花園的門鈴。僕人告訴她，她的父親就在書房。她來到書房門外，輕輕把門推開。父親坐在火爐旁，正在閱讀晚報的最後一版。她進門時，父親抬起頭，放下報紙，顫巍巍地站了起來。

「哎呀，凱蒂，我以為你坐下一班火車來呢。」

「我不想麻煩你去車站接我，所以沒將行程拍電報告訴你。」

他探過身子讓女兒親吻臉頰，那熟悉的姿態，凱蒂仍然記憶猶新。

「我剛才在看晚報，」他說，「最近兩天，我都沒有碰過報紙。」

她發現，父親覺得這個時候還在關注日常瑣事，所以需要解釋一下。

「當然，」她說，「你一定身心疲憊。母親去世了，對你是個沉重的打擊。」

與上次見面時相比，父親更顯蒼老，更顯瘦弱。這是一個皺紋滿面、乾癟枯槁但卻一絲不苟的小老頭。

「醫生早就說了，她已病入膏肓，無藥可救。一年多來，她早已面目全非，卻諱疾忌醫，不願治療。醫生跟我說，她一定飽受病痛的折磨。醫生還說，忍受如此折磨，對她來説簡直就是奇蹟。」

「她從來都沒有叫苦喊痛嗎？」

「她只是説不舒服，但從未喊過痛。」他稍作停頓，看着凱蒂説道，「長途旅行後，你是不是很疲乏？」

「還好。」

「你想上樓去看看她嗎？」

「她還在家？」

「是的，她從醫院出來就送到這兒了。」

「好的，我現在就去。」

「要我陪你一起去嗎？」

父親語調有異，話中有話，她迅速朝他看了一眼。父親將臉稍稍側轉，不想讓她看見自己的神色。近年來，凱蒂已經對揣測別人的心思得心應手。畢竟，她日復一日，使出渾身解數，從丈夫的隻言片語或一個簡單動作中，來推斷其內心的隱秘想法。因此，她立刻猜出父親想要對她隱瞞甚麼。他想隱瞞的是自己如釋重負的心情，無限解脱的感覺，他由此而感到驚慌。過去三十年來，他一直是個優秀而忠實的丈夫，從來都沒有說過一個字來責備過妻子。此時此刻，他本應沉痛哀悼，更何況他的行事風格向來是恪守本份，從不逾矩。對他來說，隨意眨動眼瞼，或是某個最細微的舉動，暴露出他的真實情感並非喪妻之悲痛，那將無疑是一件令他愕然失措的事情。

「不用了，我一個人上去就行。」凱蒂說。

她來到樓上，走進那間寬大陰冷、矯揉造作的臥室。很多年來，她的母親一直在這裏休憩。她仍然清晰地記得那些大型的紅木家具，以及內牆上那些模仿馬庫斯·斯諾[1]作品的版畫裝飾。梳妝枱上的物品擺放得井井有條，這一刻板做法是賈斯汀太太一生奉行的準則，但那些鮮花顯得格格不入。在賈斯汀太太眼裏，臥室裏擺放鮮花，十分愚蠢而做作，很不健康。鮮花的香氣沒能掩蓋住刺鼻的霉味，還有那剛剛洲洗過的亞麻布氣息。凱蒂記得，這是母親臥室特有的氣味。

賈斯汀太太仰臥在床上，雙手交叉地放在胸前，顯得很溫順，而她生前對此是絕難容忍的。她的五官輪廓清晰，線條硬朗，臉頰與兩鬢深深凹陷，但看上去仍很端莊，甚至不減威儀。死神奪去了她的一臉刻薄，最後只留下性格堅毅的蹤跡。她的遺容彷彿是羅馬帝國時代的一位皇后。凱蒂感到奇怪的是，在她所親眼目睹的逝者當中，只有這次，看見母親雖已逝去，卻仍保留了這般音容面貌，彷彿泥土一度是精神的棲居之所。看見母親遺體，凱蒂並未感到悲慟。她與母親積怨甚深，內心深處對母親的感情並不深厚。回顧自己的人生歷程，她知道，自己飽嘗命運的苦果，那都是母親一手造成的。這個刻薄、跋扈、野心勃勃的女人躺在那兒，一動不動，無聲無息，所有微不足道的人生抱負在死亡面前煙消雲散了。凱蒂看着母親，心中產生了一種無可名狀的惆悵感。母親精於算計，使盡渾身解數，所孜孜追求的僅僅是一些無足輕重、毫無價值的東西。凱蒂心想，也許，置身另一個世界，母親正用愕然的眼神審視着她在地球上的生命歷程。

多麗絲走了進來。

「我想你會乘這趟火車回家，我覺得我也應該過來看看。真是太可怕了！我們可憐的母親。」

她頃刻間嚎啕大哭起來。她撲向凱蒂的懷抱，凱蒂親吻了她的雙頰。當初，母親因為偏愛自己，對多麗絲疏於關心，態度十分苛刻，究其原因，無非是她長相稀鬆平庸。她很想知道，多麗絲如此悲痛欲絕，究竟是真情外露，還是故作悲傷。不過，多麗絲無論喜怒哀樂，總是溢於言表。她倒希望自己也能痛哭一場，不然的話，多麗絲會覺得她心如鐵石，冷漠無情。凱蒂覺得，她這一路走來，已製造了太多的悲痛假象，但內心並無真正的悲痛。

「你想去看看父親嗎？」多麗絲的失控慟哭稍有減弱，她便問她。

多麗絲擦了擦眼淚。凱蒂注意到，妹妹有孕在身，體態日漸臃腫，身着黑色喪服，形象更加俗氣、邋遢。

「不了，我就不去了，否則，我又要大哭一場。可憐的老爸，他以驚人的毅力在強忍悲傷。」

凱蒂把妹妹送出老屋，然後又回到父親身邊。他正站在火爐旁，報紙整整齊齊地疊放在一旁。父親想讓她知道，自己剛才沒看報紙。

「用餐時，我不再穿正裝了，」他說，「我想，現在已毫無必要。」

註釋：

[1] 馬庫斯·斯諾（一八四〇至一九二二），英國著名畫家。

80

他們倆一道用餐。賈斯汀先生向凱蒂介紹賈斯汀太太病逝的細節，告訴她有哪些好心的朋友寫信致悼（他的桌子上堆滿唁函。一想到回覆唁函的繁重工作，他不禁唉聲嘆氣），以及他將如何安排葬禮。晚飯後，他們又回到書房。整座宅邸中，只有這間書房配置了壁爐。他從壁爐台上習慣性地拿起煙斗，開始裝填煙絲，但是他朝女兒投去狐疑不定的一瞥後，又放下了煙斗。

「你想抽煙嗎？」她問。

「晚飯後，你母親不太喜歡煙味。戰爭結束後，我就戒煙了。」

父親的回答讓凱蒂微微感到痛心。一個六十歲的老人，想在自己的書房裏抽口煙，都要猶豫再三，這實在是可悲可嘆啊！

「我喜歡煙絲味兒。」她微笑道。

父親的臉上掠過一絲釋然的表情。他又拿起煙斗，點着了煙絲。他們在壁爐的兩端相對而坐。他覺得他必須和凱蒂談談她的事情。

「我想，你在賽義德港收到了你母親寄給你的信。聽到瓦爾特去世的消息後，我們倆都深受打擊。他是一位非常優秀的年輕人。」

凱蒂不知道他想說甚麼。

「你母親跟我說，你就要生寶寶了。」

「是的。」

「預產期甚麼時候？」

「大約四個月後。」

「對你來說，這將是莫大的安慰。你一定要去看看多麗絲的兒子，那可是個健康的小寶寶。」

他們有一搭沒一搭地交談着，心與心隔得很遠，還不如兩個剛剛邂逅的陌生人。即便兩人素不相識，那麼僅僅出於好奇，對方也會對她產生興趣的。然而，他們所擁有的共同過往卻是橫亙在他們中間的一堵冷漠高牆。凱蒂非常清楚，自己的所作所為，無一能獲得父親的青睞。父親在家中毫無地位可言，僅僅被看成是母女三人的經濟支柱。父親沒有為全家提供奢侈豪華的生活，母女三人因此對他鄙夷不屑。凱蒂想當然地認為，父親是愛她的，僅僅因為他是父親。後來發現，父親對她並無深厚感情，內心深受震動。她早就知道，母女三人對父親膩煩透頂，卻從未想過，父親對她們三人也是不勝膩煩。父親還是一如既往地和善、謙恭，但是凱蒂憑藉自己在磨難中所學到的洞察力，不無心寒地察覺到，父親打心眼裏並不喜歡她，儘管他從來都沒有承認過，永遠也不會承認。

父親的煙斗塞住了，他起身去找東西通一通。也許，這只是他想掩蓋焦慮的藉口。

「你母親希望你住在這兒，直到你把孩子生下來。她原本打算替你把原來的臥室準備好。」

「我知道，但我保證不給你添麻煩。」

「哦，這個倒沒關係。目前這個情況下，除了回家來住，顯然你別無他處可去。不過，我剛剛被任命為巴哈馬群島的大法官，我已接受了任命。」

「啊，父親，這真是個大喜訊，我真心向你祝賀。」

「這個任命來得太晚了，我還沒來得及告訴你母親。她要是知道了，保準會覺得夙願以償了。」

命運真是開了一個苦澀的玩笑！賈斯汀太太心懷抱負，為此費盡心機，精於算計，飽嘗屈辱，在屢屢受挫後，不得不降低目標，但抱負終於實現後，卻溘然長逝，一無所知。

「下個月初，我就要啓程赴任。自然，這幢房子將會交到房產中介的手裏，我打算變賣房子裏的家具。我很抱歉，屆時你就不能住在這兒了。不過，如果你找到了住處，需要這些家具，我會非常高興地送給你。」

凱蒂凝視着壁爐裏的火，心跳加快。也真是奇怪，她突然變得緊張起來。不過，她最後還是硬着頭皮開口，聲音微微顫抖。

「你能帶上我一起走嗎，父親？」

「帶上你？哦，我親愛的凱蒂。」他的臉色往下一沉。以前，她常聽父親這樣稱呼自己，覺得只是一個尋常短語而已。然而現在，她平生第一次看見了它的外部表徵。這個表徵如此清晰，讓她感到震撼。「可是，你的所有朋友都在這兒，多麗絲也在這兒。我原本想，如若你在倫敦租房住下，會更加快樂。我對你的經濟情況不太了解，但我會很高興替你繳納房租的。」

「我有足夠的錢維持生活。」

「我要去的地方，人生地不熟，我對那兒的情況一無所知。」

「我已經習慣人生地不熟的地方。對我來說，倫敦不再有任何意義，待在這兒，我會感到窒息難忍。」

他閉上了雙眼，凱蒂心想，他就要哭了。他的臉上露出了極度痛苦的神情，她的心在擰動。她的判斷是正確的，母親去世後，他反倒覺得如釋重負。現在，他終於找到機會，與過去一刀兩斷，重新獲得了自由，煥然一新的人生即將在他眼前展開。在經歷了這麼多年的壓抑後，他終於能夠放鬆自己，去憧憬幸福美好的未來。她隱隱約約地發現，過去三十多年來，他的內心一直飽受着痛苦的煎熬。父親終於睜開雙眼，不由自主地發出了一聲嘆息。

「如果你願意跟着我，我當然會非常高興。」

真是可憐！他內心的掙扎如此短暫，隨後便向身為人父的責任感繳械投降了。凱蒂從椅子上站起來，走過去，跪在父親身旁，緊緊攥住父親的雙手。

「不，父親，除非你需要我，否則我不會跟你去的。你為我們做出了太多的犧牲，如果你只想一個人去，也沒有關係，千萬不要因為我而有一絲顧慮。」

他鬆開一隻手，在她的亮麗頭髮上摩挲着。

「我當然需要你，親愛的，我畢竟是你父親啊。你失去了丈夫，孤身一人，如果你很想跟我去，我卻置之不理，那真是太不近人情了。」

「不過，話雖如此，但不能因為我是你女兒，我就提出過份要求。你對我已無應盡的義務。」

「唉，我親愛的孩子。」

「沒有任何義務了，」她語氣激昂地重複道，「多少年來，我們對你的索求貪得無厭，卻沒有給你任何回報。回想起來，我心情十分沉重。你沒有過上非常幸福的生活，甚至沒有得到過一絲一毫的愛。過去這麼多年來，我從未盡過一絲孝心，難道你就不能讓我稍稍做一點補償嗎？」

他微微皺起了眉頭。她真情流露，反倒讓他感到尷尬。

「我不明白你在說甚麼，我對你們從來都沒有抱怨過呀。」

「父親，我經歷了那麼多的磨難，遭遇到了人生的不幸，我已不再是當年離家遠行的凱蒂了。我雖然弱不禁風，但是我已不再是當年那個懵懂無知的凱蒂了。難道你就不能給我一次盡孝的機會嗎？在這個世界上，除了你，我舉目無親。難道你就不能讓我做出努力，重獲父愛嗎？父親，我感到孤獨無助，我的內心悽慘悲切，我非常渴望能得到您的慈愛。」

她將臉貼在他的膝蓋上，傷心欲絕地大哭起來。

「我的凱蒂，我的小凱蒂。」他訥訥地說道。

她抬起頭，用雙手摟住他的脖子。

「父親，可憐可憐我吧，就讓我跟着你盡盡孝心吧。」

他吻了吻她，吻在嘴唇上，就像戀人一樣。他的臉上濕漉漉的，沾滿了女兒的淚水。

「我當然會帶上你去赴任。」

「你需要我嗎？你真的需要我去嗎？」

「是的。」

「你真是太好了。」

「嗨，我親愛的，對我就不用客氣了。你這麼說，倒讓我感到難堪。」

他掏出手帕，擦去女兒的淚水。他露出了難得的微笑，凱蒂以前從未見過這樣的微笑。她又一次摟住父親的脖子。

「我們會像百靈鳥一樣快樂的，親愛的父親。今後我們生活在一起，將不知道有多開心呢。」

「你大概沒有忘記，你就要生孩子做媽媽了吧。」

「我很高興，我女兒出生的地方，能聽到大海的波濤，能看見湛藍湛藍的天空。」

「你能確定，生下來的是個女孩？」他低聲説着，臉上帶着一絲乾澀的微笑。

「我很想要個女兒，我會親自把她撫養成人，不讓她重蹈我的覆轍。回想我早年的成長經歷，我真痛恨我自己，可是我當時沒有任何機會。在教育我的女兒時，我要讓她心靈自由，我要讓她自立自主。我把女兒生下來，帶到這個世界，就會真心愛她，養育她，而不是為了有朝一日替她找個男人。也許，這個男人只想跟她睡覺，所以才願意為她的後半生提供生活依靠。」

她覺得父親身體僵住了，父親從未談論過這類事情。聽見女兒説出這番話來，他感到目瞪口呆。

「僅此一次，就讓我直言不諱吧，父親。我曾經是個愚蠢的女孩，品行不正，面目可憎，我已得到了應有的懲罰。我下定決心，絕不讓我的女兒重蹈覆轍。我希望她能無所畏懼，坦蕩做人。我希望她具有獨立的人格，能擁有真正的自我，因此就不會依賴別人。我希望她能自由自在地生活，而且要活得比我好。」

「哎呀，我親愛的孩子，你説話的口氣，好像是五十歲的人了。你的人生道路還長着呢，千萬不要消沉下去。」

凱蒂搖了搖頭，慢慢露出了微笑。

「我沒有消沉，我的內心充滿希望和勇氣。」

往事就此了斷。逝者已逝，生者當如斯，由是之故，豈能看成是冷酷？她衷心希望自己真正懂得甚麼是真情與愛心。前路茫茫，雖然不可預測，但她早已鼓足勇氣，準備以輕鬆愉快的心情，去迎接未知的命運。這時，不知出於何故，她突然想起了甚麼，記憶片斷從無意識的深處驀然浮起。她與可憐的瓦爾特長途跋涉，趕往那座瘟疫肆虐、最終讓瓦爾特喪命的城市。那天早晨，他們坐在各自的轎子中，在黎明前的昏暗中啓程出發。天色破曉後，她沒有用眼，而是用心，看到了一幅激動人心的美麗景色。一剎那間，她的內心痛苦大為緩解。與之相比，人類的一切苦難都顯得微不足道。旭日冉冉升起，驅散了清晨的薄霧。她看清了一條小道在一望無際的稻田中蜿蜒曲折，向一眼看不到盡頭的遠方延伸開去，越過一條小河，沒入在波浪起伏的大地中——這就是他們即將穿行其中的一條小道。也許，她的失足與蠢行，她所遭遇的人生不幸，並不完全是徒勞無益的，只要她沿着這條已經朦朦朧朧展現在眼前的小道前行。這條小道不是善良可笑的維丁頓老頭所提到的無所歸依之「道」，而是修道院裏那些可敬的修女們謙恭踐行的人間大道——它是一條通往平靜與安寧的康莊大道。

天地外國經典文庫

① **到燈塔去**
［英］弗吉尼亞·伍爾夫 著　瞿世鏡 譯

② **鼠疫**
［法］阿爾貝·加繆 著　劉方 譯

③ **動物農場**
［英］喬治·奧威爾 著　榮如德 譯

④ **人間失格**（附《女生徒》）
［日］太宰治 著　竺家榮 譯

⑤ **美麗新世界**
［英］奧爾德斯·赫胥黎 著　陳超 譯

⑥ **都柏林人**
［愛爾蘭］詹姆斯·喬伊斯 著　王逢振 譯

⑦ **局外人**
［法］阿爾貝·加繆 著　柳鳴九 譯

⑧ **月亮和六便士**
［英］威廉·薩默塞特·毛姆 著　傅惟慈 譯

⑨ **柏拉圖對話集**
［古希臘］柏拉圖 著　戴子欽 譯

⑩ **愛的教育**
［意］埃德蒙多·德·亞米契斯 著　夏丏尊 譯

⑪ **一九八四**
［英］喬治·奧威爾 著　董樂山 譯

⑫ **老人與海**
［美］歐內斯特·海明威 著　李育超 譯

⑬ **泰戈爾散文詩選集**
［印度］羅賓德拉納特·泰戈爾 著　吳岩 譯

⑭ **荷風細語**
［日］永井荷風 著　陳德文 譯

⑮ **流動的盛宴**
［美］歐內斯特·海明威 著　湯永寬 譯

⑯ **最後一片葉子**
［美］歐·亨利 著　黃源深 譯

⑰ **面紗**
［英］威廉·薩默塞特·毛姆 著　張和龍 譯

⑱ **漂泊的異鄉人**
［英］D. H. 勞倫斯 著　劉志剛 譯

⑲ **莎士比亞十四行詩集**
［英］威廉·莎士比亞 著　馬海甸 譯

⑳ **變形記**
［奧］弗蘭茨·卡夫卡 著　謝瑩瑩等 譯

www.cosmosbooks.com.hk

書　　名　面紗（The Painted Veil）
作　　者　威廉・薩默塞特・毛姆（William Somerset Maugham）
譯　　者　張和龍
編輯委員會　馬文通　梅　子　曾協泰
　　　　　孫立川　陳儉雯　林苑鶯
責任編輯　宋寶欣
美術編輯　郭志民
出　　版　天地圖書有限公司
　　　　　香港皇后大道東109-115號
　　　　　智群商業中心15字樓（總寫字樓）
　　　　　電話：2528 3671　傳真：2865 2609
　　　　　香港灣仔莊士敦道30號地庫／1樓（門市部）
　　　　　電話：2865 0708　傳真：2861 1541
印　　刷　美雅印刷製本有限公司
　　　　　香港九龍官塘榮業街 6 號海濱工業大廈4字樓A室
　　　　　電話：2342 0109　傳真：2790 3614
發　　行　香港聯合書刊物流有限公司
　　　　　香港新界大埔汀麗路36號中華商務印刷大廈3字樓
　　　　　電話：2150 2100　傳真：2407 3062
出版日期　2019年9月／初版

ISBN：978-988-8548-34-7

本書譯文由上海譯文出版社有限公司授權繁體字版出版發行